懐妊したら即離婚!?

堅物ドクターが新妻の誘惑に悶える新婚生活

華藤りえ

Illustration
森原八鹿

gabriella books

懐妊したら即離婚!?
堅物ドクターが新妻の誘惑に悶える新婚生活

contents

第一章　堅物ドクターと電撃婚約　～初対面ですよね⁉～

残暑の厳《きび》しい九月。病院長室の窓から見える空はひたすらに青く、雲一つない。

（んー、これは……お祖父様《じいさま》もお父様も約束の時間より遅れるかな）

午後からは熱中症の危険指数が高くなるとのニュースを思い出しつつ、西東院美瑚《にしのとういんみこ》は視線を地上へ向ける。

すると、待ち受けていたように二台連続で救急車がこの建物——西東院総合病院へと吸い込まれていく。

応接室と救急診療部が、半円形のビルの端と端に位置するため、本当にウチの病院の患者かわからないが、九割五分ぐらいで正解だろう。

「……五、六台ぐらい入ってそう」

夏でなければ、同時に入る救急車はせいぜい三台というから、きっと今頃、救急部隊は戦場だろう。

そして、この病院の院長である祖父は、そういう鉄火場《てっかば》にことごとく首を突っ込みたがる。

「お祖父様も、若い先生に任せればいいのに」

熱血漢というのだろうか。昭和前半生まれな祖父は根性とか、人間くさいドラマが大好きなのだ。

そろそろ経営に専念した方がいいのだが、祖父曰《いわ》く、医師が患者を診《み》なくなったら終わりなのだとか。

「……お父様もきっと、外来でお忙しいでしょうし」

全員揃《そろ》ったら呼んで。といつもの通り遅刻上等で、仕事に没頭しているのだろう。

あの祖父にして、この父ありだ。もっとも、美瑚の父はいわゆる婿《むこ》養子という奴《やつ》なので、二人に血の繋《つな》がりはない。ないが、行動パターンが見事に似ている。

「時間を、守らないんですよねえ」

食事から、クリスマス、誕生日と、小さい頃から、父や祖父が時間通りに現れたことがほとんどない。医師で、人の命を救う大事な仕事をしているからというのはわかっているが。

「孫娘を呼びつけておいて留守は、やめてほしい」

重厚な執務机の前に陣取る応接セットを見て、美瑚は腕を組む。

結婚について話があると呼び出されてかれこれ二時間。少々お待ちくださいと、祖父の秘書が置いていったアイスティーの氷もすっかり溶けていた。

時間はそろそろ午後五時。家に帰って夕飯の支度をしなければならない頃合いだ。

父と祖父、それに高校時代から家に居候《いそうろう》している、これまた医師の従姉妹《いとこ》。それに犬一匹と猫二匹の世話を美瑚一人で見るのはなかなかに重労働である。

通いの家政婦が一人いるが、今日はお休みなので、全部、美瑚が用意しなければならない。

母親がいれば役割分担できただろうが、残念ながら美瑚を産んですぐ亡くなっていた。

「しょうがない。帰りますか」

待っていたらいつ戻ってくるやら。美瑚は溜息《ためいき》を吐いて部屋を出る。

祖父の秘書に一言残していこうと思ったが、タイミングが悪く席を外しているようだった。

デスクにある内線の医療用ＰＨＳに手を伸ばしかけて気づく。祖父は救急診療部を回っていると聞いた。

なら電話しても出ない可能性が高い。多忙な救急受付に架けて、スタッフを煩《わずら》わせるのは気が引ける。

幸い、救急診療部は職員通用口の側だ。

ゲスト用のＩＤカードを返却するついでに姿を見せておけば、言わずともわかるだろう。

美瑚は院長室の前にある非常階段から一階へと降り、建物の裏へ回る。

タクシーが並ぶ表の受付とは異なり、裏は救急車で列ができており、怒声やら泣き声やらで騒がしかった。

とはいえ初療室《しょりょうしつ》と呼ばれる部屋は落ち着いており、美瑚がいる廊下の方がごたついている。

付き添いの人が医師や看護師から説明を受け、あるいは慰《なぐさ》められている中、邪魔にならないよう頭を下げて端を通っていたのだが。

「あ、美瑚ちゃん。やっぱりこっちに来ちゃったかあ」

美瑚が顔を上げると、娘とそっくりの、黒くて丸いリスじみた目を大きくしつつ、父が近づいてくる。

「ごめんごめん。やっと外来が片付いたと思って院長室に行ったらさあ、誰もいないんだもん」

遅刻の照れ隠しか、ぱたぱたと白衣の表面を叩《たた》きながら父である西東院美継《よしつぐ》が頭を下げる。

小柄かつ腰が低いのでそう見えないが、父は消化器外科医な上、この病院の副院長の立場にある。

もっとも、それは美瑚も同じで、この病院の跡継ぎ娘であるにも関わらず影が薄い。

父だけかと周囲に目を走らせていると、ＩＣＵと通路を分けるガラス壁に自分が写っているのが見えた。

白く透けるような肌。肩で揃えた栗色《くりいろ》の髪は真《ま》っ直《す》ぐで、毛先は綺麗《きれい》にくるんと内側を向いている。

唇は薄く――とくれば、美人に思えるが、残念ながらそこで打ち止め。

やたらと大きな目と小ぶりな鼻、なにより平均より五センチは低い身長のせいで、再来月に二十歳《はたち》となるにも関わらず、年齢より幼く見える。

じいっと自分を見ていると、追いついた父が肩越しに顔をうかがってきた。

「どうしたの美瑚ちゃん。ＩＣＵをにらんだりして。知り合いでもいる？」

「いえ……」

病気のせいで成長が遅れたのは仕方ないが、せめて、ちゃん付けで呼ぶのはやめてもらえないだろうか。

美瑚の溜息を聞いて、父の美継は後頭部を掻きながら、また、ごめんごめんと二度謝る。

「そりゃあ拗《す》ねるよね。二時間以上も待ちぼうけでさ」

手招きしながら、父は美瑚を病院本館の方へ誘導しようとする。あと少しで出口だったのに逆戻りだ。

「お祖父様は？」

「熱中症患者の処置に入ってたって。元気だよね、あのじいさん」

美瑚に向かって内緒話のように語り、声を潜め笑う。

「さっき声をかけたから、もうすぐ出てくると思う。ほら、美瑚ちゃんのお見合いの件で、相手が……」

言いかけたそのときだ。けたたましいサイレンの音を響《ひび》かせながら、一台の救急車が到着する。

間を置かずしてストレッチャーが下ろされ、ガラガラと音を立てながら中へ入ってきた。

見れば、老齢の男性が、真っ青な顔で目を閉じている。

さほど緊急ではないのか、救急隊員はやや落ち着いた様子で看護師に申し送りをしていた。

どうやら、自転車同士がぶつかって頭を打ったらしい。

「右側から衝突されて転倒……と。頭部ＣＴですかね。意識と体温が若干低いですが、これぐらいなら」

初診を担当するのだろう。研修医らしき青年が電子カルテに繋がるタブレットを操作しつつ引き取る。

なるほど、確かに頭に当てられたガーゼに血がにじんでいる。

事故がショックだったのか、脈拍と呼吸が乱れ気味で、念のため搬送《はんそう》となったらしい。

何気なく見ていた美瑚は、だけど、あれっ？　と目を瞬かす。

顔だけでなく唇も真っ青だ。その上、心なしか舌が口から突き出ている。

目が離せず立ち止まっていると、老人はぐっと背を浮かせて喘《あえ》ぎ、それから突然、救急診療部の空気が変わる。

ピーッという電子の警告音が連続して続き、穏やかに話していた救急隊員たちがすごい早さで振り返る。

「意識ロス！　反応ありません。ドゥルック８０切りました。急低下です」

「心拍も百超えてるよ、なんで急にギャスってるの⁉」

悲鳴のような声で研修医が叫び、目につく範囲の医療者が、一斉に患者が横たわるストレッチャーを見る。

痛いほどの緊張が走り、酸素の濃度が急に薄くなったように感じた。

「頭部外傷でも受け答えしていたんだろう！　どういうことだ」

奥から出てきた救急医が問うが誰も答えられない。

「自発呼吸落ちます、先生、なんとかしてください！」

騒ぎに気づいた白衣や、あるいはスクラブと呼ばれる半袖の医療着の人たちがわっと寄る。

人垣で患者が見えなくなったと同時に、心停止、アレストと叫ばれ、警告音がいくつか重なる。

冷たいなにかが首筋を撫《な》でたような心地に陥った。空白じみた静寂の中、誰しもが命の消失を思う。

「え、ＡＥＤで除細動《じょさいどう》を……」

研修医が一歩後ろに足を退いてそう呻いた時、遠くから凜《りん》と声が投げられた。

「触らないで、そのままこちらへ。初療三番、ＦＡＳＴ取ります」

誰もが焦《あせ》る中、妙に落ち着いた声に皆がはっと顔色を取り戻す。

「海棠《かいどう》先生ッ」

声に釣られ目を向けると、黒髪の男性が初療室のドアを手で押さえ声をかけていた。

――すごく、背が高い。

他の男性医師より目に見えて身長が高い。だからか、男性は誰よりはっきりと美瑚の目を奪う。

白衣ではなく濃紺の――外科医が着る手術室用のスクラブを着て、すぐに処置が開始できるよう、マスクとキャップをかぶっている。

だから額から目元までしか見えないが、それだけでも秀麗だとわかってしまう。

マスクを通してもはっきりわかる鼻筋に、シルバーフレームの眼鏡が似合う切れ長の瞳。

芸能人やモデルのような華やかな顔立ちとは違う、落ち着いた、意志の強い――まるで武士のような顔に見とれていると、その人が矢継ぎ早に指示を下す。

「心《しん》タンポナーデの特徴的所見があります。ＦＡＳＴ……迅速簡易エコーを取った後、そのまま穿刺《せんし》してドレナージ。生理食塩液でしのぎますが、平行で輸血をオーダー」

誰かが、指示していた男性に向かって声をかける。すると、さざめきのように「海棠先生だ」「心外の」と、つぶやきが広がり、それに従い動揺しかけていた空気がまた秩序だったものになる。

美瑚は魔法にかけられたように、初療室がよく見える窓へ引き寄せられていた。

銀色の鋏《はさみ》が一閃《いっせん》して患者の着ていた服を裂く。

開かれた胸には棒状のあざが、見てわかるほどはっきりと残っていた。

「そうか、心挫傷《ざしょう》か。自転車が転倒した時にハンドルで強打したんだ……」

美瑚の隣で初療室を見ていた父が言う。彼も医者だが、他の者が対応しており、室内に人があぶれ気味になっているのを見抜いて、とどまることにしたようだ。

父を見上げて首をかしげると、外来で患者を相手にするような口ぶりで教えてくれた。

あの患者は自転車事故で胸を激しく打ち、心臓を形作る筋肉が傷ついた。のみならず、心筋を痛めたことにより血管までもが切れ――心臓を包む膜に血が溜《た》まったのではないかと。

どんなに有能なバスケットボール選手でも、足に重しが付いていれば高く飛べない。それと同じで、少しずつ溜まっていった血が重しとなって、心臓の動きを止めてしまったのだ。

父の言葉が正しいというように、処置をしていた若い男性医師――海棠先生と呼ばれていた――が、胸に差し込んだチューブから、どろっと血液が流れ出す。

瞬間、心拍数が戻るが、またすぐに落ちてしまう。

「心拍戻りませんッ」

補佐に就いた研修医が報告すると、海棠は淡々と――冷めた目で患者を診ながら告げる。

「開胸心臓マッサージに移行。下行大動脈遮断、心膜縦切開で心タンポナーデを解除、そのまま蘇生《そせい》まで一気に持って行きます」

いっそ無機物を相手にしているのかと思えるほど平坦《へいたん》な口調だが、瞳に秘められた熱は強い。

まるで高温の炎のようだ。青く、冷たく見えるのに、他の誰よりも激しい熱量を秘めている。

長い指で持たれたメスが、一瞬のよどみなく皮膚を切り裂く。

まともであれば顔を背けたくなるほど痛ましい状態なのに、美瑚は海棠から目を離せない。

まるでオーケストラの指揮だ。

メス、剪刀と銀色に光る医療器具を持ち替えて、音楽でも奏でるような優美さで処置を進めていく。

事実、初療室は海棠の支配下にあった。

彼が端的に一言発するだけで、魔法のタクトに操られたみたいに人が動き、物事が流れていく。

開かれた老人の胸に、海棠の手が下りる。

「あ……」

それまでどこか灰色を帯びていた世界の中で、そこだけが妙に鮮《あざ》やかに、輝かしく色を持つ。

——助ける。

海棠の声でそう聞こえた気がした。それが、五秒前か、あるいは五分以上前か。

わからぬまま見ていると、ふと、海棠が目元を緩めた。

同時に、周囲からわあっと歓声が上がる。

「心拍再開！」

「オペ室、空き取れました。このままガーゼとイソジンドレープで保護して移送でよいそうです」

輪の外にいた看護師が、医療用ＰＨＳを片手に告げていた。

途端、歓声が収まり患者を移動させる手順に入る。

いつから蘇生に混じっていたのか、祖父が海棠に二言三言語りかけていた。

ねぎらっているのだろうか。何気なく見ていると、突然、海棠が顔をこちらに向けた。

真っ直ぐに視線と視線が交わる。

眼鏡越しに切れ長の目で見つめられ、美瑚の心臓が大きく跳ねる。

周囲のざわめきが消え、色もあせていくのに、なぜか海棠だけが鮮やかに浮かび上がる。

声を出せず、瞬《まばた》きすら忘れている中、海棠は目が合ったときと同じ唐突さで、美瑚に背を向けた。

(うわっ……!　今、目が合った?)

あまりにも劇的な展開に気を呑《の》まれ立ち尽くす美瑚の隣で、蘇生劇を見ていた父がううんとうなる。

「聞いていたけど、大胆にして冷静沈着。……すごいなあ」

その声で我に返った美瑚は、息を詰めたまま大きくうなずく。

偶然だ。海棠と視線が合ったことに特別な意味はない。だが、なんだかとても驚いた。そして、相手も驚いたような顔をしているように見えた。

(いやいや、自意識過剰ですから)

頭を振り、気を取り直そうとしていると、初療室から医療着に白衣を羽織った老人がこちらに来るのが見えた。この病院の院長にして祖父の西東院千治《せんや》だ。

祖父は血が付着した手袋を初療室出口の医療ゴミ箱に捨て、溜息を吐く。

「あれで、もう少し患者あしらいがよければな」

「いやあ、海棠先生は今年で三十でしょ、伸びしろはありますって。僕だったら、開胸は怖いからもうちょっとこのままドレナージでとか引っ張ってダメにしそう。あの判断力とセンスはすごいですよ。いやはや」

「前半はともかく、後半は同意だな。……まったく、なにをやらせてもかわいげがないほど隙がない」

ひねくれた言い方をしているが、祖父も海棠という医師を高く買っているのは、声色から容易に察せられた。

二人して顔を合わせ、うむうむと医療談義にふける祖父と父の側で黙っていれば、事務員や看護師などの女性たちが海棠に関する内緒話を交わしているのに気づく。

内容は、イケメン、恋人になりたい。などのかわいいものから、どうせ振られるなら体当たりで夜這《よば》いしたい。手術後の疲れ顔が特別ムラッとくる——などなど、なかなかに強烈だ。

(でも、モテるのも当然といいますか……)

迫力はもちろん、よどみない手を見ていれば、素人の美瑚だってできる医者だなとわかる。

その上、あの印象的な目と声だ。人気が出ないはずがない。

先ほど見た光景を思い出しドキリとする。

(違う違う。気のせい、気のせい。……視線があったからびっくりしただけ)

海棠という医師も驚いていたが、それは、院長の孫娘がここにいたからだろう。異性として意識したとかそんなはずはない。

見た目は童顔な上、これといって人に誇れる特技もない。手芸や家事が好きだが、プロ級とか日本代表クラスかというと少し厳しい。しかも、跡継ぎ娘として親戚一同から医師となるよう期待されながら、果たせず、誰の役にも立てていないのだ。

そんな美瑚が、優秀かつ将来性の高い彼の横に並ぶなんて、とてもでないが釣り合わない。

病院内だけでなく学生時代など、どこまでも再現なく広がり続く、海棠という男の噂話《うわさばなし》に苦笑しつつ、美瑚は頭を振り、話を切り出す。

「それより、お祖父様とお父様は、一体どうして私を呼ばれたのでしょう?」

話があるから今から来いと呼び出されたあげく、二時間も待たされていたのだ。いい加減本題を聞きたい。

すると、祖父が急に改まった顔をして咳払《せきばら》いし、肘で父を突く。

突かれた方はといえば、枝から落ちた小鳥みたいに目をぱちくりした後で、突然、ああと声を上げる。

「そうだった。……さっきの彼ね。あの海棠先生」

「はい」

「美瑚ちゃんの旦那様にどうかなって思って」

「ええっ!」

海棠がいた場所を指で指し、服でも決めるような軽さで言う父に目を剥《む》いてしまう。

「初耳なのですが、どういうことですか」

つい早口になる。が、仕方ないだろう。遠目に見た男性との縁談が唐突に出てきたのだから。

もう一度初療室の中に目をやるがもう海棠の姿はない。手術室が取れたと看護師が言っていたし、心臓血管外科ということは専門なのだろうから、そのまま執刀しているのかもしれない。

困惑に眉を下げ、父と祖父を交互に見れば、二人は同時に肩をそびやかした。

「初耳なのは当然だろう。今日、呼んだのはその話をする予定だったからな。……ともかく、そういうことだ。緊急オペが終わり次第、海棠を連れてくるから、もう少しだけ院長室で待っていろ」

「待っていろって。あっ、お祖父様⁉」

救急処置だけでなく、オペまで付き合うつもりか。本当にどれだけ現場が好きなのだとあきれ半分、焦り半分に声をかけるも、祖父は振り向かずに言い切り逃げる。

「こういうことになろうかと、秘書に弁当の仕入れを頼んでおった。二時間はかからんから待っておれ」

――だから、美瑚が帰ろうとしたときに祖父の秘書が不在だったのか。

「もう。本当にいつも唐突で強引なんですから！　それより、どういうことですかお父様」

「うーん、僕もあまり詳しくは知らないんだけど……」

ともかくここではなんだからと、軽く急《せ》かされながら来た道を戻る。

病院の廊下で、その病院の跡継ぎに関する話をするのはあんまりだということだろう。

父の考えていることもわかったので、美瑚は内心の驚きを隠しつつ後に続く。

――なんだ、一体どういうことだ？

頭の中で疑問符が渦巻くと同時に、変に鼓動が乱れている。

(旦那様にって……、まさか、本気でお見合い相手を探してたの⁉)

公家《くげ》の御殿医《ごてんい》を勤め、明治には爵位を賜り、東の要といえる総合病院を経営する西東院家。

そんな家の一人娘として生まれた美瑚は、物心ついた時から、跡継ぎ医師となることを求められていたし、本人にも意欲はあった。

が、十五歳の時に、レトロウィルスが原因の白血病にかかってしまう。

学校生活と平行で闘病するのは難しく、入退院を繰り返すうち授業に遅れ、ついて行けなくなった。

高校受験は当然失敗。幸い、大叔母から骨髄提供を受けることで病は治癒されたが、成長と勉学の遅れはどうにもならない。かろうじて高卒認定は取れたがそれだけだ。

普通の大学受験でも厳しいのに、体力と知力の双方が極限まで試される医学部受験は、美瑚にとってあまりにも厳し過ぎた。

志望校にことごとく落ちてしょげる美瑚に、周囲は言った。

——無理しなくてもいい。それに、仮に合格しても、六年の医学生生活に加え、過酷な研修医期間を乗り切るには、美瑚の健康状態では不安がある。無理して身体を壊しては元も子もない。

(私を気遣ってくれてるのはわかる。けど……あまりにも、不甲斐《ふがい》ない)

美瑚は西東院家の唯一の子どもだ。

亡き母、自分——跡継ぎが二代続けて一人娘だった分、周囲の期待も大きかった。

将来的に婿を取って経営を任せるにしても、跡継ぎ娘である美瑚も病院について知っておいた方がいい。

それに、医師を婿に取るなら、やはり医学部に行くのが一番出会いが多く、手っ取り早い——と。

それなのに。

(医師になるだけの頭のよさも体力もない……なんて)

病気で入院していたからだ。美瑚自身の非ではないと周りは言うけれど、どうしても納得できない。

父や祖父どころか、叔父に従姉妹まで、近しい親戚は皆ちゃんと医師になって、病院経営に貢献しているのに、肝心の跡取り娘の美瑚だけが、本当になにもできていない。

諦めず、二浪、三浪と重ねて受ければ、いつかはなんとかなるかもしれないが、医学部に合格すると六年、研修でさらに二年、一人前になる専攻医で二年――合計十年を足した後では、跡継ぎとして一番大事なイベント――出産が厳しくなりかねない。

両立は無理だ。だったら、自分よりまともな跡継ぎを育成することに集中した方がいいのではないか。

幸い、美瑚は子どもが好きである。その上、物心ついたときから西東院家の家政を取り仕切ってきたので、家事に関しても悪くないと思う。

医師として自らが前線に立つことはすぱっと諦め、美瑚と連れ添い、西東院家をともに盛り立てるにふさわしい才覚を持つ男（もちろん医師）を夫に迎える方が、案外、一族に取ってよいのかも――？

なんてことを祖父や父、それに同席した親族相手に漏らしたのは去年のお正月。

それから桜が散るまでの間、親族、祖父の知人、取引先と――引きも切らずに縁談を持ち込まれた。

当然だろう。まだ二十歳にもならない若い娘な上、都内指折りの総合病院がおまけについてくるなど、男にとっては、結婚を望んでいなくても、万が一を狙って申し込みたい極上の逆玉《たまこし》の輿だ。

病気がちで、学校へもろくに行かず、同年代の友達はほぼ皆無な美瑚は、結婚市場での自分の価値をまったく理解できていなかったが、周りは、せっせせっせと、どこそこの誰がいい、いや、こちらだと騒ぐ。

収拾がつかなくなって、美瑚は誰しもが納得しそうな――一番、問題がなさそうな相手とお見合いした。

分家筋の又従兄弟《またいとこ》で整形外科医の男だ。

お見合い写真が爽やかスポーツマン系。面識はないが近過ぎず遠過ぎずの血縁で身元は保証される。

相手も、気に入った、かわいいなどと口走り気さくに接してきた――父や祖父が同席している時だけは。

お見合いの場では好青年風だったので、まあ、こんなものだろうと結婚を前提としたお付き合いを進めていたが、二ヶ月経たずして、すでに美瑚の夫顔をし始め、大病院を継ぐと周囲に自慢しては威張り散らし、美瑚に対しても、妻となるのだから言うことを聞いて当たり前。という態度。

あげく浮気。しかも年上と年下一人ずつの合計二人と関係を持ち、そのうち一人は同棲《どうせい》までしていた。

あまりにも不誠実だ。経営者としても不安過ぎる。

美瑚が婚約破棄を申し出ると、相手は逆上したあげく、『医師にもなれなかったお前に、俺のストレスはわからない』だの『医学部にも入れない馬鹿は、黙って跡継ぎを産んで育てるだけでいい』だのの暴言三昧。

婚約破棄したことへの後悔はみじんもないが、男の罵倒には傷ついた。

その上、浮気男を紹介した親族が、自分は悪くないとばかりに『美瑚さんに正しい判断は難しいんじゃないか？　学校もろくに出ていないし』あるいは『医師ではないし』と嫌みをチクチクと吐く始末。

冷静に考えれば、そんな男を見合い相手に連れてきた親族こそが、判断力も人を見る目もないのだが、散々くどくど学歴のなさを馬鹿にされるものだから、そのうち自分でも本当に、馬鹿なのではないか、人を見る目がないのではないか。こんな自分が跡継ぎとして病院経営に関わって大丈夫なのかなどと考えてしまう。

婚約破棄以来、日に日に落ち込み悩む美瑚を見て、父と祖父は勘違いする。

そんなに結婚願望が強かったのか。婚約破棄が悲しかったのか。

だったら任せろ。最高の婿を探して見合いさせてやる！　――と。

普段から、医師の仕事にかまけて、孫（あるいは娘）に寂しい思いをさせる後ろめたさを抱えていた父と祖父は、妙なところで意気投合し盛り上がり、海棠という医師が選ばれたらしい。

院長室に入ると、入り口で祖父の秘書と話していた父が、四個もお弁当箱を持って来た。

祖父の秘書が、夕飯として買い出ししてきてくれたものらしい。

それにしても、一つ四千円もする老舗料亭のふきよせちらし寿司《ずし》とは、祖父もずいぶん張り込んだものだ。

「遅刻したご機嫌取りにしては高過ぎますよね」

父が弁当を配る間に、院長室備え付けのミニキッチンでお茶を淹れる。

「一応、見合いっぽい雰囲気を出したいんじゃない？　お義父《とう》さんはそういうのにこだわるから」

「ということは、本気であの方……海棠先生との縁談を考えているのですか」

はああっと大きく息を吐いて、美瑚はソファに座った父の前に煎茶を置き、自分も向かい側へ腰を下ろす。

「考えるのは美瑚ちゃんでしょ」

「それはそうですが、私だけ考えても仕方がありません。海棠先生にお話は伝わっているのですか」

「みたいだよ」

眉根に皺《しわ》を寄せて父をにらむ。抜き打ちで縁談を持ってきた上、みたいだよなんていい加減な。

「ほらほら、そう怖い顔しないで。……悪い話じゃないと思うよ。美瑚だってさっき見てたからわかるでしょ。うちの病院で一番の有望株だよ、彼」

言いながら父は淹れ立ての煎茶をすすり、一息ついてから説明しだす。

「しかも、うちの病院が主力にしてる心臓血管外科医で、年齢も今年で三十歳と、まあ釣り合い取れるし。口下手なところはあるけど、実直で真面目。与えられた課題は絶対にこなす根気強さもあるし、あの若さと実力なのに浮ついてないところも、お義父さんのお気に入りポイントだろうねえ。……ご実家は、北陸《ほくりく》の方の地主とか地元の政治家一族とかそんなんだったかな」

「完全に、釣り合いが取れている気がしません……」

縁談の相手がいかにすばらしいかを続々と語られる中、美瑚は頭を抱えながら小声でぼやく。

完璧過ぎる。あまりにもなんというか――跡継ぎ医師として理想的過ぎる。

そんな優秀で頭がいい人の嫁が、自分なんかでいいものだろうか。

目ばかりが大き過ぎるリスみたいな上、小柄かつ童顔。

人混みに紛れれば、背の低さと見た目の平凡さであっという間に消える程度の個性しかない。

記すべき趣味教養特技はなく、どれもほどほどかまあましという器用貧乏の見本なのだ。

（しかも、あの人モテそうだしなあ）

マスクとキャップを着ていて、額から目元しか見えない状態でも、美形だと直感できた。

その上、周囲の女性スタッフの熱いまなざしと浮かれた噂を耳にすれば、おおよそはわかる。

（黙っていても、私よりいい条件の方を選べそうですよね）

美女とか、やんごとなきご令嬢とか、女性医師とか。

結婚市場における美瑚の売りといえば、西東院総合病院がついてくる点だが、あの祖父が、病院目当ての男を婿候補に選ぶとは思えない。

最初の男は、親戚の押しが強かった上、美瑚が自分から選んだお見合い相手だったから、あえて口を挟まなかっただけだろう。

「大丈夫なんですか？　本当に。私にはもったいない話だと思いますが」

腕を組んでうなっていると、父が眉と口の端を引き下げた変な顔を見せた。

「美瑚ちゃんがなにを基準にもったいないと言っているかわかんないけど。でも、話だけは聞いてみたら？　〝あいつは絶対に断らない〟ってお義父さんが自信満々だったし」

「絶対に断らないって……」

余計うさんくさい。こうと決めたら強引に突き進む性格の祖父だ。相手に無茶《むちゃ》振りしていなければいいが。

「それにさあ、僕はお義父さんが張り切るのもなんとなくわかるよ。……麗瑚《れいこ》さんがいたら、また違ったかもだけど」

母のことだ。幼なじみの父と結婚し、美瑚を産んだ後すぐに亡くなったのだ。

死因は脳卒中。妊娠中に高血圧となっていたのが仇《あだ》になった形だった。

美瑚の結婚や進路に関して、親族がうるさい理由も母が早世したことに関わっている。

最初の子は女児だが、母も父もまだ若い。今後男児を産むこともあるから、そう心配することもないだろうと周囲も鷹揚《おうよう》に構えていた中、突然母は死んだのだ。

残された子は美瑚一人。

跡継ぎが一人娘な上、病弱で医師になる能力もない。とくれば——早く次の後継者を作って安心させてほしいと、親族が気を焼くのも当然だ。なにせ、西東院家の親族は、その大多数が、本家が経営する西東院総合病院か関連福祉施設で食い扶持《くぶち》を得ているのだから。

打算混じりな親族連中を鼻で笑っていた祖父も、内心ではやはり不安だったのだろう。

美瑚が死ねば、西東院家直系の血筋は途絶える。

先祖代々守ってきた病院だ。一時的には婿養子となった父が守ることはできても、いずれ、遠縁のはとこだか従姉妹の子だかのものになってしまう。

その前に――孫娘である美瑚が、跡継ぎを産んでくれればと願っていたのだろう。

口にすれば美瑚を追い詰めるとわかっているから、普段は気にしないふりをして、馬鹿話ばかりしているが、本音のところは違うのだろうなと薄々感じてはいた。

祖父も、そして父も。

守ってきたものを、自分の血を引くものに託したいと願う気持ちは同じなのだ。

「私も、わかります。……それに、早く産んであげたいとも思います」

跡継ぎのくせに病弱で心配と手間ばかりかけたあげく、医師になるに最良の環境を与えられながら、なし得なかった。そんな自分が、父や祖父にできる最大の恩返しは跡継ぎを産んであげることしかない。

（跡継ぎを、産むぐらいしか、してあげられることがない）

胸元を掴《つか》み黙っていると、父がなにか言いたそうに口を動かし、それから変に明るい声を出す。

「それよか、これ、食べようか。ご飯が堅くなったり、車海老《くるまえび》の表面が乾いたりしたらもったいない」

おもむろに弁当の蓋を開けて箸を手に取られて焦る。

「あっ、ダメですよ。なにを食べようとしているんですか」

お弁当は四つある。この場にいない祖父と海棠という医師を差し置いて食べるのは、お行儀が悪い。

「いいじゃない。今日は外来が多くて昼も抜いてたんだよねえ」

「勝手に箸をつけちゃダメですって。待ちましょうよ」

さっそく椎茸《しいたけ》をつまもうとする父に手を伸ばすが、相手は構われたがる子犬みたいに楽しげに、弁当を持ち上げたり、身体で隠したりと美瑚をからかう。

「もー」

「大丈夫だって。待てるわけないでしょ。あと一時間は来ないに決まってるから」

「……誰がそんなにかかるか」

ノブが回って扉が開くや否や、祖父の声が院長室に響く。

「おや、ずいぶん早かったですね、お義父さん」

子どもみたいに騒がしくしていたことを恥じる美瑚とは逆に、父の美継はあっけらかんと笑う。

「おう。大体の処置は救急外来で終わっていたからな。出血場所もすぐわかったし、縫うのも難しい箇所ではなかった。ドレーンの位置を調整して、後は医局長に任せて出てきたわ」

「とか言って、執刀は海棠先生だったでしょ」

茶化《ちゃか》す父に手を振り、首を回しながら、祖父は美瑚の横にどっかりと腰を下ろす。

「……美瑚さん？」

「えっ…………あっ、海棠先生？」

祖父に続いて入ってきた医師の目を見て思い出す。あの患者を救命した心臓血管外科医だ。

（う、わあ）

救急処置室で見ていたが、側にいるとますます背の高さが際立つ男だ。

身長百五十三センチの美瑚より、頭一つ分は優に高く、おまけに手足がモデルのように長い。

かといってひょろ高い訳ではなく、三つ揃えのスーツと長白衣がよく似合う肩幅と胸板の厚みがある。その上、綺麗に通る鼻筋に、しっかりとして意志の強そうな眉。

まつげは長く、切れ上がった目は涼しげで、後ろに撫でつけた髪も瞳も黒曜石のように艶《つや》を帯びた黒。頬骨《ほおぼね》から顎にかけての線がやや鋭くはあったが、それが細いシルバーフレームの眼鏡にまたよく合う。怜悧《れいり》という言葉がこれほど似合う貌《かお》を、美瑚は他に知らない。

見とれるほど格好いい。しかも、ただ容姿が優れているだけでなく、白衣から除く手首や手の甲、喉仏なんかのちょっとごつっとした感じが、非常に男性っぽくて気をそそる。

禁欲的な色気とでも言うのだろうか。型に填《は》まり過ぎた容姿だからこそ、どこか乱して、隙を作ってあげたくなる。そんな風に考えていると、男はつっと視線を美瑚からそらし、やや急いた口調で言う。

「失礼。美瑚さん……いえ、お嬢さんが訪ねているとは存じ上げず。なんでしたら、場を改めさせて……」

礼儀作法の本でも読んできたような、四角四面な態度だ。

あっけに取られていると、祖父はあきれたそぶりで眉をひょいと上げた。

「なにを言っとるのか。……いいから、ここへ座れ」

祖父がソファを指さすと、待ち受けていた動きで父が場所を横へずれる。

海棠と向き合う形となった美瑚は、急に先ほどの父の言葉を――縁談じみた出会いを仕組まれたことを意識し、緊張してしまう。

ところが海棠の方は、困惑しているのか、それとも気まずいのか美瑚をちらっと見ては視線を他者へ――父や祖父へ投げることを繰り返していた。

どういうことだろう。彼は、縁談と知ってここへ来たのではなかったのか。

(父の口ぶりでは、すでに海棠先生が縁談を承知しているようだったのに)

大分、雲行きが怪しいなと内心で苦笑したが、黙っていても話が進まないので美瑚から口火を切る。

「海棠清生《きよむ》先生ですね。初めまして。西東院美瑚といいます。祖父と父がお世話になっております」

「……………初めまして?」

紋切り型の挨拶に疑念混じりの声を返され、えっとひるむ。

「あっ、いいえ。海棠と、俺の名前を知っていらしたので」

「すみません。先ほど救急でそう呼ばれていましたので。違いましたか?」

美瑚は冷や汗を掻《か》きつつ、目を海棠の顔から白衣の胸元から下がるＩＤカードへと移動させる。

だが、心臓血管外科、医師と記された顔写真付きのＩＤカードには、やはり海棠清生と記されていた。

「失礼。救急診療部にいらっしゃったとは思わず」

取り繕うような早口に目を瞬かす。

「えっ、でも……」

患者を救命し終わった後、海棠と視線が合ったように思うが、気のせいだったのだろうか。

(いやいや、視線は合っていても、海棠先生が私と認識していなかっただけなのかも)

自分だけを見つめてくれたように感じたが、きっと自意識過剰な思い込みだ。

「とりあえず、食べませんか? お腹《なか》が空いているでしょう?」

どことなくぎこちない空気を和《なご》ませようと、弁当を勧めると海棠は頭を下げる。

が、祖父のように開いて食べ始めるではなく、弁当も箸も置いて、なにか考え込む様子を見せている。

——ますます雲行きが怪しい。

組織のトップである院長から一医師が呼び出されるなんてことは、多くない。

自分と同じように緊張しているのかなと理由を探りつつ、美瑚は弁当の蓋を開ける。

さすが高級ちらし寿司弁当。穴子や卵と彩りが綺麗でどれもおいしそうだが、今は食欲がそそられない。

それでも、場を和ませるきっかけになればと、あえて海棠の方を向いて鯛《たい》のすり身団子を食し、おいしいですよと微笑《ほほえ》みかける。

だけど相手はやはり落ち着かない様子で、父を見て、祖父を見て、それから食い入るようにじっと美瑚を見つめだす。

(ううっ、食べにくい。というか、食べている雰囲気じゃない気がする)

どうかすると、箸先から具材を落としそうになるのをこらえ、ちらし寿司を突いていると、あっという間に弁当を食べ終えた祖父が、冷えて出がらしになったお茶を一気飲みして切り出した。

「それっぽくお見合い風の形式が整ったところで。……唐突なのはわかっているが、海棠先生。君、ワシの孫娘を嫁にせんかね」

弁当に入っている肉厚椎茸に味がしみている。というのと変わらない調子で祖父が言い、美瑚は驚きのあまり喉にご飯を引っかける。

ごほごほとみっともなく咳《せ》き込《こ》んでいると、目の前にすっと手つかずのお茶が差し出された。——海棠だ。

彼は、そうして美瑚を気遣いながら、顔は真っ直ぐ祖父へと向けられていた。

「どういうことでしょう。聞き間違いがなければ、美瑚さんを私の妻にしてよいという風に聞こえましたが」

「嫁に別の意味があるなら、むしろ聞きたいわ。……どうかね」

「どうかね、といわれましても。……なにしろ初耳ですので」

「ちょっと待ってください！　海棠先生も初耳ってどういうことですか！　話をされていたんじゃ……ッ」

思わず声を大きくしてしまう。すると、祖父はわざとらしく耳に指を突っ込み、顔をしかめた。

「返事がわかっていることを確認するまでもなかろう。どうせ、こいつは断らん」

「いえいえ、お祖父様が勝手に決めつけないでください！　というか、そこで決めつけたらパワハラですよ！　訴えられたいんですか」

「嫌がることを強制すればパワハラだが、こいつは嫌がっておらん。縁談を断ることはあり得んぞ」

「嫌がってないって、なにを根拠にそう思ってらっしゃるのですか！」

ともかく、こういう風にふてぶてしくなった祖父には、なにを言っても通じない。経営者や医師としてはそこそこに名のある祖父だが、反面、家庭ではわがままで、こうと決めたら譲らないのだ。

「上司どころか、病院のトップから決めつけられて、違うといえるわけないでしょうッ」

「海棠にそんなかわいげがあるものか。……なにをキャンキャンと騒いでおる。結婚したいのではなかったか」

「そっ……」

祖父の反撃に美瑚は声を詰まらせる。

結婚すべきなのはわかっているが、物事には順序というものがあるだろう。

「そうだとしても、初対面でいきなり結婚しろって言われて、はいそうですかとうなずける人がいますか。

人生の一大事なんですよ？　海棠先生も困りますよね？」

自分一人では祖父の暴走を止められないと悟り、海棠に助けを求める。

腕ききの医師な上に実家も太く、極めて優れた容貌と、二物も三物も兼ね備えている男だ。恋人がいて当然だろうし、いなくても、気になる相手がいるかもしれない。

じっと視線を海棠に向けると、彼は口元に手を当て、ぱっと顔を美瑚からそらす。

「……参ったな、知られていたとは」

かろうじて美瑚に聞こえる声で、独り言を漏らされ目をみはる。

なにをどう知られていたのか。

（ひょっとして、祖父に弱みでも握られてるってこと？）

眉間をきつく寄せ、口端を力一杯引き締めた表情に不安を抱く。

初対面で結婚しろといわれて絶対に断らないなど、脅《おど》されているとしか思えない。

海棠ほどの男はなかなかいない。父や祖父が跡継ぎ娘の婿にと考えるのもわかる。だけど、本人の意志を無視してはいけない。

「あっ、あの……！　海棠先生、お気になさらず。嫌でしたら、嫌とおっしゃってください」

「……嫌なんて、言えるはずがないでしょう」

うつむきがちとなった顔を歪《ゆが》めながら告げられ、心の底に冷たいものが触れる。

（そうですよ。……脅されてでもいなければ、海棠先生ほどの人が私と結婚を望むはずない）

どちらにせよ、このまま話を進めるわけにはいかない。

それに美瑚にとってはしょうもない父と祖父だが、海棠にしては上司どころか雇用主だ。角《かど》を立てて職場を失う危険性から断りづらいのもわかる。

だったら、美瑚からお断りするのが一番では――？

思いつき、実行に移そうと唇を開く。だけど、なぜか震えてうまくいかず、ためらうように息を継ぐ。

私が嫌です。と一言伝えれば済むのに、どうしてか声が喉に引っかかっている。

内心で首をひねり、思うままにならない自分の身体に焦ったときだ。

「初対面でいきなり結婚しろってのが気になるなら、しばらくお付き合いしてみるのはどうかな？」

「おっ、お父様ッ？」

黙って成り行きを静観していた父の提案に、美瑚は声を裏返らせる。

「清く正しくデートしていただく分には僕は異論ないよ。美瑚ももうすぐ二十歳だし、社会経験だと思えばいいし。海棠先生だって、院長の面子を潰《つぶ》すようなことはしないでしょ。…………多分」

微妙に引っかかる物言いをされた気がするが、問い詰める余裕もない。

「いや、でも、だって！　そんな、デートだなんていきなり」

「デートすら無理なほど生理的に嫌っているなら仕方ないよね。次の相手を探すしかないけど。でも、海棠先生を超える男って、多分なかなかいないと思うよ」

それはそうだ。医師としても男性としても海棠を超える相手を見たことはない。

大きくうなずきかけ、はたと気づく。

「ではなくて、生理的に嫌ってそんなの、本人の前で……！」

言えるわけがないと続けようとし、そこで食い入るような海棠の視線に気づき、美瑚は言葉を呑んでしまう。

そうだ。本人の前で嫌だとか無理だとか言えるはずがないではないか。

浮かせかけていた腰がソファの座面に沈む。

この場には美瑚の父と祖父もいる。海棠にすれば否定も肯定もしづらいに決まっている。

「すみません、ちょっと興奮してしまいました。あまりにも、急な話で……」

大声を出しすぎて少しだけ視界がぐらぐら揺れる。深呼吸していると、海棠が落ち着いた調子で切り出した。

「いえ、美瑚さんが俺のことを知らないから不安だと思うのも仕方ありません。……どうでしょう。週末辺りに時間をいただけませんか」

堅苦しい、それだけに礼儀の範囲からはみ出す気がないのだとわかる声に、少ししょんぼりしてしまう。

——多分、そこで断られるのだろう。

わかりきった回答のために休日を無駄にさせるのは申し訳ない。そう思い、うつむいたときだ。

海棠の白衣に入っていた医療用PHSが着信音を奏で始める。

通話ボタンを押した海棠は、カテコールアミンとかヘマトクリットとか、専門的な単語をいくつか返し、二分ほどで通話が終わる。

「ICUだな。今日も泊まりか」

「そうですね。事故患者と他に定例で一件やりましたので、明日までは足止めかと」

祖父も海棠も当たり前のように答えているが、三日も病院に泊まりこんで患者を診るのだと思うと、結果のわかりきったデートで時間を奪うのが気まずく、申し訳なさに拍車がかかる。

時間ですのでと伝えて海棠が院長室を後にしたのをきっかけに、美瑚はようやく緊張をほどく。なんだかめまぐるしい展開で頭が混乱している。ともかく一息つきたい。

美瑚はお茶を淹れ直そうとし、そこで海棠の分の弁当が手つかずのまま残されていることに気づく。

これから朝まで当直だとして、食事はどうするのだろう。

院内のコンビニはもう閉店しているし、海棠の受け持ち患者は二人ともＩＣＵにいる模様。

――だとしたら、簡単に席を外せないのではないか？

思ったときには、もう立ち上がっていた。

弁当を両手で持ったまま美瑚は院長室を飛び出す。

すぐ気づいて追いかけたからか、数メートル先にいる海棠をすぐに見つけられた。

走り、足音に振り返った相手を呼び止める。

「海棠先生、あの、これ！」

「美瑚さん」

驚きに目を瞬かす海棠の前で、美瑚は勢いよく頭を下げる。

「先ほどは祖父と父が暴走して申し訳ありません。先生の大切なお時間を奪ってしまって。……でも、食べ物には罪はありませんし、せっかくなので」

差し出すと、海棠はうろたえた様子で目を泳がせ、それから変に憮然《ぶぜん》とした調子で弁当を受け取る。

嫌われているのかなと恐縮したのも束《つか》の間《ま》、海棠の目元が赤いことに気づき、美瑚はあっと思う。

（照れてる……？）

不愉快だとか、嫌だとかではなく、どういう表情をすればいいかわからず、仏頂面になる人なのかもしれない。わかった瞬間、安心と微笑ましさで笑顔をこぼしてしまう。大人の男性が照れるだなんて。

「すみません。あの、本当においしいですから。……それとデートですが」

「週末では都合が悪いでしょうか。でしたら来週でも俺は……」

「いえ、お忙しそうなので、無理にお時間を調整せずとも大丈夫です。私、ここで断られても大丈夫です。そもそもが突然の話で、お互いよくわかっていませんから」

強がりだとわかりながらも、美瑚は目一杯に明るい声で告げる。

「本当に、ええと気兼ねなく！　祖父と父は私がしっかり叱っておきますから！　海棠先生の立場が悪くなるようなことをしたら、ずっと食事抜きの刑だって脅せば一発です」

道化めかせてガッツポーズを作ると、海棠はわずかに唇を尖《とが》らせ、ぼやいた。

「……そんな風に言われたら、ますます断れない」

「えっ」

「俺は、この話を絶対に断るなんてしません」

驚いていると、海棠は美瑚をじっと見つめ、それから壊れ物に触れるようにして美瑚の頬へ指を伸ばす。

頬をかすめる指の熱さにびくつくと、さらっと音をたてて毛先が揺らされる。

身をすくめている肩が少し強《こわ》ばるほど長く、さら、さらと美瑚の髪を手で弄《もてあそ》びつつ、海棠は目を細めた。

うっとりとした、それでいてどこか懐《なつ》かしむようなまなざしを向けられ、美瑚の心臓がドキリと跳ねる。

「あの、海棠先生？」

喘ぐようにして名を呼ぶと、海棠は触れていた指を素早く引き、二度強めに頭を振った。

「なんでもありません。それと、お弁当をありがとうございます」

「いえ、用意したのは祖父といいますか、祖父の秘書さん……」

「それでも、届けてくれたのは美瑚さんですから。ありがとうございます」

お礼を言われたことに胸が弾《はず》む。家族以外からこんな風に感謝されることはあまりない。だから、免疫がなくて照れてしまうのだ。

なんといっていいかわからず、頑張ってくださいと告げた美瑚にうなずき、海棠が立ち去る。

その後ろ姿を眺めながら美瑚は、海棠ほどの男が断らない、絶対の理由とはなにか考えていた。


「は？　海棠清生がどうかしたの？」

経営する総合病院から歩いて十五分程度の距離にある西東院家のテラスで、美瑚の従姉妹である櫻子《さくらこ》が素っ頓狂な声を出す。

あまりにも勢いよく顔を上げたせいで、ショートカットの髪が乱れた上、眼鏡も大きくずれている。

ナポリタンの皿を運んできた美瑚へフォークの先を差し向けつつ、櫻子は尋ね直す。

「え……？　美瑚と海棠ってなにかあったの？」

「櫻子ちゃん、お行儀悪い」

質問に答えるより前に注意しておく。見た目は、いかにもバリキャリな美人女医の従姉妹だが、放っておくとどこまでもずぼらに、雑になる癖があるのだ。

「だって、美瑚の口からまさかあいつの名を聞くとはねえ。うちの病院で会ったの？」

「まあ、そんな感じではありますが」

うちの病院とは美瑚の祖父が経営する西東院総合病院のことで、櫻子はそこに泌尿器科医として勤務しているのだ。

櫻子の実家――婿養子となった父の実家でもある――東高階《ひがしたかしな》の家は名古屋にある。通うには少し遠いため、櫻子は東京《とうきょう》の名門女子高校に合格してからずっと美瑚の家に居候しており、二人は従姉妹というより実の姉妹ぐらいに親しかった。

当直や急患続きで家を空けていた櫻子は、今朝ようやく帰宅した。

彼女に聞きたいことがあったので、美瑚は遅過ぎる昼ご飯として具だくさんのナポリタンを作り、お茶ついでに一緒しようと櫻子をテラスに呼んだのだ。

「火曜日ですかね……。祖父に呼ばれて病院に行ったとき、偶然お見かけして印象的でしたので」

と、そこで救急診療部での出来事をかいつまんで櫻子に話す。

「ああー。それ、病院でも噂になっていたわ。……急変をいち早く見抜いて、開胸心マで助けたんでしょ」

こくこくとうなずくと、やるよねえ。と苦笑された。

「救急の一発勝負で心臓直揉み蘇生とか、普通は怖くてびびるわ。生存率いくつよって感じで。でも、いつも通り全然落ち着いてたんだってね。うちのナースが黄色い声上げて騒ぐ騒ぐ」

「わりと優秀なんですか」

「とんでもなく優秀よ。医師四年目の終わりにＣＡＢＧの執刀医《オペレーター》をしたしね。持ち前の才能と得意な努力の合わせ技で、同期どころか同年代の中でも抜きん出てる」

ＣＡＢＧ——冠動脈《かんどうみゃく》バイパス術というのは、心臓血管外科医の最初のハードルとも言われ、医師免許習得後六年程で執刀できれば、有望だとか才能があるといわれるものらしい。

なのに海棠は医師四年目の後半に、そのＣＡＢＧ手術を執刀したというのだ。

期間にすれば一年少し早い程度だが、初期研修医、専修医と見習い期間が終わってすぐの出来事と考えれば、外科医としていかに優れているかがわかる。

「確かに、手の早さが印象的でした」

「しかもあの美形でしょ？　北陸の実家もいい家柄らしいし。って、あんま家には帰ってないみたいだけど。去年の正月も病院で過ごしてたし。学生時代からそうだけど、どんだけ病院が好きなワーカーホリックよ」

「櫻子ちゃん、海棠先生と親しいの？」

賞賛だけでなく、皮肉な口ぶりが混ざったことに目を瞬かせていると、櫻子がナポリタンに入っていたピーマンをフォークで突きつつ苦笑する。

「知ってるもなにも。大学の同期で、初期研修チームも同じだったもん。ついでに職場も同じなんだから、知らない方が変でしょ。しかもあの顔」

言葉を句切り、巻き付けたパスタを口へ運んでから櫻子は続けた。

「同期だからって言うんで、仲を取り持ってほしいって子は後を絶たないし。私は興味ないけど」

「モテそうですものねえ。海棠先生」

「モテるとか、モテない以前の問題だと思うわ。異性に対しては無関心のウルトラハイパー塩対応。塩過ぎて、海棠にフラれた子たちからはウユニってあだ名をつけられてるし」

「ウユニ……塩湖《えんこ》ですか。確かに笑顔は見なかったですね」

一面が真っ白な塩に覆われた湖を頭に浮かべながら、美瑚はうなずく。

唐突な縁談に驚いてはいたが、愛想笑いや微笑は最初から皆無だった気がする。

「恋愛アピールはガチ無視で、告白しても〝そうですか〟とかで流しちゃう。だから今では、鑑賞するだけのイケメンって言われてるわ。……生い立ちからすれば、しょうがないかって感じはするんだけど」

「海棠先生のお父様が元代議士で、祖父も、曾祖父《そうそふ》も政治家だったとか」

顔合わせになる前に、父がしていた話を思い出しつぶやけば、櫻子がそうそうと相づちを打った。

「三人兄弟だけど海棠だけ母親が違ってね。年を取ってから迎えた後妻だったらしい。……一番上とは、親子ほど年齢が違うって聞いたな」

愛人とかではなく、単純に年齢差のある結婚だったが、田舎《いなか》で古い考えの老人が多い土地柄、あまりよくは思われなかったそうで。

「両親とは仲よかったみたいだけど、兄弟と折り合いが悪かったらしくて。……まあ、上二人が県議員と議員秘書。同じ年の甥《おい》っ子《こ》は地方私大の法学部って感じで、後妻の子ごときに遺産も票田《ひょうでん》もやるか！　って態度だったみたい。目を配ってくれた父親も七年前に亡くなったっていうし」

主が不在となれば、跡継ぎである長兄の天下。後妻とその息子の居場所などない。

「親も、そういう風になるのが読めてたみたいで、小さい頃から、一人でも食える医者になれ。兄たちに手を掛けさせるなって、ちょっと厳しめに育てられたらしくてさ」

「なるほど」

後妻として色眼鏡で見られる母がこれ以上悪くいわれないよう、真面目に、命じられたレールの上を淡々と進む堅物として生きてきたのだろう。無口気味なのも、表情に乏《とぼ》しいのもきっとそのせい。

「百パーセント予想がつく無難男って感じ。予想を裏切ったのは初期研修後の進路ぐらい」

冷えて固まったナポリタンを、無理矢理《むりやり》腹に収めつつ櫻子が苦笑する。

「進路……？　最初から、心臓血管外科を志していた訳ではないんですか」

あんなに見事に人の命を救えるのに、誰より的確に蘇生する才能があるのに、望んだ道ではなかったのか。

「学生の頃の志望は脳神経外科だったんだ。医局にも出入りして久我准《くがじゅん》教授に気に入られてたし、ロボット手術のシミュレーターも頻繁に触ってた。だから、心臓血管外科に進んだときは、みんな、びっくりしたわ」

「そんなに珍しいんですか」

珍しいわよとツッコんで、櫻子は少し道をそれて説明しだす。

脳にしろ心臓にしろ、外科で一目置かれる花形部署だ。

海棠と櫻子がいた大学は外科で有名な上、どちらの科も人気が高く、医師免許を取る前、学生時代から顔を売っていないと、その部署――医局に取ってもらえないらしい。

「そりゃ、年を取って体力的に長時間の手術が厳しいからとか、ライフスタイルが変化したとかで転科する人は多いけど、卒業前から通い詰めていた科を蹴るのは珍しいわね。……同期だって、海棠は大学病院に残って、脳神経外科のエリートコースを進むとばかり……」

「なにがあったんですかね？」

「うーん。女のためらしいよ」

えっ、と小さい声を上げてしまう。けれど櫻子は美瑚の意図とは違う方に勘違いしたようだった。

「研修医時代になんかあったらしい。詳しい話は知らないけど、脳神経外科の医療秘書が小耳に挟んだ話だと、どうも女のために進路を変えたっぽい」

そこで言葉を切り、身を乗り出して櫻子はにやっと笑う。

「噂では、薄幸の美少女患者に惚《ほ》れて、不治の病を自分の手を治すべく転科を決めたとか。……だから、誰が口説いても超塩対応の無関心なんだって」

そこにロマンスを感じて、余計に熱を上げる女性スタッフも多いと補足しつつ、櫻子は肩をすくめた。

「どこまで本当か知らないけど、海外で移植が必要な患者が思い人だから、金を稼ぐためにワーカーホリックなんだとか、禁断の恋だからお付き合いはしてないとか。眉唾も大概あるとは思うけど、でも、たまーに逗子《ずし》の高級診療所と電話するのを目撃されてる」

どくどくと心臓が嫌な音をたてだす中、美瑚はやっぱりと思う。

（話が繋がる……）

美瑚にもったいないほど有能で賢い海棠が、突然縁談を切り出され、怒るどころかすんなりと受け入れ、しかも〝絶対に断らない〟とまで言い切る理由がやったとわかった。

（なんだ……。好きな人が、いるんだ）

将来が約束された脳神経外科の道を捨てて、対極ともライバルとも言える心臓血管外科を選ぶなど、よほどの覚悟がないとできない。そう、例えば家族や、愛する人の難病を治すためだとか。

先日、縁談を切り出されたときにつぶやいていたではないか。

――参ったな、知られていたとは、と。

きっと海棠には好きで、でも、一緒になれない理由のある女性が存在するのだ。でなければ、エリートコースを蹴って、うちみたいな病院に来るはずもない。

(そりゃ、個人が経営する病院の中では結構大きい方だけど、コネやツテ、博士号の取りやすさなんかを考えたら、絶対、大学の方がいい)

個人病院はやはり経営が主体になる。給料面でのメリットはあるが、反面、研究環境や新技術についての情報はどうしても大学より劣る。それに――。

「ねえ、櫻子ちゃん。海外の移植って、億単位はかかるんだよね」

「心臓だと、おおよそ一本っては聞くね。……どの国でやるかとかもあるけど、手術費と入院費の他に、渡航費や通院のための滞在費なんかもかかってくるし」

一億。大学で稼ごうと思うと気が遠くなる金額だ。個人病院でもやはり厳しい。だけど――。

(中核総合病院の院長なら、個人資産でまかなえる可能性は高い)

祖父の年収は四千万程度だが、有価証券の利益や関連施設の役員報酬などでもっと入る。

海外での心臓移植に関して、どのように手続きをして支払うか不明だが、一括ということはないだろう。

一医師ではなく病院の経営陣となれば周囲に援助を募りやすい。

担保《たんぽ》として、経営者の娘と結婚することになったとしても、大切な人の命を救うためのお金――一億を超える手術代を集める目処《めど》はつく。

（だから私と結婚するってこと、かな……）

女性なら誰でも選べるほどスペックの高い海棠が、平凡な美瑚を見初めるとは思えない。それよりは、別に好きな人がおり、その人のために身を捧《ささ》げ――という方が、聞いている話や性格に一致する。

好きな人と添い遂げられないのはつらいが、死なれるよりはと考え、金と治療機会を得るために、好きでもない美瑚との結婚を受ける気でいるのではないだろうか。

考えれば考えるほど、海棠に好きな人がおり、その人の治療のために人生を懸けているという説が正しい気がしてくる。

（がっかりしているのかな、私。……海棠先生に好きな人がいることに）

落ち込む立場にないのはわかっている。彼からすれば、雇用主から押しつけられた箱入り娘など、大してうれしくもないだろう。ならば美瑚はどうするべきか――。

海棠のために、周囲のためになにをすべきか。

（もったいないけど、やっぱりダメだ。このお話は断ろう。元から、釣り合いが取れてないですし）

あれこれ思い悩みながら、美瑚は置いていたアイスティーへ手を伸ばす。

話し込んでいたからか、浮く氷は小さく、お茶もすっかり水っぽくなっていた。

味がぼやけていても口を潤《うるお》すことはできる。まずいのを承知で飲んでみるも、緊張に引き連れた喉はなかなか元に戻らない。

黙ってアイスティーを飲んでばかりいると、美瑚の事情を知らない櫻子が訳あり顔で笑う。

「それにしても、アンタにしては珍しいほど食いついて聞いてきたわねー。さては惚れたな？」

救急での蘇生劇はすごかったらしいもんねーと続けられ、そこはうなずく。でも。

「惚れたというより、惚れる前に縁談が決まっていた感じですかね？」

「……は？」

「先ほど説明した救急での一件の後、お祖父様から婿にどうだと勧められまして。急な話でしたから、二人とも考える時間を取るという形に落ち着きましたが、どんな人柄かなと」

美瑚が口にするにつれ、櫻子の顔から血の気が失《う》せていく。

「ちょっとぉ……。そういうことは、始めから伝えてよ!?」

「伝えたら、忌憚《きたん》ない意見を聞けない気がしました」

美瑚に海棠との縁談があると聞いていたら、きっと、心臓血管外科医になった理由など聞けなかっただろう。

「話が進む前に正直なところを知れてよかったです。二度目の婚約者も浮気で破談はあんまりですから」

「そりゃそうだけど……」

「大丈夫です。櫻子ちゃんから聞いたとか言いませんから」

まだ不安げに美瑚をにらむ従姉妹に対して、気にするなと伝えたくて手を振り笑う。

とにかく聞けてよかった。後は、適当に、誰にも角が立たないような理由をつけて断ろう。

(夕方には、海棠先生がお迎えに来ますし。聞けてよかった)

デートをすると決められた週末だが、結局、海棠側の時間が取れず、夕食のみという話になった。

だが逆によかったと思う。何度も交流を重ね、情が移ってからよりは、初回できっぱり、はっきりと蹴りをつけた方がお互い時間を無駄にせずに済む。

（縁がなかっただけのこと。私にはもったいないほど素敵な人だから、こうなるのもしょうがない）

気持ちを切り替えるために、美瑚はアイスティーを一息に飲んで、それから大きく伸びをする。

「さて、どうしましょうかねえ」

ぼやいて空を見上げたが、そこには答えはもちろん、雲一つもないまま、空は青く澄み渡っていた。


夕方となり、電話で呼び出されポーチへ降りると、海棠が車を降りて待っていた。

仕事帰りなのか、あるいは、スーツが基本だと考えるタイプなのか。

海棠は、出会ったときと同じく、スリーピースかつ仕立てのよいスーツを身につけていた。

が、白衣がないだけでずいぶんと印象が違う。

潔癖な印象が和らぎ、代わりに、男性らしい精悍《せいかん》さが強調されて見える。

ターコイズブルーの車を背景にして立っているせいか、引き締まった身体にスーツがよく似合う。

医師というより、スマートな若手実業家といった風情だ。

前回とは違う印象にドキリとして立ち止まっていると、相手も、美瑚を見て驚いているのに気づく。

「すみません。凝視してしまって。……貴女《あなた》の印象がいつもとずいぶん違うので」

「あっ、ちょっと子どもっぽいですか？」

今日の美瑚は、襟元にビジュー刺繍《ししゅう》がある白藤《しらふじ》色のシフォンワンピースを着ていた。

もう二十歳になるのだから、海棠に倣って身体にぴったりしたスーツや、女性らしさを強調する露出多めの服などにも挑むべきとわかっているが、いまいち勇気が出ない。

平均より小柄だというのもあるが、一番の理由は胸である。

病気で発育が遅く、細く肉付きの薄い腰や腕に反して、胸ばかりが妙に大きいのだ。

うらやましいと言われることが多いが、美瑚は自分の胸が好きではない。

年頃になるまでは気にとめず、高校時代も女性病棟に入院していたので気づきづらかったが、とかく異性の視線を集める。それも、大概うれしくない輩《やから》ばかりに。

酔っ払った親族に嫌な絡み方をされたり、卑猥《ひわい》な目で見られたりとするうちに、だんだん体型を隠すようになり、元婚約者の言葉がとどめになった。

医学部にも入れない馬鹿は、黙って跡継ぎを産んで育てるだけでいい。――胸のデカさしか取り柄のない女のくせに。と。

胸が大きいと頭が悪く見えるらしい。その偏見に気づいてからは、なおさら嫌になった。

頭がよくないのはわかっている。だけど、見た目ぐらいは取り繕いたい。

だから選ぶ服が、ふわっと空気を含むシフォンワンピースやチュニックなどばかりになってしまい、童顔も相まって、今度は子どもっぽさばかりが際立つ。

(どう見ても頭がよさそうな海棠先生の隣に並んで、馬鹿に見えるのはちょっと嫌だ)

そのぐらいなら子どもっぽい方がいいと思うが、違うのだろうか。

「おかしいなら、時間をいただいて着替えてきますが」

「ああ、すみません。不躾《ぶしつけ》に眺めてしまって。……美瑚さんが、あまりにも可憐《かれん》なので、つい」

不意打ちの賞賛を受け、美瑚は頬を紅潮させる。

可憐とはどういう意味だ。子どもっぽいと言われるのには慣れているが、可憐というのは耳になじみがなく、その分、なんだか照れくさくなってしまう。

お世辞だとわかっているのに、気が浮ついてしょうがない。

黙ってうつむいていると、海棠が車のドアを開けて美瑚を助手席に座らせる。

車で移動すること三十分、さして差し障りのない、天気や季節イベントの話などでやり過ごす。

そして二人が食事に訪れたのは、隅田川に面した築地《つきじ》のある料亭だった。

和服姿の女将《おかみ》に案内され、二人用の座卓が用意されたこぢんまりとした部屋に入るなり、美瑚はわあっと歓声を上げてしまう。

開かれた雪見障子《しょうじ》の先、建物によって正方形に囲まれた中庭一面が池となっており、色とりどりの錦鯉《にしきごい》が悠然と泳いでいた。

水面を照らす明かりは部屋から漏《も》れるものだけで、変にライトアップしていないところが趣《おもむき》深い。

池の四隅には大柳やしだれ桜が植えてあり、さわさわと音を立てるせせらぎや、跳ねる鯉《こい》の水音の向こう側に、わずかに琴の音が響くのも、非現実感をかきたてられて胸が躍《おど》る。

これから、どんな料理がどんな風に出てくるのか。どう時間を楽しもうかと気分が高揚《こうよう》する中、隣で中庭を鑑賞していた海棠がかすかに息を漏らす。

はしゃぎ過ぎて、子どもみたいだとあきれられたかもしれない。

反省しがちに、視線だけで彼を見上げ、美瑚は、そのまま呼吸することを忘れてしまう。

海棠の表情が、優しく和んでいた。

生真面目であまり変化がないと思っていたが、目と口元が少し緩んでいるだけで、驚くほど雰囲気が違う。

ほころび開いた梅花のように、海棠の微笑みは匂い立つほど麗《うるわ》しく――美瑚はドキリとしていた。

一体、なにを見て和んでいるのかと視線を辿《たど》ろうとした途端、美瑚が見ていることに海棠が気づく。

「美瑚さん？」

「あっ、いえ……あの。綺麗ですね。建物が水の上に浮かんでるみたい」

縁側ギリギリまで池を作り込み、植物や石で巧みに基礎を隠していることを話題に上げる。

だけど美瑚の気持ちはそこになく、先ほど海棠が見せた表情ばかりが頭に残る。

気恥ずかしくて視線を落とせば、二人が立つ縁側の先で赤白まだらの鯉が跳ねた。

ぱしゃりとした水音が響く中、言葉もなくただ寄り添い合う。

なにか話さなければと思うけれど、なにを話せばいいのかわからない。

ただ、鼓動と身体を巡《めぐ》る血流がひたすらに速い。

泳ぐ鯉を眺めるそぶりで下ばかり向いていると、探るような動きで海棠がこちらへ手を伸ばす。

「美瑚さん？　貴女」

男の指先が近づき、美瑚の横顔を覆う栗色の髪をかき分ける。

そのまま慎重な仕草で耳に架けられるが、詰めていた息を漏らした弾みに海棠の指先と美瑚の耳殻がかすかに触れあう。

思わず肩を跳ねさせると、驚かせたことを悔いるみたいにして、彼の指が素早く離れた。

「失礼。……ずっと下を向かれてるので、具合でも悪いのかと。少し赤いようにも見えますし」

「あっ、あまりにも素敵な場所で、興奮しちゃって。ごめんなさい」

なんとか取り繕い、海棠の視線を避けつつ座卓に腰を落ち着ける。

出された料理は、九月半ばとあって秋を意識したものだった。

鰹出汁《かつおだし》の餡《あん》がかかった黄金色の銀杏《いちょう》豆腐に、かわいらしい里芋の衣《きぬ》かつぎ。

汁物はすまし下手の海老《えび》しんじょうに金沢の紅葉麩《もみじふ》。戻り鰹のたたき、和牛の朴葉《ほおば》焼きと——たたずまいにふさわしい、正統派和食が次々と出てくる。

絶品だったのは地鶏《じどり》を小鍋仕立てにした水炊きで、透けるほど煮込まれた玉葱《たまねぎ》と冬瓜《とうがん》を口へ運ぶと、白濁した鶏のスープと一緒くたに舌の上で蕩《とろ》け、身体じゅうにおいしさが染み渡った。

朴葉焼きの付け合わせにあった、万願寺甘唐《まんがんじあまとう》や小茄子《こなす》を、焼けた味噌《みそ》にちょっと付けて食べるのも滋味《じみ》深く。うっかり白米が欲しいとつぶやけば、海棠も大いに同意し——二人して吹き出してしまった。

いつもは小食の美瑚も、会話の楽しさや料理のしつらえに乗せられ、珍しく、お腹が苦しくなるほど食べ——水菓子に梨のシャーベットと柿羊羹《かきようかん》が出された頃には、ずいぶん、気もほぐれていた。

名残《なごり》惜しくはあるが、やるべきことはきちんとしなければ。

美瑚は、この縁談をなかったことにするための言葉を切り出す。

「海棠先生は、やっぱり、将来的に移植チームを目指したいと思うのですか？」

丁寧に淹れられた茶で一息つくふりをしつつ、相手の表情をうかがう。

恋人、あるいは片思いの相手を救うために心臓血管外科を選んだという説を確かめ、そこから切り崩し、海棠の置かれている状況を知ろうと考えていたのだ。

そうです、と答えられることを期待して待つも、海棠の返答は美瑚の期待とは真逆だった。

「あまり興味がないですね」

簡潔明瞭な返答に、美瑚は意外な思いで目を瞬かす。

どういうことだ。大切な人を助けるために心臓移植を極めようとしているのではないのか。

予定と違う回答に目を瞬かせつつ、これはひょっとして遠回りの謙遜《けんそん》なのではと思い直す。

「でも、心臓移植って、すごい難しくて特別で、ニュースにもなるから、やっぱり目指すものかなって」

「特別だから、かえって興味がないと言いますか。……海外ならともかく、日本の移植例は年間60件前後。心臓外科全体症例数が六万を超えることを考えれば、手術を受けるのも施《ほどこ》すのも、ごく限られた人数です」

驚く美瑚をそのままに、海棠は、食べ終えた水菓子から匙《さじ》を外す。

「どちらがいいというのではなく、スタンスの問題で。……俺は、技術の粋《すい》を極めた一部となって一部を救うよりは、平凡でも、精度の高い手技で多くをこなし、多くを救いたい。……難しい手技を体得するのもいい。ですが、必要とされたときに、必要な処置を的確にこなせることも、同じぐらい重要だと思います」

——病院にくる百人が百人、難しい病気ではないのだから。

照れるでもなく、恥じるでもなく、ただ、確固たる信念のみを頼りに言う姿に圧倒されてしまう。

大人だ。やるべきことと、やりたいことをきちんと理解してわきまえている。

(じゃなくて！　えっと、じゃあ、恋人を救うっていう話はどこからなの)

櫻子の話では、海棠が蹴った脳神経外科医局の秘書が出所だ。信憑性《しんぴょうせい》は高いと思ったのだが。

(いやいや、思い直さないと。ひょっとしたら、まずは基礎からとか、そういう慎重タイプかもだし)

なんでもない処置を完璧にこなせる医師となり、そこからステップをという考えかと思う。いや、そうだろう。大切な人の命に関わるのだ。慎重過ぎるのも当たり前。

また、美瑚を警戒しているとも考えられる。

(海外移植が必要だってあったし。私の機嫌を損ねて破談にならないよう、嘘《うそ》を吐《つ》いているのかも?)

だとすると、もう少し打ち解けないとダメだろうか。いや、でもあまり打ち解け過ぎてもまずい。

考えるうちに眉が寄ってしまったのだろう。海棠が少しトーンを落とした様子で機嫌をうかがってきた。

「美瑚さん。なにか、ご不満なことでもありましたか」

「いっ、いいえ、その。ちょっと意外だったと言いますか。なんというか」

「やはり、美瑚さんの夫となるには、世界で名を知られるほど特別ななにかがなくてはとお考えですか」

抑揚を抑えた声に、つい頭を振って否定する。

「そんな持ち上げないでください。私、そう大した人間では……」

「ご謙遜を」

「いえいえ!　海棠先生にそう思っていただけるなんて恐縮過ぎて、本当に、もったいないと言いますか」

不満を抱くなら、美瑚より海棠の方だろう。

いまだになんの役割もなく、一族のお荷物となっている自分とは違い、海棠は若くしてすでに西東院総合病院の要《かなめ》となりつつある。比べるのが間違っている。

「ずいぶん、ご自身を過小評価されるんですね」

「過小評価とかではなくて」

困ったなあ、と内心でぼやきながら頭を働かせる。

心臓移植について尋ね、肯定され、理由を深掘りしていくことで事情を引き出し、それを理由に、結婚すべきでないと提案するつもりだったが、まったくうまくいかない。

なおもしつこく、いえいえ、そんなことはないと、押し問答を繰り返し十分。

美瑚は相手側の事情を引き出すことを諦め、お断りに向けて話を進めることに決める。

「単刀直入にお伺いしますが、海棠先生は、今回の縁談をどうされるおつもりですか」

「話が出たときにお伝えしましたが、俺からは断る気はありません」

確固とした態度で言われ、美瑚は気がひるみかけるも、なんとか反論を口にする。

「ですが突然ですし、お互いに事情もありますよね？　やはり難しいのではと」

「それはどうしてですか？　美瑚さんが俺を知らないことが不安だというなら、可能な限り、こうして時間を作って仲を深めればいいだけです。お見合いなどそんなものでしょう。だから……」

言いかけ、はっとした様子で海棠は口をつぐみ、それから硬い表情となり問いただす。

「まさか、好きな方がいらっしゃる……と」

思いっきり首を横に振る。というか、好きな人がいるのは美瑚ではなくて海棠だろう。

「そうではなくて、浮気されるのは嫌だなあと。……前の方も、男女関係で揉めて破談になりましたたし」

「誓って言えますが、俺は浮気はしません。結婚するからには美瑚さん一人に尽くすつもりです」

「ちょっ、ちょっと待ってください！」

引く様子のない言葉の応酬に戸惑い、声を荒らげてしまう。

口ではなんとでも言える。前のお見合い相手も、人の目があるところでは美瑚を溺愛するそぶりを見せていたが、結局、二股どころか三股もかけて浮気していたではないか。

「どうして言い切れるんです。いえ、違います。どうして、そこまで私との結婚にこだわるんですか」

「好きだから。それだけではいけませんか」

告げられ、美瑚は完全に気を動転させてしまう。

お世辞か追従《ついしょう》だとわかっていても、海棠ほどの男から、目の前で堂々と告白されてはたまらない。

全身の血がかあっと沸き立ち、頬どころか、耳やうなじまで赤くしつつ美瑚はうめく。

「いや、そういう冗談は必要ではなくて……」

「冗談ではありません。美瑚さんが好きだから、結婚を引き受けた。……それでは理由になりませんか」

というものの海棠の表情はさほど変わらない。少し顔が赤いように見えるが気のせいだ。

いっそ金が欲しい。好きな人を救うためと、本音を口にされたかった。

もし、海棠の本音を聞いたなら、それを言質《げんち》として違う案を練れるかもしれないのに。

角を立てないように別れるには、お互いの考えや理由に納得してからの方がいい。なにしろ海棠は祖父の病院で将来を期待されている医師。変にこじらせて退職されては困る。

(仕方ありませんね。作戦を変更するしか)

相手に引く気がないなら、引きたくなるように美瑚が仕向けるしかない。

「お気持ちが本当なら大変にうれしいのですが、でも、私……そこまで結婚に夢がないんですよね」

こくりと喉を鳴らして唾を呑み、美瑚はさらに続けた。

「お相手は誰でもいいというか、その、跡継ぎさえいただければと」

自分の発言の過激さにいたたまれず、美瑚は視線を手元に落とす。

緊張と羞恥《しゅうち》からか指先まで赤い上、細かに震えてさえいる。内心の動揺を見抜かれたくなくて、とっさに湯飲みを両手で握ったが、指の震えが隠せた代わりに、煎茶のさざ波が立っただけだ。

「相手は誰でもいいから、とにかく子どもが欲しいと？」

「そう、言うことになりますかね」

嘘ではない。半分は本当である。

美瑚が結婚したい理由は、自分よりましな跡継ぎを得て周囲を安心させたいという思いだけだ。

母、自分と二代続けて跡取りが一人娘な上、双方とも病弱、しかも母は早世——と、病院の継続に影を落とすようなことが続いた。

ここらで、自分が頑張って、優秀かつ危なげのない跡継ぎをこさえるべきだ。

男児で、医師になるだけの学力があり、なおかつ誠実で腕もよい——海棠のような男を。

肩が急にずんと重くなる。そうだ。海棠のような男だ。

恨めしさと、憧れをない交ぜにしつつ、ちらっと相手を盗み見る。

こうして向かい合うと、ますます、父や祖父が海棠を婿がねに選んだ理由がわかる。

容姿端麗、頭脳明晰《めいせき》、冷静沈着にして医師としての技術もセンスも高い。

大病院の跡取りになるために生まれてきたような男を前に、美瑚は、羨望と劣等感を等分に抱く。

「特別に、海棠先生でなければならない……ということはなくて。その、無理して縁談を受けずとも、相手は用意できますので、先生は気兼ねなくお断りされても……」

「納得しかねます」

切り捨てるような口調で言われ、美瑚はつい肩を小さく跳ねさせてしまう。

おびえさせたことに気づいたのか、海棠は嫌にわざとらしい咳払いをして反論しだす。

「俺でなくてもいいということは、俺であってもいいということです。……お互いに断る理由はないと思いますが」

「うっ……」

「それとも美瑚さんは、俺とそういう行為……セックスができないほど嫌だと」

剛速球のストレートを投げつけられて、美瑚の喉からうぐっと変な声が出てしまう。

想像したこともなかった。が、夫婦になればして当然のことだ。特に子どもを求めるならば。

試しに想像してみたくなり、頭を上げて海棠を見つめる。

あのスーツを脱がせて、シャツも奪って、ネクタイをほどくと——どんな身体があって、どう触れあうのか。もやもやとしたイメージの断片が浮かぶけれど、どうしても繋がらない。

だが、嫌悪感はなかった。だからか美瑚は考えるより早く頭を振っていた。

「不安や緊張がないと言えば嘘になりますけれど、結婚を前提としたお見合いとはそういうものですし。破談にはなりましたが、海棠先生も、それ以前の方も、条件は同じかと」

「……だったら、俺を断る理由はない」

変に拗ねた口ぶりで言われるも、思考的に追い詰められた美瑚は気づけない。

あうあうと、変なうめきを繰り出しながら呼吸を整えるので精一杯だ。

「俺は貴女と結婚する。絶対に」

美瑚へというより、自分に言い聞かせるような口ぶりに虚を突かれていると、海棠は決まり悪げに咳払いし、それから美瑚を視線で捉える。

「結婚して妻となるからには、貴女は俺の女だ。……嫌だといっても、無理だと懇願されても、きっと抱く。絶対に抱く。何度でも。なんであろうと」

子作りを前提とした期間限定の政略結婚であれば、許可を求めずとも当たり前のことを聞かれ、当然ですよと笑うべきなのに、うまく表情を作れない。

どころか、海棠の視線で灼《や》けついてしまったように、身体のあちこちが熱くなる。

海棠の瞳には、美瑚が知らない光が宿っていた。

それは強く、激しく、怒りにも似た攻撃性と、野生の肉食獣じみた飢餓、命の生々しい官能に満ちていて、どうにも魂を激しく揺さぶる。

なんらかの反応を求め誘発しようとする、艶《なま》めかしくも危険なまなざしに、美瑚は目をそらすどころか、思考すらまともにできないまま、震える唇から細く息を継ぐ。

怒ったときの祖父や父も、強く激しい目をしていたが、こんなまなざしではまるでなかった。

引力のように美瑚の精神を手繰り引き寄せ、奪おうとでもするかの視線がなにか、わからず戸惑う。

「それに、美瑚さんが子を望んでくれるのは、俺にとっても都合がいい」

まるで唯一の女のように見られ、高揚しかけていた気分が一瞬で冷える。

——都合がいい。

(ああ、そうか。そうだったんだ)

海棠には好きな人がいる。だが、その人は重い病で、直すためには技術と金が必要で。

——技術はどうにもならなくても、金なら、美瑚と結婚すれば目処がつく。

自分で執刀することにこだわらなければ、今すぐにでも海外での移植手続きを計画できる。

美瑚と結婚する以上、相手と結ばれることはないが、それでも死なれるよりはましだろう。

(一度だけ、お父様が泣いているのを見た)

あれは何回目の母の命日だっただろうか。いつもは明るく道化じみた態度が目立つ父が深夜、主を失った母の部屋で立ち尽くし、あきれるほど多くの百合《ゆり》の花を前に肩を落とし、声を漏らさぬまま肩を震わせ泣いていた。

声もないのに、慟哭《どうこく》だとわかった。

見ていられないほど痛ましく、声をかけられないほど傷ついていた。だから思う。もし、好きな人がいるならそちらを選んでほしいと。

だけど海棠は、大切な人を救うために美瑚と結婚するしかない。海外での移植費を得るために。

祖父はそれを見抜いていたからこそ海棠に声をかけ、そして海棠も承知した。だからなにがあっても絶対に断らない。断れるはずがない。

子を望むことだって、きっと保険だ。

美瑚と結婚したからといって祖父が約束を守るとは限らない。だが、生まれる子を担保にすれば、関係はより海棠に有利となる。

(相手のために自分の進路を変えて、相手のために見知らぬ娘との結婚をいとわない。そんな覚悟を抱いている海棠先生に、私が太刀《たち》打ちできるはずもない)

だったらなにをするべきか。

可能な限り早く子を産み——彼を、結婚という鎖から解き放つことではないか。

幸い、浮気して破談になった元婚約者とは違い、海棠は誠実だと言動からわかる。割り切った結婚でも美瑚をないがしろにしたり、もののように扱ったりしないだろう。

名も知らぬ海棠の思い人へ対する後ろめたさ。それさえしのげれば、お互い欲しいものが手に入るのではないか。

海棠は好きな人を救う未来を。美瑚は自分よりまともな跡継ぎを。

逆に二人が結婚しなければ、互いに失いダメージも大きい。

思い切ることだ。覚悟を決めたと同時に美瑚は声を上げていた。

「どうあっても、縁談を断る気はない。そういうことですね」

あくまでも形式的な確認に、海棠は真摯なまなざしで重くうなずく。

「でしたら、約束してほしいことがあります」

「約束?」

「妊娠したら、すぐ、私と離婚してください」

海棠が目をみはり素早く顎を引く。驚きの仕草に当然だと思う。

子どもができたら離婚など、普通の夫婦ではあり得ない。だけど、他の女性が好きだろう海棠を一生自分に縛り付ける勇気は美瑚になかった。

「これだけは、譲れません。……子どもができたら離婚します。親権《しんけん》についてはお譲りいただきますが、親として会うことは拒絶しませんし、病院においても、跡継ぎの父として尊重するよう計らいます。当然、理由は私の有責で構いませんから」

そうだ。そうすれば慰謝料として金を渡しやすい。

「妊娠したらすぐとは言うが、無事に生まれない場合もある。それを考えるなら」

海棠が言い募る仲、無礼を承知で遮《さえぎ》った。

「もちろん、先生が言いたいことはわかります。ですが、最低でも安定期から別居を願います。お互い、情がついても面倒ですし」

条件を並べるにつれ、それが唯一にして最良な気がして美瑚は一息に言い切る。

「以上に納得できるのでしたら、この縁談は進めていきたく！」

跡継ぎだけが欲しい。子どもができたら離婚など、どう考えてもむちゃくちゃだ。

まともな男性なら、種馬扱いに怒って断るものに違いない。だが、海棠は美瑚の勢いに押されてはいたが、別に怒らず、ただ視線を天井の方へ向けた。内容を吟味しているのだろう。

だが、そう長い時間ではなかった。

祈るような気持ちで待っていると、彼は、美瑚に視線を合わせつつうなずき、座卓になにかを置いた。

「わかりました」

黒い絹張りの上に、濃紫《こむらさき》と白で織り込まれた組紐《くみひも》が掛かる小箱だ。なんだろうか。

不思議がる美瑚が問う前に、外科医らしい器用さで海棠が組紐《ひも》の封をほどく。

「これが無駄にならずに済みそうで、よかったです」

少しだけ和らぎ安堵《あんど》の見える口調で言うと、海棠は薄い桐《きり》でできた蓋をずらす。

「これ……！」

プラチナの台座の上に、一粒のダイヤモンドをあしらった指輪が納められているのを見て、美瑚はこぼれ落ちんばかりに目をみはる。

白光を放つ宝石を八つの石枠が押さえている。そのせいで、ラウンドブリリアントのダイヤモンドに影ができ、まるで秋桜《コスモス》の花のような形に見える。

台座のリング部分にも彫金技術で秋桜の葉が刻んであり、つぼみに似せた小さなダイヤモンドも、三つ、四つとは埋め込まれている。

宝石の大きさ自体も一カラット以上はあるが、細工が極めてすばらしい。

秋桜――美瑚の誕生花をテーマとあしらったことや、しつらえの精緻さから、名の知れたハイブランドの一品ものだとわかる。

「ちょっと待ってください、海棠先生、これは」

「婚約指輪です。僭越《せんえつ》ながら、こちらで用意させていただきました。美瑚さんは、こういうのが好みかと」

趣味で言えば、美瑚の好みにすごくぴったりだ。けれど貰う言われがない。

二人の結婚は、子どもができるまでの期間限定なものだ。なのに、こんな立派な婚約指輪を貰うなんて。

伝えかけるも、驚愕《きょうがく》と混乱のあまり舌が動かない。

そうこうするうちに、海棠の手が美瑚の左手へ伸び、息をつかせぬ素早さで手首を掴む。

決して強い力ではない。だが、振りほどけない。振りほどかせないだけの気迫が海棠にある。

手中に捉えたことを確かめるように、男の長い指が美瑚の手首を探り、つと脈のある部分を撫でた。

医師としての癖か、あるいは、我が物とする獲物の具合を探っているのか。

触れるか触れないかの微妙さで肌を撫でられた美瑚は、おののき身を震わせる。

海棠の触れた場所に、ピリピリとした痺《しび》れが生じる。

だが不快ではない。どころか、痺れが抜けると同時に、甘くくすぐったい感覚が残り、体温と一緒くたになりながら皮膚から肉へと染みていく。

声も出せず、ただ、彼のなすがままにさせていると、海棠は美瑚の手首をそっと持ち上げ、それから薬指の爪、指の背と、順番に唇を落とし、熱く熟れた吐息で撫でる。

ぞくぞくするものが腰からうなじまで走り、びくっと肩を跳ねさせた時。

「……結婚、してくれますね」

耳に心地よく響く低音に操られるまま、美瑚は無意識にうなずいていた。

その様子を満足げな笑みで見つつ、海棠が指輪を美瑚の左手薬指へと通す。

あつらえたかのように指輪はぴったりと約束の場所へ収まり、一秒ごとに肌になじむ。

どうしよう。今更返す名目なんて思いつけない。

「外さないで」

美瑚の考えを読んだように、海棠に命じられればおしまいだ。

どうしてこんなものを、期間限定かつ子作りだけが使命の結婚に用意するのか。

戸惑いつつ目眩《めまい》にも似た感覚を味わっていると、海棠はひどくうれしそうにつぶやいた。

「そう。外さないで。……貴女が、私の妻である限り。ずっと」

どこか夢見心地な口調で言われ、もう一度うなずく。すると彼は、うん、と子どもっぽくうなずいて、それから目を細める。

——伏せがちにした海棠の眼から漏れる光が、所有と執着の喜びに輝いていたことなど、混乱する美瑚に気づけるはずもなかった。

第二章　花嫁御寮は初夜に企《たくら》む　～捨てられたアレの顛末《てんまつ》～

被ったバスタオルごと髪を掻《か》き回し、シャワーでついた水気を散らす。

その一方で、海棠清生《きよむ》はキッチンへ向かい冷蔵庫のドアを開いた。

まだ湿り気と熱気が残る胸板に、庫内から冷たい風が吹き付ける。

だがさして気にならない。人工的な冷気などではどうにもならないぐらい、身体が熱い。

水、寝酒代わりのワインが赤白で二本。後は日持ちする惣菜《そうざい》のレトルトや、学会にいった誰かの土産《みやげ》で貰った佃煮《つくだに》など、利用頻度の低さをうかがわせる中から、適当に缶ビールを取り出しリビングへ向かう。

とはいえキッチンの真横なので数歩もない。

行き当たったソファに腰を落ち着け、ビールのプルタブを開けた。

一息に半分近く喉へ流し込んで息を吐くと、目の端に点滅する光がよぎる。

東京湾を挟んで対岸にある、羽田《はねだ》空港を離陸した飛行機だ。

まだ二十二時前だからか、着陸待ちだろう便が夜空に二つほど見える。

立ち上がるのが面倒なのでバスタオルの端で口を拭っていると、風呂上がりをよいことに、スポーツメーカーの黒いスウェットパンツ一枚という、だらけた格好の男が窓ガラスに写っていた。

外では、一分の隙もない、完全装備のスーツを選ぶ清生だが、自宅ではそうでもない。

地上二十七階に位置するリビングは飛ぶ鳥すらも覗《のぞ》けないし、広い3LDKのハイグレードマンションの中には、清生以外の住人もいない。

西東院総合病院で勤務すると決めたときから、清生はこのマンションで一人暮らしをしていた。

場所は、今日訪れた築地の料亭と、職場である西東院総合病院のちょうど中間地点で、東京メトロ沿線の木場公園近くにあたる。

利便性のよい立地と広さ、コンシェルジュやジム、ハウスクリーニングなどのサービスを備え、買い物などの住環境もよいマンションは、いかに医師でも、勤務医かつ若手には手が届かない。

が、清生がここを保有しているのにはからくりがある。

亡くなった父は、便利がよかろうと議員時代に赤坂見附《あかさかみつけ》でマンションを購入し、会期中の寝床にしていた。

それが遺産相続で清生のものとなった。

父の想定では、自分の死後、実家で肩身が狭くなる清生母子が住むところに困らぬよう、用意しておいたのだろうが、残念ながらそうならなかった。

というのも、母は祖母の看病で逗子の実家に身を寄せているし、清生の職場からも微妙に遠い。

だから、すぐ手放し、そのとき得た金で、より職場に近く便利がいいこのマンションを購入したのだ。

中学の時分より東京にいたため、北陸にいる父の親戚には思い入れも親しみもない。

以前は、後妻という母の立場をおもんぱかり兄や親族のいいなりになっていたが、父と死別し、母が逗子で祖母と暮らし始めて以来、北陸の本家とは連絡すら取っていない。

（下手に連絡を入れて、邪魔をされるのも面倒だ。相手も今更、息子ほど歳が離れた弟と交流したい訳もな

いだろうし）

結婚式に呼ぶ必要はない。だから、あの条件も――妊娠したら離婚という突飛な話も説明しなくていい。母には結婚するとだけ連絡を入れるつもりだが、入院している祖母の付き添いで身動きは取れないだろう。

（それにしても、どうして、あんな条件を）

脳裏に、一時間半ほど前に別れた、九つ年下の娘の姿が浮かぶ。

真っ直ぐでつやつやした栗色の髪と、リスやウサギなどの小動物を思わせる愛らしい目。

大病を患《わずら》ったためか、来月の末に二十歳となるわりに小柄だが、会話の端々に現れる芯の強さや仕草の優美さは、見た目よりしとやかに落ち着いていて――ふと匂う清楚《せいそ》な色香にドキリとさせられる。

世間から距離を置いているせいで、突飛かつ素直過ぎるきらいはあるが、それすらもかわいいと思えた。

（だけど、子どもを産んだら離婚という話は納得できない）

ビールを一息に空けてソファに寝転がり、口元を引き絞める。

――あの場では、美瑚の手前だったので納得した風な演技をしていたが、内心は混乱の局地にあった。

結婚に乗り気でないようなそぶりを見せられたあげく、どうして美瑚にこだわるのか聞かれた。

なので率直に、好きだからと伝えたが、どうにも伝え方が悪かったらしく、冗談をと躱《かわ》された。

表情に乏しい己を内心で罵《ののし》りつつ、ひょっとしたら違う男が好きなのかと尋ねれば違うといわれ、その後。

（子どもが欲しいから結婚したい。相手が誰でも構わない……なんて）

少し、美瑚らしくないと思う。

突飛ではあるが、そんな投げやりな性格ではなかったはずだ。

そう。——少なくとも、清生が美瑚と初めて出会った五年前は。

西東院美瑚との縁談が示されたのは、今週頭のことだった。

朝から診察室に詰めていたが、救急外来に来た老人の緊急心臓カテーテル検査に立ち会ってほしいと、救急診療部と検査を担当する循環器《じゅんかん》内科医から連絡があった。

場合によって外科になりうる症例なので、コメントが欲しいという訳だ。

幸い、予約患者の数は少なく、外来も午前のみだったので現場へ行った。

検査を行った老人は予想より症状が軽く、循環器内科が引き取ることに決まったが、その帰りに、救急搬送されてきた患者と鉢合わせとなる。

自転車事故で転倒し頭を打った老人とか。何気なく患者へ目をやり清生は息を呑む。

喘ぐように呼吸しているが、肩も胸もほとんど動いていない。

——死線期呼吸だ。すでに心停止している。

流れる動きで見た頸動脈《けいどうみゃく》は怒張していた。血圧の値もどんどん悪くなっている。

ドゥルック上80と看護師が報告したときには、勝手に身体が動いていた。

心タンポナーデ、迅速簡易エコーで診断し、そのまま穿刺《せんし》して血抜き。

流れるようにこれからすべき救命手順が頭に浮かび、手はそれに従い流れ動く。

時間にして二十分ほどの間、決死の救命は実を結び、患者はかろうじて蘇生した。

緊急手術案件として引き取りオペ室に入ると、なぜか病院長である西東院千治が助手の一人として交じっていた。

オペ後に院長室へ付き合えといわれ首をひねる。人事には時期がおかしいし、個人的に親しい訳でもない。

(となると、勤怠か)

急変率が高い心臓血管外科は、その性質上、泊まり込みが多い。

年俸制の医師だ。残業も休日出勤も関係ないように見えるが、過労から体調を崩す医師が増えたことから、去年、労働基準監督署から物言いが入ったのだ。

いずれにせよ騒ぐことでもない。そう考えつつ院長室へ辿《たど》り着《つ》いたときだ。

室内から副院長である美継と美瑚の声が聞こえてきて驚いた。

まさか、そんな。

院長との面談に際し、頭の中で内容を推理していたが、一番あり得そうにない件が急浮上し、清生は態度や表情では平静を保ちながらも、内心で激しく焦る。

まるで見合いのように美瑚と向かい合い、高そうな弁当と微笑みをよこされ、混乱の度合いが激しくなる。

まさか、そんな。と二度目の自問自答を頭の中で繰り返す。

だが清生の狼狽《ろうばい》をあざ笑うように、院長に切り出された。

――ワシの孫娘を嫁にせんかね。

釣れ過ぎた魚を、仲のいいご近所にお裾分けするような、そんな気軽な口調で言われ息が止まった。

美瑚が、つい先日、婚約を破談にした話は知っていた。

まだ院内では噂になっていないことから、内々に処理しただろうことは察せたが、まさか、こんなに早く次の縁談に動くとは考えてもいなかった。

普通であれば落ち着くまで期間を置くだろう。年内か、あるいは年度が明けてからか。ともかく、半年程度は冷却期間を置いて、そこからまた相手を探し――、一年は、美瑚の縁談という心穏やかならざる話題を耳にせずに済むし、変な工作を仕組まずに済むだろう。と。

なのに現実は清生の期待をあっさり裏切ったあげく、なんの心の準備もできていないところから切り込んで来た。

他ならぬ清生を婿にどうかというのだ。

否も応もない。望むところだ。

初めましてと挨拶したものの、実のところ、清生は以前より美瑚を知っていた。

勤務先病院の経営者一族の娘としてではなく、西東院美瑚という患者として。

今から五年前だろうか。

大学を卒業したばかりの清生は、多くの医大生がそうであるように、真新しい医師免許を携《たずさ》え、母校の大学病院で初期研修に励んでいた。

とはいえ試験に受かったばかり。医者としては知識だけのひよこだ。

いきなりメスを持たされることもなく、比較的問題を起こしづらい内科の雑用から修行は始まる。

今は心臓血管外科の一端を担《にな》う清生も例外ではない。

初診担当として外来患者の検査手配や振り分けをこなす傍《かたわ》ら、病棟で入院中の患者と接し、学ぶ。

しかし、つい数ヶ月前までは学生だった身。いきなりプロ意識は持てず、ちょっとした疑問や、今日、やらせてもらった医師っぽいことを自慢するため、初期研修医は顔を合わせればすぐ雑談しだす。

清生が主体になったことはないが、同期でも際立って成績がよかったことから、あれこれ質問されるうち雑談に巻き込まれることは多く――調子に乗った一人が、冗談の勢いで清生を強く押した。

運悪く、それは学生ラグビーで腕を鳴らしたヤツで、ふらついた清生は、隣り合っていた小児病棟の患者にぶち当たる。

とっさに身体を支え、怪我《けが》をさせることは避けられたが、まだ若く、小さな彼女の頭からサイズの合っていないカツラが落ちることまでは、どうしようもできなかった。

医療に触れていればわかる。放射線治療や薬の副作用で脱毛した者が使う医療用ウィッグだ。

床に落ち、黒々と広がる髪束と、薄く地肌が覗く少女の頭を前にして、研修医どころか、病棟を回っていた看護師までもが蒼白《そうはく》になる。

これは泣かれる。どころか、治療すべき患者の心を傷つけたと、親が殴《なぐ》り込んできても文句は言えない。

全員が固唾《かたず》を呑む中、片腕で支えられた彼女は真っ直ぐに清生を見て――そして、笑った。

清い花が開くように、鮮やかに。どこか、しょうがないなあといった感情を含ませながら。

笑い、するりと清生の腕から抜け出し、カツラを拾ってホコリを払う。

それから、ぶつかったからではなく、自分のミスで落としたのだといわんばかりの仕草で頭に乗せ、髪をさらさらと手で鳴らすと、小首をかしげ、わざと大人ぶった仕草で注意した。

――病院内で騒いじゃダメなんですよ、先生。と。

あっけに取られ、謝罪もできないほど驚嘆する研修医どもをそのままに、彼女は軽やかな足取りで、自分の巣である個室へ戻る。

もちろん、その事件は上級医に伝わり、全員こっぴどく怒られた。

できるだけ関わらずやり過ごそうと逃げ腰となる同期を捨て置き、清生は改めて少女に謝ろうと個室へ向かい、二度驚かされる。

翌日の彼女はもうカツラを被っておらず、少年のようにさっぱりとした五分刈りになっていた。

その上、清生に気づくと、悪戯《いたずら》めいた表情をして「どうです。似合うでしょう」と、当時流行《はや》っていた、アクション映画の女優みたいに胸を張った。

声もでない。医師として持ち上げられ、輝かしい未来に有頂天になり、大したこともできないのに通ぶっている同期や自分と比べ、圧倒的に少女の方が格上で。

今すぐひれ伏したいほど気圧《けお》され、立ち尽くす清生に、少女は女王のように凜と告げた。

――謝らないでくださいね。私、病気を楽しむって決めているので。

苦しくてつらいもの、それが病気のはずなのに、楽しむという意味がわからず混乱していると、彼女は自慢げに続けた。

自分は必ず治る。こんな状態は今だけ。なら、嘆くより楽しんで人生経験の一つにした方がお得じゃないですか。そうすれば、また同じ目に遭ったときに役立てられる。

あの時だって、ちっとも悲しくなかったと。

苦痛や悲劇を押し隠すのではなく、すべてを割り切り、踏み砕き前に進もうとする姿に打ちのめされ、なにも言えずにいるうちに少女は姿を消していた。

以後、なにかにつけ、彼女は清生の過去で輝いた。

担当した患者を初めて喪《うしな》ったときや、ミスを不条理に押しつけられたとき。

自分の無力さや立ち回りの悪さにいら立ち嘆くと、記憶から少女が浮かび、花開くように笑う。

楽しむことにすればいい。今の状態はいつか変わって、この経験が糧《かて》になる。

彼女が示した信条にすがり歩むうち、いつしかその信条は、清生の中で恋情に変わり育つ。

実際、少女は、大叔母から骨髄の移植を受け、見事に回復し大学病院から立ち去った。

少女の名前が西東院美瑚であること、そして循環器系を主力とする名門総合病院長の唯一の孫娘で、医師の夫を迎える定めにあることを知ったのは、彼女が退院した後のこと。

奇《く》しくも、専門と定め、歩むことを希望していた、脳神経外科の先輩——自らも、大病院を継ぐ御曹司である久我との当直中の雑談からだった。


学生時代から定めていた脳神経外科医のルートを外れ、心臓血管外科専攻医として西東院総合病院へ進んだとき、同期や同年代の先輩後輩は騒然とした。

医学生の頃から出入りして顔を売り、研修医となってはなおさら入り浸り、准教授である久我やその息子といった、大学でもキーとなる者たちからかわいがられ、万全を期しての入局が予測されていたのに、間際になっての転身は、実直かつ真面目と評される清生からは、かけ離れた行動だ。

口の悪いものには、裏切ったとまで嘲られたが、それでも望んでみたかった。西東院美瑚という女を。

高嶺《たかね》な上に、絶壁の縁に咲く花なのはわかっていた。

社会的な家柄はそこそこでも、医療界では無名の清生がどこまで近づけるか、まるで予想はつかない。

だから、彼女の継ぐべき病院で確固とした存在となり、頼りにされるだけでもいい。

ともかく近づきたい。そして守り、彼女の傍らに並び立ちたい。女王の側に使える騎士のように。

願い、研鑽《けんさん》した甲斐《かい》あってか、病院内では一目置かれる若手の位置をキープできていた。

だが、まだ足りない。あらゆる男を押しのけて、自分が美瑚に一番ふさわしいと思われなければ。

そのためには、少々回りくどいこともしていたが、見てくれだけで実のない浮気者にかかって、美瑚が泣く目を見るよりましだ。

美瑚は縁談が潰れたのは初めてだと思い込んでいるが、縁談に至る前に握りつぶしたゴミは、その十倍はある。

これで一年は猶予がある。折しも、昨今、美瑚の祖父である病院長や、父親の美継副院長とも会話することも増えてきた。確実にチャンスを掴み、知り合い——口説いて。

と、計画を立てている最中。超高層ビルより高い棚から美瑚というぼた餅が落ちてきた。

予想以上に唐突だし、罠《わな》か白昼夢の可能性も否めなかったが、断るつもりは毛頭ない。——美瑚が同意しているのであれば。

そこで清生は溜息を吐き、空になったビール缶をローテーブルへやり起き上がる。

(結果的に同意はあった)

ただし、期間限定の結婚生活で美瑚を妊娠させるべき種馬として。

美瑚以外の女性やその親が申し出たなら、馬鹿にするなと一喝しただろう。だが、あの場で清生が一喝すれば、それこそもう、診察室へ患者を呼び込むよりたやすく〝次の方どうぞ〟といわれ、別の男と見合い、結婚とトントン拍子に進まれそうな雰囲気だった。

他の男が、それも、清生の次点風情と判断される奴が、美瑚を妻とするなど許せない。

話は受ける。既定路線だ。こんなチャンスは絶対に二度はない。

(さすがに、子どもができたら離婚するという条件には鼻白んだが……)

相手は誰でもいい。とにかく子どもが欲しいと美瑚が言う。その理由はわからないが、断れば別の男の元へ行くとわかっていて、むざむざ手放す理由はない。

それに、美瑚が出した条件には穴がある。

(結婚し、ごくまっとうに、相手が自分を愛してくれるまで口説き、気持ちが通じたときに子を作ればいい)

美瑚が清生を種馬扱いするなら、こちらは逆手に取って、結婚という柵《さく》で美瑚を囲い込み、他の男を排除しきった状態で、じっくりたっぷり愛を捧げて籠絡《ろうらく》すればいい。

幸い、生理的に性行為が嫌だとか無理だとかはないとの言質も取った。

「指輪も、渡したのだし」

一人つぶやき、思い出す。帰りの車の助手席で、恥じらいうつむく美瑚の手に、自分が選んだ婚約指輪があったことを。

（柔らかくて、しなやかな栗毛《くりげ》をしていた……）

うつむきがちな横顔を隠す美瑚の髪を思い出した途端、そのさらりとして繊細な感触が指によみがえる。

「時間をかけて、伸ばしたんだろうな……」

あれから五年。女性の髪が伸びるのにどれほど時間がかかるか知らないが、退院してから丁寧に丁寧に伸ばしたのだろう。彼女が持って生まれた栗毛は、黒髪のカツラよりずっと似合っていた。

綺麗な――練り上げた絹糸みたいな髪だった。

ほんの少し触れただけでしなやかに滑り逃げ、もっと触りたいと欲を煽《あお》る。

肌だって内側から光を放っているような白さで、恥じらい笑うとそこだけぱっと明るくなる。

「もうすぐだ」

いずれ、そう遠くない未来に、このマンションに美瑚が暮らすかと思うと、それだけで気持ちが浮き立ってくる。

だが一抹《いちまつ》の不安が胸をよぎる。

美瑚はようやく二十歳。婚約破棄したとはいえ、先を急ぐような年齢ではない。

病院の経営に関わる理事や、病院に医師を派遣することで権力を保とうとする教授、あるいは製薬会社や医療機器関係の経営者など、美瑚へ男をあてがおうとする外野は多かったが、最も影響力のある、美瑚の父親や祖父がうるさいという話は聞いたことがない。

だとしたら、美瑚の意思により結婚が望まれたのだろうが、さすがに早過ぎはしないだろうか。

その上、子どもができたら離婚するというのが解せない。

普通は、子どもができたら離婚しづらくなるのではないだろうか。

もちろん美瑚ほどに実家が裕福であれば、子育ての問題は他より楽に解決できるだろう。

万が一、愛が成就しないまま美瑚が子を授かった場合でも、清生は育児に積極的であろうと決意している
し、父親として求められるすべての努力をする覚悟がある。

つまり美瑚と清生が離婚してもしなくても、育児環境はさして変わらないように思える。

環境という物理面の問題でなければ、後は美瑚の心理面が理由となるが――。

（まさか、婚約破棄したが、相手を惜しんでいる……とか？）

世間体があり、浮気を許せないので縁を切ったが、気持ちはまだ相手に残っているのだろうか。

親族の男で整形外科医だと聞いた。その後、愛人の一人と結婚して逃げるように留学したらしいが――。

（投げやりになっているのか？　好きだった相手が浮気相手と結婚して、留学して、手が届かないから、もう誰でもいいと……）

そう仮定すれば確かに当てはまる。破談して半年も経たないうちに清生に縁談が回ってきたのも、相手が誰でもいいから子どもが欲しいという願いも、子ども――跡継ぎが生まれたら離婚という理由も。

「いや、先走るのはまずい。今は確実に、相手の信頼を得ることに集中した方がいい」

相手の狙いがわからないのは不安要素だが、結婚して、一緒に暮らすことになるのだ。理解を深める時間はいくらでもある。

理由を探ることも、聞き出すことも、今後いくらだってできるのだから――。

十一月最初の祝日。平安時代から続く由緒《ゆいしょ》ある神宮で、美瑚と清生の結婚式が行われる日だ。

美瑚は白い息を吐きながら、タクシーから早朝の境内へ降りる。

「とうとう、来ちゃった」

付き添いを引き受けた櫻子が精算している間、美瑚はかじかむ指先に息を吹きかけ、辺りを見渡す。

神域を囲む木立では紅葉が見事なのに、掃《は》き清められた玉砂利《たまじゃり》の上に一枚の落ち葉もない。

(神社で働く人って早起き。まだ、夜明けまでずいぶんあるのに)

見れば、鰹木《かつおぎ》が見事な本殿に橙色《だいだい》をした明かりが灯《とも》っている。

所々に、立ち動く宮司や巫女《みこ》らしき影が見えるが、気配は乏しく、辺りはどこか夢幻じみていた。

自然と背筋が伸びる静謐《せいひつ》さが、そこここにある。

花嫁である美瑚も当然——と言いたいところだが、実は違う。

(ああ、眠い……)

布団と同じぐらいふかふかなダウンジャケットの袖を口に当て、出かけたあくびをかみ殺す。

人妻になる緊張から眠れなかった訳ではない。

実のところ親戚の一部が、最後まで結婚に際してごちゃごちゃうるさく口出ししてきたせいだ。

(婿を貰うから白無垢《しろむく》はおかしい。とかで、延々二週間も愚痴られるとは……)

白無垢は嫁ぐ者が、貴女の家に染まりますという意味がある。清生という婿を貰うにあたり、それじゃあおかしい。相手の家に舐《な》められると。

(別にどちらでもいいと思うのですけれどね。実際、戸籍では私が海棠の姓を名乗ることになるのですし)

医師である海棠が〝西東院〟になったら、医師免許やら、麻薬取扱者免許の書き換えがめんどくさい。それよりは美瑚が海棠の籍に入った方が早い。

西東院総合病院の後継者にという話が決まれば、その時点で父または祖父と養子縁組することになるが、妊娠したら離婚という協定を結んでいる今、そこまで考える必要はないだろう。

(というか、絶対嫌がらせでしょ……)

浮気したあげく、医学部にも入れない馬鹿は、黙って跡継ぎを産めだの、胸のデカさしか取り柄がないだの散々暴言を吐いた元婚約者は、浮気相手と電撃結婚したあげく、さっさと自費で留学という名の逃亡をやりおおせた。

ところが、元婚約者を紹介した親戚の腹立ちは収まらない。結婚によって、西東院家の分家から本流に食い込み、好き放題に贅沢《ぜいたく》を——などと皮算用をフイにされた恨みを嫌がらせに変えて、チクチクと美瑚を攻撃するのだ。

どちらの家に染まるとか、そんな時代錯誤な考えを持ち出して、美瑚の結婚に難癖をつけてきた。

しかし白無垢は花嫁の特権だ。

色のない和装など、嫁ぐ時か棺《ひつぎ》に入る時しか装えない。美瑚だって、着られるものなら白無垢を着たい。

ずっと憧れていて、あれこれこだわり考えて選んだのだから。

(けれど我を通せば、きっと海棠先生が悪く言われる)

どうせすぐ離婚するのならば善は急げと、元婚約者との式で押さえていた神社や宴会場が破談した後に宙ぶらりんとなっていたので、そのまま清生との結婚式に転用すると決めたのだが、それがまずかった。

どういうことだ、破談は計画的だったのではないかと詰め寄られた。

元を返せば、浮気するような男を紹介したあげく、黙って目を潰れない美瑚が悪いとごり押しで結婚させようとした親戚に非があるのだが、大いに棚上げして美瑚へ責任転嫁しようと立ち回っているのだ。

このまま白無垢を着て式を挙げれば、入り婿のくせに嫁に白無垢だなんて図々しい、何様だと言いがかりをつけかねないし、参ったことにその親族男性は、達者な口で政治的活動をして、業界ではそれなりの権力を握ってもいた。

(迷惑は、掛けられないですからね)

清生が美瑚の夫である間は、西東院家の面子を立てて手出ししないだろうが、子どもができたら離婚するのだ。そうなった後、あることないこと吹聴《ふいちょう》し、彼の医師キャリアに傷をつけて憂さ晴らしをしかねない。

色打ち掛けだろうが白無垢だろうが、好きに装わせて満足するなら、そうしてやろう。

とはいえ、婚礼衣装がそこいらからぽっと出現したり、色がついたりするわけがない。

ものは裏地まで正絹《しょうけん》かつ、加賀繍金鳳凰白椿文《かがぬいきんほうおうしろつばきもん》という逸品だ。同格の色打ち掛けを探すとなると大事だ。

選ぶ間もなく、絨毯《じゅうたん》爆撃的に京都、金沢と友禅の町の工房へ次から次に電話をかけ、やっと見つけ、支払い、配送を確認しと——正直、大学受験と同じぐらいきつかった。

最後の方など疲労困憊《ひろうこんぱい》で、当直明けだというのに西東院家まで打ち合わせに来てくれた清生に対しても、上の空な対応をしてしまい、なんとなく気まずい。

同席していた父や櫻子から、打ち掛け事件については聞いているようだったが、正直、結婚していただく旦那様をさておき、電話ばかりなど褒められた態度ではないと思う。

あげく、ここ半月の睡眠不足が祟《たた》ってか、ソファで完全に寝落ちしてしまった。しかも清生の膝の上で。

穴があったら入りたい。むしろ、今からでも掘って埋まりたい。

期間限定とはいえ、周囲から入り婿と見なされている清生だ。美瑚が膝の上で寝ていたのでは、帰るとも言い出しにくかっただろう。

(お仕事帰りに寄っていただいただけでも感謝すべきなのに、身体を使って引き留めてしまうとは！)

言い方！　と、櫻子あたりから突っ込まれそうな齟齬《そご》だらけの発言だが、ともかく、合わせる顔がない。

清生が打ち合わせに来た翌日から、不思議と物事がうまく回り始めたが、それでも準備に忙しく、結婚前一週間は相手へろくに電話もしなかった。

「美瑚、少しはしゃんとしなよ。神前式中にひっくり返る方が、膝枕より海棠に迷惑を掛けるわよ」

落ち込んでいるのか眠いのかわからない状態でふらふらする美瑚を、引きずるようにして真っ直ぐに立たせ、櫻子は背中を叩く。

「早くして。時間が押している」

普段、外科医として働いているせいか、櫻子はとにかくせっかちだ。

(急いでも、式が始まるのは午後なのに……)

眠い。とにかく眠い。前日になって唐突に、予定が三時間近く前倒しにされたせいだ。

理由はわからないが、昨晩、神社から連絡があったとかで櫻子から伝えられた。

「なにがあったんだろ……。不備じゃないといいけど」

こんなに心構えがいい加減な花嫁が歩いても、敷き詰められた玉砂利はしゅくしゅくと鳴るのだなと、そんなどうでもいいことを考えながら歩いて数分。

美瑚さん、と聞き覚えのある声で呼びかけられた。

驚きつつ顔を上げると、防寒具にトレーナーという美瑚とそう大して代わらない服装をした清生が、離れの入り口で立っているのが見えた。

「え……？　海棠先生、どうして」

眠気も忘れて瞬きを繰り返す。

和装で着付けも大がかりな美瑚と違い、清生は一時間ほどで支度が済む。時間に余裕を持つにしても、あまりにも早過ぎるのではないだろうか。

「すみません。朝早くに」

「いえ、それはこちらの台詞で。……海棠先生、昨晩、お眠りにならなかったんですか？」

つい先ほどまで病院で急患を診たり、手術したりで徹夜して、中途半端に寝るのもきついからとか、そういう理由で来てしまったのだろうか。

首をかしげていると、清生は少しだけ顎を引き気味になった後、美瑚の後ろに立つ櫻子をうかがう。

「……なにも伝えてないんですか」

「うだうだ考えて気を回すだけなのわかってるもん。……美瑚は、思い切りがいいようでいて、最後は他人を優先しちゃうタイプだし」

「じゃあ美瑚さんは、予定をご存じないのですね」

はあっと清生が嘆息する。よほどあきれたのか、勢いこんだ呼気がわずかに眼鏡を曇らせていた。

「あの……。私は話に置き去りですか」

流れがよくわからない。結婚式当日、よりによって花婿から蚊帳《かや》の外に置かれてしまうとは。

「すみません。どうしても写真撮影を入れたいとわがままをお願いしたら、この時間にしか予定が取れそうになく」

「ええっ？　写真撮影って、婚礼衣装のやつですか？　それなら神前式が終わった後に境内でって……」

うっかり説明し忘れたのだろうか。だとしたら無駄足を踏ませたかもと青ざめる。

「いえ、それとは別に」

「別ですか？　二枚欲しいなら焼き増しするとかできますが？」

「ほらみなさいよ。四の五の言わず、やらせた方が早いって。……じゃ、連れて行くから」

要領を得ない二人のやりとりに焦れた櫻子が、承諾も得ずに美瑚を離れに連れ込む。

「わ、わ……！　櫻子ちゃん、乱暴です、強引です！」

身長が平均より低い美瑚と、モデル並みの高長身を誇る櫻子では勝負にならない。

ずるずると引きずられるようにして中へ入れば、メイク担当と着付け担当のスタッフが一斉に、よろしくお願いしますと頭を下げた。

状況が理解できない美瑚をそのままに、怒濤《どとう》のように化粧や着付けが進められていく。

ごく薄くおしろいを溶いた水化粧に、地毛に合わせた焦げ茶のアイライン。

朱色が強いチークは、輪郭を浮かすようにこめかみ辺りまで、しっかりと入れられる。

最後に紅を唇に掃かれ、カツラを被《かぶ》せられると、初々しくも艶めいた花嫁女御になっていた。

着付けだって隙はなく、腕を上げて、下げて、息を止めてといわれるままになっている間に、長襦袢《ながじゅばん》、掛け下、腰紐《こしひも》に帯と、迷いない手つきで行程が進む。

一段階ごとに身体が重くなるが、気にならないほど戸惑いが強い。

(それに、なんだか聞いていたものより色が薄いというか、品物が違う気が……！)

化粧ポーチ代わりの筥迫《はこせこ》も、末広《すえひろ》と呼ばれる扇子も、色打ち掛けに変更となったとき、緋色《ひいろ》と黒に変更したはずなのに、最初選んだもののままだ。

(これは、ひょっとして、やらかしたのかも！)

緊張が頂点になったとき、奥の襖《ふすま》が開かれ、衣紋《えもん》掛けにあった打ち掛けが目に飛び込んでくる。

「……っ！」

悲鳴を上げたはずなのに、まるで声になっていない。驚き過ぎて喉が締まっている。

色がない。

金銀黒に緋《ひ》の椿と、鮮やかな模様があるはずの打ち掛けに色がない。

夜中に降り積もり、誰にも踏まれず朝を迎えた初雪のように真っ白だ。

紛《まご》うことない白無垢に圧倒され、立ちすくんでいると、着付けのスタッフが、ささと美瑚を前に押し、最後に仕上げに羽織らせようとする。

「これ、こ、これ……！　あのっ、これ違いま……！」

袖で重い腕をなんとか振り上げ、駄々《だだ》っ子みたいに身をよじる。

無言の問答を繰り返す美瑚とスタッフたちの背後から、決然とした声が聞こえた。

「大丈夫です。それでお願いします」

清生だ。

染め抜きで五カ所に紋があしらわれた黒の羽織に縞袴《しまばかま》の礼装で、凜々しさと精悍さが十倍増しの和装姿だが、間違いなく清生だ。

彼は、嫌がる美瑚と戸惑うスタッフへしっかりとうなずき、断言した。

「問題ありません。白無垢で大丈夫です」

はっきりといわれ、眠気も戸惑いも吹き飛ぶほど驚いた。

「でっ、でもですねっ！」

「大丈夫です。美瑚さん。俺がしたことですから」

側に立ち、任せてと言いつつ肩を優しく叩かれると、美瑚の腕から力が抜けた。

おとなしくなった花嫁に、スタッフたちが丁寧に白無垢を着せかける。

仕上げに鏡を覗《のぞ》き込めば、先ほどの混乱もどこへやら、美瑚は溜息もでないほど感じ入っていた。

——とても荘厳で美しい。

デザイン画は渡されていたし、衣装の作成過程も動画で見ていたが、実物のすごさにはかなわない。

真珠のような正絹の表面に、銀と白で一針ずつ丹精された加賀繍という刺繍があり、身動きごとに鳳凰の白い翼や、艶容に花開く白椿が浮かび上がる。

化粧でもずいぶん大人っぽくなったと思ったが、白無垢を着るといよいよ人妻になるのだと感慨深くなる。

「わぁ……」と声を上げたままな美瑚の横に、清生が並ぶ。

両肩を支え、美瑚の肩越しに顔を並べ、そうっと覗くようにして清生が鏡を見ている。

婚礼衣装を身につけ、互いに並ぶ姿が視界に飛び込んできた瞬間、どくんと大きく心臓が跳ねて、腹の奥の方に暖かい炎が灯る。

(なんだろう、これ……。恥ずかしいのとは、違って……。いや、恥ずかしいですけど)

父や祖父におめかし姿を見られて照れるのにも似ているが、それとは違う感じもする。

見られるのが気恥ずかしいと同時に、もっと見てもらいたいという変な衝動が胸を急かす。

結婚して、性交して、子どもを作って離婚する。それだけの、至って合理的な夫婦生活を送り、互いが得たいものを得る関係でしかないのに、清生がなにを考えて美瑚を見ているのかがひたすら気になる。

(似合わないとか、あんまり変わらないとか、重そうとか……かな?　いやいや!)

心の中で奇声を上げつつ、平常心を保とうとする。

すると、肩に顔を寄せ、鏡越しに美瑚を見つめていた清生が目を細め、柔らかな微笑みを唇に刷く。

「綺麗ですね、とても」

まばゆく美しいものを見たような声で囁《ささや》かれ、意識するより早く、美瑚の身体がぴくんと跳ねる。

身体を巡る血が熱くなって、おしろいでいつもより白い頬に朱がにじむ。

一滴の色もない白無垢と同じだった美瑚の肌が、満開を迎えた桜のように淡く、艶めいた緋を宿す。

色としての違いなどほんのわずかしかないのに、だからか、逆に、少しの変化や影だけで、驚くほど表情が違う。

初々しく楚々《そそ》に、艶《あで》やかで美しく。そして――夜に散るさまを意識させる。

男にとって、たまらなくそそる姿だと知らぬまま、美瑚は自分を見ていられなくなり視線を落とす。

なのに清生は、もっとねだるみたいに、いっそう唇を美瑚の耳朶《じだ》に寄せ、意地悪な賞賛を繰り返し囁く。

「綺麗です。そう、……とても、綺麗だ」

一言ごとに、男の熱く熟《う》れた吐息が耳孔をかすめる。

都度都度、美瑚の身体が小さく跳ね、肩を支える清生の指に力がこもる。

もう頬とかうなじだけでなく、頭の中までうだりそうに熱い。そのくせ目は蕩《とろ》けそうに潤んでしまい、じくじくとした疼《うず》きが臍《へそ》の奥に溜まりだす。

ありがとうございますとか、おそれいりますとか返さないと、きっと気を悪くするか――このまま、延々と美瑚を褒《ほ》め称《たた》え、恥ずかしがらせ楽しむ気だとわかるのに、声が出ない。

たまらず、ぎゅっと目を閉ざした途端、わざとらしい咳払いが落とされる。

「海棠。じゃれるのは式の後にしなよ。……夜明けは待ってくれないんだけど」

入り口から二人を見ていた櫻子が言うと、少しだけ不機嫌に眉間を寄せた清生が、そうでしたと吐く。

「行きましょうか」

手を取り、導かれるままにしずしず進む。

離れを出て境内の方へ向かうと、カメラやレフ板などを持った男たちが、おお、と歓声を上げた。

定められた立ち位置へと移動する中、美瑚はようやくすべてを理解した。

「どうして、白無垢で撮影なんてことを……」

式の後にも撮影があるのに、早朝に二人だけで撮影をするなんて、やらなくても問題はない。

契約で夫婦となり、子どもを作るだけの関係に、余計なオプションはいらないだろう。

だからこそ、美瑚は、これをやるために清生が骨を折った理由を知りたかった。

「着たかったのでしょう?」

美瑚がうまく言葉にできないのを察してか、清生が穏やかに告げた。

(着たかった……?)

自分自身に問いかける。

政略結婚だとしても、精一杯楽しもうと考えて選び抜いた白無垢だった。

変な言いがかりを付けられ、それで面倒が起こり、清生に迷惑が掛かるよりはと諦めた。なんでもないふりで。そんなの惜しくないという嘘を吐いて。

波風を立てないこと。それが、跡継ぎでありながら役に立っていない美瑚にできることだから。

だけどこうして袖を通し、身体が喜びの反応を示すと実感する。ああ、やっぱり私はこうしたかったと。

「ありがとうございます。でも、あの……」

「迷惑になるだとか謝罪とかは口にしないでください。俺も、貴女に着せたかった」

「着せたかっ……た?」

寄り添ってとか、こちらに光とかカメラマンたちがせわしなく動く中、互いに向き合い見つめ合う。

「俺が悪く言われないように、俺のために、白無垢を諦めていたでしょう」

けだ。


「……気づいていらっしゃったのですか」

親戚がうるさいから。変更が手間なだけで衣装なんてどうでもいいです。そんな風に笑い飛ばし、ごまかし、清生なんて関係ないし、さしたる問題でないと振る舞っていたのに。

「だから今度は、俺が貴女のためになにかしたいと思いました。貴女の努力を無駄にしない形で、なにかを」

あっ、と小さく唇をわななかす。

美瑚に白無垢を着せるのなんて簡単だろう。式の時に色打ち掛けを隠して、白無垢を置いていればいいだけだ。

だけど清生はそうしなかった。

早朝に呼び出して着せ、写真を撮らせる。そして式自体は変更した色打ち掛けで行うのだろう。そうすれば、変更手配に奔走した美瑚の努力も、親族の面子も潰さず——美瑚の夢をかなえられる。

「すごく……、うれしい、です」

白無垢を着られたことではなく、清生のサプライズではなく、もっと深いところで——うれしいと思う。

だけど、うまく説明できなくて、ただ、瞬きを忘れたまま、今日、夫となる男を見つめる。

「大したことじゃありません。本音は、俺が……白無垢を着た美瑚さんを見たかっただけですから」

あまり美瑚が見つめるからだろうか。清生がはにかんだ表情で告げ、それから真顔で横を向く。

（素敵な人だ……）

お互いを利するため、それだけの理由で結婚する相手に、ここまでしてくれるなんて。

この人に、好きだといわれる女性はきっと幸せだろうと思う。

（物や言葉だけでなく、心で尽くしてくれるから）

うらやましい。清生が医師としての人生をかけてまで、癒やし、愛したいと願うどこかの誰かが。

いいな、と思う反面、ダメだからねと自分に言い聞かす。

（好きになっちゃダメ、邪魔しちゃダメ。早く、できるだけ早く、ことを成して離婚して、海棠先生を自由にしてあげなければ）

どういう女性を好きなのか気になりはしたが、聞いてはいけないと思う。

（聞けば、きっと引き返せなくなる。どうにもできなくなる）

なにを、と問うのも恐ろしい、自覚したら手をつけられなくなる感情が、自分の胸の底に生まれだす。

息を詰め、気づかないふりをしていると、隣にいた清生が、ああ、と小さく声を上げた。

「時間ですね」

言われ、同じ方へ目をやると、ビルの谷間から生まれたての朝日が顔を覗かす。

薄暗く冷たい辺りの空気を払いながら、高く、高く昇っていく太陽にさらされ、白無垢はいっそう白く、美瑚と清生の顔はさらに晴れやかに浮き立ち輝く。

向かい合うのではなく、同じ方角を見て笑う。

まぶしくて、輝かしくて、遠い未来を一緒に歩むと示すように。

どちらともなく差し出した指先が触れあい、静かに繋がれたとき、清生が誓いにも似た口調で告げた。

——いい夫婦になりましょうね。と。

正直、朝のサプライズがすご過ぎて、式の間になにがあったのかまるで覚えていない。

撮影が終わるなり色打ち掛けに着替え直し、手水《ちょうず》でお清めしてから神殿へ向かう。

祝詞《のりと》やら雅楽の音やら巫女さんの奉納舞やら、断片的な記憶はあるが、頭も身体も、綿菓子になってしまったかのように、ふわふわと甘く頼りなかった。

三三九度の時、初めてお酒を口にすることに思い当たり手が止まったが、他は大して問題はなく、親族が一堂に会する料亭での宴会もなんなく乗り切れた。――が。

(これはまったく聞いてない……)

いたたまれなさに襲われながら、美瑚は膝をぎゅっと掴む。

場所は皇居近くの高級ホテルの特別室。通常で言うならロイヤルスイートだろうが、スイートと名付けるのは実に即さない。

というのも、美瑚のいる部屋には壁らしき壁がまったく存在せず、だだっぴろい部屋を仕切るのは、枯れた柿渋《かきしぶ》染めの和紙に水墨画をしたためた衝立《ついたて》だけなのだ。

場所は、外国で腕を鳴らした日本人デザイナーが、和リゾートを意識して作ったモダンな温泉ホテル。和というテーマにふさわしく、室内には、麻ノ葉模様の窓格子に和箪笥《わだんす》、飾り棚の一輪挿しには蔦《つた》に白玉椿と茶道の季花を押さえている。

かといって地味で古くさい訳ではなく、お茶入れやステーショナリーを収める箱は朱と黒の漆《うるし》。長ソファのクッションはモダンテイストと、現代的な粋《いき》の要素も取り入れている。

外国人目当てに歪曲《わいきょく》などしない。和を今風に研《と》ぎ澄ませた室内は美しく落ち着きがある。

そう。

——部屋の中央に、これ見よがしに飾られた色打ち掛けさえなければ。

溜息を吐き、少し離れたベッドの上でうなだれる。

(今度は誰のサプライズだろう)

きっと、父か祖父だ。仕事馬鹿のあの二人は、女心の機微《きび》をあまり理解しておらず、時々、引くような変なセンスや勘違いを見せつける。

見ないように意識しても、壁そのものがないのだ。少し頭の位置を変えただけで、ド派手な紅と黒の色打ち掛けが目についてしまう。

しかも、湯上がりに着る芥子《からし》色の浴衣があるべきところには、真っ白な——いかにも、これから抱かれる初夜の新妻です！　といった肌襦袢《はだじゅばん》だけが用意されていた。

(……これ、絶対に、この間深夜放送されていた、昭和初期だか明治の花魁《おいらん》映画を観《み》てやってる)

式も宴会も終えた美瑚と清生は、呼ばれたハイヤーに押し込まれた。

そのとき、美瑚は清生の家に、清生は西東院の家に向かうとばかり思っていた。

が、到着したのはこの和風ホテルで——あれよあれよの間に特別室へ通される。

あんぐりと口を開けていれば、結婚祝いだと伝えながら、コンシェルジュを連れた総支配人が、黄金色をしたシャンパーニュと、空腹を納めるのにちょうどいい懐石風アミューズをサーブしていった。

初夜は二人きりでという気遣いだろうが、赤いベッドカバーやら、積まれた謎の餅——三日夜餅《みかよのもち》のつもりだろうか——やらの存在が妙に浮いていて、生々しさが募っている。

これはもう、ヤれということだろう。ヤっちまえということだろう。

父譲りか、祖父譲りか。変なところだけ思い切りのある美瑚は、判断するなり湯を使い身支度を調える。

が、色打ち掛け以外は和装にコートという姿でハイヤーに乗せられたので、替えになる服がない。

多分、クローゼットに家から着てきたトレーナーが入っているだろうが、初夜に着古した部屋着はあんまりではないだろうか。

幸い、花嫁修業の一環として着付けを習っていたので、掛下《かけした》を着ることにした。

裾長なので動きづらいし、帯も簡単に留めているので着崩れしやすいが、やることは一つだ。気にしていては負けてしまう。なんに負けるかはよくわかっていないのだが。

浴室から出て部屋へ戻ると、明らかな挙動不審さで清生が立ち上がり、美瑚と入れ替わるようにして風呂場へこもった。

そして、一時間経過。

外科医の行水なんて耳にしたことがあるが、案外、長風呂なのだなあと思いつつ、美瑚はぐるりと部屋を見渡す。

「……よし。あらかた点検し終わりましたね」

枕の下に隠してあった小箱を握りつぶし、うなずく。

中身はパッケージを全部破って、引き伸ばし、使用不能にした上でゴミ箱に捨てた。

これで、『いざ』という時に、美瑚が気づけないうちにアレを使われるということはないだろう。

（外装フィルムも剥《は》がさず、箱ごと枕の下に突っ込んでいる状態から、どうやって私に気づかせず、あのアレを取って装着するかには、興味があったのですが……）

だが、アレを使われれば結婚した意味がない。もしやと思って作戦を練っていて本当によかった。

「他も、大丈夫」

ナイトテーブルの引き出し、シーツやカバーなどの布の間。ティッシュケースとティッシュの隙間も抜かりない。

櫻子に頼み込んで教えていただいた箇所をリストアップし、最終点検する。

（ほぼクリア。後は財布の中ぐらい）

財布の中に避妊具がある場合は八割童貞。――と櫻子は断言していたが、どうだろう。

塩対応が過ぎてウユニ塩湖の二つ名を持っているし、思い人はいても付き合っている様子はなかったが、さすがに、あのスペックで初めてということはないと思う。

――よし、財布はパス。

「いくら夫婦でも、結婚当日に触るものではないでしょう」

準備万端。後は、励んでいただくばかりだ。

（緊張する）

ベッドの側にある鏡を覗き、自分の外見を振り返る。

式や宴会の間こそ、花嫁衣装とメイクでしっぽりとした美人に見えたが、風呂上がりのすっぴんとなれば、見慣れた童顔がそこにあるだけだ。

さらさらと肩で揺れる洗い立ての髪に、指を通しつつ首をひねる
頬や耳などがほんのりと桜色になってはいるが、普段の風呂上がりと同じだ。見て目新しいものではない。

「大丈夫かな……」

妊娠したら離婚すると提案したものの、実際のところ、どういう手順でそうなるかがわからない。

一応、櫻子の部屋に忍び込み、それらしき漫画や本をくすねて読んだが、肝心なところはぼかされていた。

(手が触れてドキッとして、キスして、舌出して……ページをめくったら合体してた)

――結論、よくわからん。

どうするのかもどうなるのかもわからなければ、後は相手にお任せするしかない。

だが、やる気になってもらえるかどうか。

(頑張って、一日でも早く妊娠して、それで離婚できるような状況に持っていかないと)

書類上は美瑚が妻となっているが、清生が好きなのは違う女性だ。

ずっと側にいて情が移り、別れがたくなっては困る。

解決策は一つ。積極的に性行為を行い、妊娠確率を上げるしかない。初夜で孕《はら》めるなら最高である。

電撃結婚のあげく電撃離婚で周囲はあきれるだろうが、そこは美瑚が世間知らずなお嬢様のふりで、飽きてしまったとか、想像と違うとわがままを振って悪役になればいい。

「恥ずかしいけど、頑張ろう」

うん、とうなずいて気合いを入れた途端、背後から物音がした。

清生が風呂から上がったのだ。どうでしたかと尋ねながら振り返った美瑚は、思わず赤面し息を呑む。

（うわ……。なんというか、すごく）

元から色気のある容姿の清生だが、風呂上がりのせいでいっそう艶めかしさが増している。

普段目にするスーツや白衣といった禁欲的な姿と違い、バスローブの合わせ目から胸元の肌が覗くさまや、ラフに下ろした髪が額にかかっているのが野性的で、ドキリとする。

触れたくなるほど綺麗に浮き出た首筋が、髪から落ちた雫《しずく》で濡《ぬ》れ光るさまを目にし、美瑚は清生が男ということを強く意識してしまう。

まるで違う。自分の細く、頼りない身体とは異なる形質に、畏怖と感動を同時に抱く。

男と女の肉体的違いや、社会的な区別は頭で理解していたが、こうも圧倒されたことはない。

生唾を呑み、無言のまま立ち尽くしているうちに、清生が正面に立っていた。

「美瑚さん……」

掠《かす》れがちな声が耳に入った途端、びくんっと肩が跳ね、そのことに自分で驚いた。

目を見開き顔を上げれば、まったく同じ顔で驚いている清生が目に入る。

鼓動さえ相手に伝わりそうな静寂の中、慎重に息を凝らし、互いをうかがう。

さらん、さらん、と美瑚の毛先を緩く揺らしていた清生の指が、ぴたりと止まった。

「覚悟が決まらないようでしたら、俺はソファで……いえ、別の部屋を取りましょうか」

あえて平静を装った声で告げ、清生が指を引こうとする。

地肌に伝わる熱が薄れ、手が離れていくのが心許《こころもと》なくて、美瑚はとっさに清生の手首を掴む。

「っ、美瑚さん？」

「あの、……それは、嫌といいますか、別の部屋になんか、行かないでいただきたいといいますか。あの」

どうしたのだろう。先ほどまでは恥ずかしくもなんともなかったのに、今は全身が火を噴きそうに熱い。

だけど、ここで清生を引きとどめなければ、きっと今夜は抱いてもらえないだろうし、今夜抱いてもらえなければ、今後をどうすればいいかわからない。

なにしろ、今夜は結婚初夜だ。夫婦となった男女が交わるのにこれ以上の大義名分はない。

逆を言えば、大義名分があるからこそ、美瑚は構えたり考えたりしなくてよかった。

このまま、なにごともなく翌朝となった場合、どう相手を誘ってその気にさせればいいか、さっぱりわからない。わからない分、きっとハードルが上がると思う。

「私……、あの」

「遠慮されずとも。夫婦とはなったが、貴女にとって私はまだよく知らない男だ。抱かれるのが怖いとか、不安だとかあって当然。こうして触るのも……無遠慮だと思うなら」

混乱の中、美瑚は一度だけ瞑目《めいもく》し、紅潮する頬をそのままに清生を見上げる。

「思いません。……私、海棠先生に触られるのは、嫌いじゃないです」

言いながら、掴んだ清生の手に頬をすり寄せる。

大きくて少し乾いた手だ。

触れたことはまだ数えるほどしかないが、ためらいがちに手を繋いできたり、歩く時にそっと肩へ手が添えられたりするのが心地よいと感じていた。

だけど自分から触れたいと考えたのは今が初めてで、そのことにも少し驚く。

好奇心は今や最高潮で、なにも知らぬ初心《うぶ》な大胆さのまま、頬に清生の手を当てて感触を味わう。

(すごい。手だけで、私の顔が半分も包まれてしまう。指が長いからかしら)

すっぽりと頬を包み、熱を与えてくる感触を楽しみながら、男の手を掴む指をそろりと動かす。

筋張った手の甲、しっかりとした指の節――。

学生時代は弓道をやっていたと聞いた。清生自身はそこまでしか話さなかったが、彼と同期である櫻子から聞いたところによると、東医体――東日本医科学生総合体育大会で上位入賞し、全国で優劣を競うほどの腕前だとか。

かつて武に優れていた指が、心臓血管外科医として人を癒やし――今は、美瑚に触れている。

不思議さに思いを馳《は》せ目を細めていると、黙って美瑚のさせるままにしていた清生が、ひゅっと鋭く息を呑んだ。

「貴女は……、どうしてそう無自覚に私を煽ってしまうのだか」

「煽って、いますでしょうか?」

こういう時は許可を与えるだけで、女性から、触るのはダメだったのだろうか。

そんなことを考えつつ、頬に当てていた清生の手から指を離す。けれど、美瑚が解放したというのに、清生は美瑚の頬から手を離そうとせず、どこか意味深な目で見つめてくる。

「……俺に触られるのは、嫌ではないんですね」

らしくないくどさで念押しされ、いぶかしがりながらもこくりとうなずく。

「だったらキスしましょうか」

意向を伺いながらも、清生は返事を待たず美瑚の顎を捉えていた。

あっと思うと同時に顔が上に向けられ、二人の唇が重なる。

押し当てられた唇の感触は思ったより柔らかく、考えていた以上に熱かった。

「ん……、ん」

触れ、重ね、吐息でくすぐり、また角度を変えて触れる。

清生が試すようにして短いキスを繰り返すのに、だんだんこそばゆさを感じだす。

表面だけを押し当て、離れ、鼻先がぶつかってやり直し。

（キスって、子どもっぽくて、かわいい）

これなら、子作りも思ったより大変ではないかもしれない。思いつつ、口元から笑みをこぼした瞬間。

「……笑う余裕があるなら、手加減しなくても大丈夫ですね」

肉食獣みたいにぺろりと唇を舐め、清生はキスを変化させた。

顎に当てていた手が首筋を撫でながら移動し、後頭部を掌《てのひら》に収め、うなじをくすぐる。

同時に顔を大きく傾け、互いの口が交差するような形で唇を食《は》む。

「ふっ……んんっ、ん」

柔らかく、だけど張りのある唇の感触が、先ほどより強く感じられる。

生々しさに美瑚が息を詰めると、それを待ち受けていたように清生が舌で表皮を舐める。

「っ……ッ！」

ぬめるものが唇に触れる感触に、美瑚の身体がおののき跳ねる。

唇が舐められただけのこと。自分でもやる仕草だと頭で理解できるが、身体がまるでついてこない。思わず目を閉じ身を固くすれば、唇の狭間《はざま》を割り拓《ひら》く男の舌を余計に意識してしまう。

ヌルついて柔らかく、だけど肉厚で熱い。

緊張に引き結ばれた唇の端から端を削り往復しながら、時折、くちくちと先をねじ込まれ、歯茎をいやらしく舐め回される。

触れるだけのキスさえ初めての美瑚だ。当然、口の中に他人の舌を受け入れたことがない。

だけど口腔《こうこう》の柔らかい粘膜が男の舌と擦り合う感覚は不思議で、重なり揺すぶられる部分からトロトロと溶かされていく心地がする。

気持ちいい。これは多分気持ちいい。——とは思うものの、息継ぎの仕方がわからず困る。

仕方なく呼吸を我慢していると、酸欠で頭の芯がぼうっとしてきて目が眩《くら》む。

たまらず清生の腕にすがれば、男の喉が喜悦に満ちた笑いで震えた。

「ンンッ、ぅ、む……っ」

いよいよ呼吸が我慢できなくなって、頭を揺さぶり唇を解く。

大きく胸を上下させ呼吸していると、息を吸うタイミングで唇が重ねられ、今度は酸素だけでなく、清生の舌まで取り込んでしまう。

目を白黒させて驚くが、相手は特段気にした様子もなく、どころか、うっとりと目を閉ざしがちにしながら、さらに美瑚の口腔へと己を押し込む。

より密接に、生々しく、互いの粘膜が擦り合わせられていく。

ものを食べる時に自分の舌が触れるのはどうということもないのに、男の熱くぬめるそれが、歯列の根元や頬の裏側に触れると、訳もわからずぞくぞくした。

くちゅり、ぴちゃりと濡れた音がして、口端から唾液が垂れる。

時折、舌が喉の奥まで入り過ぎて嘔吐《えづ》きそうになったり、歯と歯がぶつかりカチリと鳴ったりしたが、時間とともに違和感やためらいが消えていく。

清生は、もう美瑚が呼吸する間合いまで理解したようで、苦しげに鼻を鳴らす前に唇を解く。

だが、キス自体は止めたくないらしく、美瑚が息を吸う間にも、頬やこめかみ、額と、顔のあちこちに唇を押し当てては、腰からうなじまでをゆったりと手で撫でさする。

そうして後頭部に指を差し込み、流れる手触りを楽しむようにして美瑚の栗毛を揺らす。

（あ、また……）

ぼんやりする意識の中で気づく。

どうしてか清生は、美瑚の髪に触れると幸せそうに目を細める。

男性の中には、女性の髪——それも染めていない黒髪に特別魅力を感じる者がいるのは知っている。

だけど、美瑚の髪は栗毛だし、病気で短くしていた時期もあるので肩までの長さしかない。

料亭で庭を見ていたとき、打ち合わせ中にうたた寝したとき。そして今。

清生は、とても大切な宝物だという風に美瑚の髪に指を絡め、そして切なげな光を瞳に宿す。

彼のそんな表情を見るたびに美瑚は、恥ずかしくて、うれしくて、でも泣きたいような気分になるのだ。

美瑚の身体の中で、小さな心臓がきゅっと疼く。

甘酸っぱい痺れが胸を中心に広がり、手足の先が優しいぬくもりを宿し震える。

陶然としながら清生を見つめていると、彼は美瑚の肩口に顔を伏せ額を擦り付けてきた。

少しだけ上がった息を整えている中、清生は肩から首筋と触れるだけのキスを残し、耳元で囁く。

「キスは嫌ではなかった？」

低く、劣情を帯びた声が鼓膜を震わせた途端、興奮に身体がわななないた。

先ほどは、触れるのが嫌ではないとはっきり言えたのに、今は答えられそうにない。

口づけするごとに赤くなる肌や、灯る熱といった変化がはしたなく感じられ、肯定して、いやらしい子だとあきれられるのが少し怖くなってきたのだ。

子どもを作る。そのための結婚であり、この先もあってしかるべきなのに、少しだけためらいが生じる理由がわからない。

混乱しながら、理由を探す。

清生に触れられるのは嫌ではない。キスは心地いい。だけど――。

先を急かせば、エッチなことが好きな女だとあきれられるのではないかとか、こんな、胸ばかりが大きい子どもの身体で紅潮したり、震えたりするのはおかしいのではないかとか、どうでもいいことばかりが気を悩ませて、うまく言葉を探せない。

たまらず清生の胸に顔を埋め、美瑚は男の身体を包むバスローブをぎゅっと掴む。

そうやって、表情を見せないようにしてから、ようやく首を横に振る。

「嫌いじゃない？　それとも、嫌いだからもうしないでほしい？」

本当に嫌なら、腕の中で小さくなってすがりはしない。

目を潤ませ、額をぐりぐりと清生の胸に押しつけながら、再び頭を振って見せる。

なのに、どうしても美瑚の口から同意を得たいのか、清生はあやすように髪を梳《す》いたり、手で背を撫でたりしてくれるのに、それ以上先へ進もうとはしない。

意地悪だ。いくら顔を隠していても、赤くなった耳やうなじで察してくれてもいいのに。

そんな八つ当たりじみた感想を抱きつつ、美瑚が息を凝らしていると、清生が喉を震わせねだる。

「そんなかわいいそぶりでわからせようとしても無駄です。ちゃんと言葉で伝えてください。……でないと」

「すっ……好きっ」

ここで終わりにしましょうといわれる気がして、焦り気味に訴える。

途端、清生が小さく吹き出し、美瑚を抱く腕に力を込める。

「そうですか。好きですか。だったら……もっといろんなところにキスしましょう」

「いろんな、とこ?」

唇はもちろん、頬や額はわかる。だけど、他に口づけるような場所があるのだろうか。

思いつかず、美瑚が目を瞬かせれば、耳元で囁いていた清生がちゅっと音を立てて耳朶を吸う。

「んひゃっ……!」

変な声を上げるや否や、美瑚はぎゅっと肩をすくめる。

その反応がたまらないのだと言いたげに、清生は耳朶から耳の付け根、裏側とついばんでいく。

肌が吸われた場所から、ぞくんとしたものが広がり痺れる。

痺れは甘い疼きとなって身体に染み、和らぐが、消える前にまた吸われてぶり返す。

美瑚の身体が疼きわななくにつれ、清生は数だけでなく、肌に歯を当て甘噛みしだした。

「あっ……、ぁ、あん、やぁ」

じゃれるように囓《かじ》られると、痒《かゆ》みにも似た痛みが走る。だが、それを苦痛に思う前に、熱くぬめる男の舌が美瑚の肌に付いた噛み痕を舐めて癒やす。

焦燥感が身体の奥にわだかまる。だけど、どうすればそれをなだめられるのか思いつけない。

男の舌が肌を舐め囓るのに合わせて、ただただ身をよじるので精一杯だ。

「立っているのが、つらくなってきたようですね」

震えだした膝に気づいてか、清生が囁く。

美瑚を見つめる目は淫靡《いんび》で、まなじりが朱に色づいているのが、なんともあだっぽい。

いけないものを見てしまった気がする反面、もっと色に堕《お》ちた清生を見てみたいとも思う。

(はしたないこと、考えている)

これからもっとはしたないことをするのにと思い、想像したと同時に身体が自《おの》ずと身震いした。

「あちらへ行きましょうか」

目だけで部屋の一部を示される。視線を追わずとも、そこになにがあるか知っていた。

(あそこへ。……ベッドへ行けば、もう、キスや唇の愛撫《あいぶ》だけでは済まない)

肌をさらし、触れられ、耳や首筋のように唇や指で探られる。

そう考えた瞬間、身悶《みもだ》えんばかりの羞恥が身を貫いた。

抱かれるなんて大したことない。男性のアレと、女性のアレをくっつけてどうにかすれば終わること。そんな風に単純に、戯画的にさえ考えていた自分の幼さに、美瑚は真っ赤になって震える。

初めて、怖いと思った。

だけどそれは清生がじゃない。触れ、口づけられ、自分がどう変わってしまうのか、どう暴かれてしまうのかという不安に対するものだ。

(逃げるなら、今が最後)

始終、美瑚を気遣い意を汲《く》もうとしてくれた清生だ。ごめんなさい、やっぱり無理ですとおびえを吐露すれば、きっと退いてくれるだろう。

(だけど、その分、私が海棠先生を縛る時間も長くなる)

海棠にとってこの結婚は断れない政略であると同時に、本当に好きな人の命を救うためのものだ。

早くことをなしてしまわなければ、取り返しがつかないことになる。

なのに土壇場になって怖じ気《おけ》づくなんてわがまま過ぎる。美瑚の羞恥が原因で、清生が愛する人を失うなんて、してはいけない。

潤んだ目をきつく閉ざし、額を清生の胸に当て、息を凝らす。

すると、額から力強い男の鼓動が伝わり、美瑚ははっとする。

——いつもより、ずいぶん速い。

男は好きでない女でも抱けると聞いた。

実際、最初の婚約者は美瑚と結婚の約束をしながら、二人の女性に手を出していた。そのうちの一人と結婚したが、そうなるともう一人や美瑚には愛がなかったことになる。

だとしたら清生も同じではないか。浮気はしないが、政略結婚の相手でも抱ける。美瑚に対して興奮してくれている。

どくどくと蠢《うごめ》く心臓が、自分とそう変わらないほど高鳴っているのを知った途端、不思議な共感に身が包まれた。

怖いのは、清生ではない。清生に触られるのは嫌ではない。舌を使ったキスでさえ。

振り返り、思い至った瞬間、じわっと腹の底が暖かく幸せなものに満たされた。

（大丈夫……。海棠先生なら、きっと、大丈夫）

相手に寄りかかり、鼓動を耳にしたまま美瑚は深呼吸する。

風呂上がりなはずの清生の身体から、針葉樹とオールドローズが混じった香りが漂《ただよ》う。

ドライかつ都会的でありながら、竜涎香《りゅうぜんこう》が混じる香りは、ごく近くにいる時だけわかる清生の匂いだ。

距離を置いている時は冷たそうに感じるのだが、こうして身を寄せ、鼻腔《びこう》いっぱいに吸うと、暖かみがある竜涎香が強く感じられ、一種独特な雄の色香として記憶に残る。

仕事柄、香水を着けたりはしないそうだが、学会や製薬会社絡みのチャリティーコンサートなど、社交の場で使うため、一つだけ、ビジネス用に持っているといった。

砂漠をイメージしたものだとか、スイスの香水だとか、そんな話をしていたが——今はただ、清生の香りだとしか思い出せない。

この香りを知った女性は何人いるだろう。きっと、そう多くない。

医師として働く昼間の、消毒用アルコールや薬品の香りとは違う。すれ違う瞬間に漂うドライで冷たい香りとも違う。深く、暖かく――森にたたずむ孤高の黒狼を思わせるこの香りは、腕に抱かれた女しか知ることが許されない。

彼を望む、数え切れないほど多くの女性の一握り。それに選ばれたことに女としての喜びがにじむ。

同時に理解する。清生は美瑚をないがしろにしない。一時の妻でも、ちゃんと歩み寄ろうとしている。

だったら、美瑚が怖がったり、恥ずかしがったりして逃げては話が進まない。

(処女なんて、いつか、どうせ失うこと)

次代を継ぐ西東院の子を産む定めにある美瑚は、遅かれ早かれ、知らない男に抱かれることになる。

だったら、今がいい。清生がいい。

はあっと大きく息を吐き、震えそうになる足を叱咤《しった》し顔を上げる。

それから、真っ直ぐに清生を見つめ、精一杯の微笑みを手向けながら告げる。

「ふつつか者ではありますが、心の整理はつきました。どうか、よろしくお願いします」

初夜の挨拶として正しいのか滑稽なのかわからない。だけど自分から言葉で求めたかった。

抱かれるなら今がいい。夫ではなく、海棠清生に抱かれたい。

脈も呼吸も乱れ過ぎだし、肌は真っ赤でみっともないし、目なんて今にも泣きそうだけれど。

(初めてを許すなら、絶対に貴方《あなた》がいいと思う)

突拍子もない言動に目をみはっていた清生は、美瑚が不安に目を泳がせる寸前で抱き寄せ、囁く。

「やめてといっても、もう、やめませんよ」

「構いません。海棠先生のお好きなように、なさってください」

これ以上ないほどきつく抱かれた腕の中、最後の矜持《きょうじ》でそう伝えれば、打って返す早さで清生が受ける。

「では遠慮なく。……今夜は、存分に貴女に触れて、かわいがる」

宣言した瞬間、清生は、美瑚の帯に手を掛けた。

婚礼衣装とはいえ掛下だ。帯は文庫に結んでいる。リボンのような形の真ん中を引き抜けば、すぐに緩みほどけてしまう。

突然後ろに引かれよろめくも、すぐ衣擦《きぬず》れの音とともに身体が軽くなった。

「あっ……」

うろたえた唇から声を漏らすが、着付けが乱れる布音の方が大きかった。

花嫁の白帯が、とぐろを巻きながら美瑚の足下に滑り落ちる。

形を整えるためにある前後の帯板や抱え帯を省き着付けていたので、帯が落ち、腰紐が解かれると、すぐに掛下の前がくつろぎ開く。

身体を締め付けていたものがほどける開放感と、室内の少し冷えた空気に気を取り戻したのも束の間。

乱れた服を押さえようと視線を落とし、息を詰めた。

汗ばんだ肌に張り付く長襦袢を透かし、色づいた乳首が見えている。

いつもは意識しないのに、長襦袢が真新しく白いせいか、嫌に目立つ。

心なしか乳房も普段より大きく見え、合わせから覗く谷間もくっきりとして——。

柔らかな膨《ふく》らみが呼吸ごとに隆起し、女を主張するさまが信じられず、どうしたことかと顔を上げれば、目の前で、清生の喉仏が大きく蠢く。

ごくりと音を立てて唾を呑む男の反応がいたたまれず、あわてて掛下の襟を寄せたときだ。

清生が大きく身体をかがめ、美瑚を軽々と腕に抱き上げた。

「きゃっ……ッ」

急に視線が高くなったことにうろたえる間に、清生はためらいない足取りで歩きだしていた。

散りやすい花を扱うようにして美瑚をベッドへ下ろした清生は、すぐに自分ものし上がる。

目の前で膝立ちとなっている男は、少し怖いぐらい真剣に、今宵《こよい》の獲物である美瑚を見ていた。

空気が希薄になっていくような感覚の中、美瑚は喘ぐように息を継ぐ。

肌が敏感になり過ぎている。

触れられていた先ほどより、ずっとずっと清生を意識してしまう。

うなじだけでなく、全身が火傷したみたいにヒリヒリしている。

胸の鼓動はいよいよ強く、どうかしたら心臓が肋骨《ろっこつ》から飛び出してしまうのではないかと思えるほど、激しく波打っていて、身体が意図と関係なしにわななき震える。

落ち着きたくて唇を引き結めば、清生が試すような仕草で美瑚の横顔を手で包む。

「美瑚さん……」

この世で一番美しく大切なもののように、甘く、優しく名を呼ばれながら押し倒される。

目をみはり、呼吸一つままならない状態で静止していると、清生が唐突に相好を崩した。

（う、わ……）

普段が、理知的で精悍な顔をしているせいか、邪気のない無垢な——歓《よろこ》びと安堵に満ちた幼子の表情に心を射貫かれる。

(男の人って、エッチの時、こんな顔をするんだ)

ときめきに襲われ声を失っていると、形を探るようにして額を撫でられた。

そのまま額から眉間、鼻頭とキスで辿り、祈り、乞うような声で美瑚と囁き、なにかが告げられる。

——とても、大切なことを伝えられた気がした。

だけど、美瑚の鼓動があまりにもうるさ過ぎて、よく聞こえない。

まるで、知らない国の言葉で話しかけられたみたいだ。伝わるけれど理解できない。

心が共鳴し、気持ちが高揚しだす。

泣きたくなるほど感情が震えているのに、なにに感動したのかがまるでわからない。

つたない心と体を持て余し、もう一度聞けばわかるかもと、清生に願おうとしたが遅かった。

唇が、隙間もないほどみっちりと塞がれ、初手から舌を含まされる。

待ちかねたごちそうにむしゃぶりつくようにして、清生が美瑚の舌に自分のそれを絡めて繋がる。

同時に、緩んだ衿《えり》の縁を思わせぶりに指の腹で擦り、これからすることを意識させる。

なにも知らなければ、ただくすぐったいだけだったろうが、今は違う。

清生の指が辿った先から肌が疼き、先ほどと同じ刺激を求めて焦がれわななく。

どころか、触れられていない胸や足の肌までもが粟立《あわだ》ち、そわそわしだす。

変だ。なんだか変過ぎる。

わめいて走って、子どもみたいになにもかもさらけだして、感情のままに動いてしまいたくなる。

我慢するために首をすくめ、身体を縮こまらせていると、唇をほどいた清生がふと笑う。

「力を抜かないと、きつくなるばかりですよ」

「だっ、だって、力を抜いて気を許したら、なんだか変な声とか、動きとかしちゃいそうなので！」

物言いが、年上の男性相手ではなく、家族に甘ったれる時のものになっている。

失態に気づいて、ああっと泣きそうな顔を見せる美瑚とは逆に、清生はうれしげに告げた。

「じゃあ、気にならないようにするしかないですね」

「え？　そんなこと……あっ、わ、ああっ！」

医者だから、なにか方法を知っているのかと瞬きした途端、清生の手が素早く動き、一瞬で長襦袢の合わせへ滑り込む。

焼け付くような熱が胸の膨らみを擦り、美瑚はうろたえた声を上げて背を反らす。

一瞬で頭の中が真っ白になり、反発する勢いで羞恥が肌を燃やした。

肌の感触を伝えるようにじっくり撫でられれば、男の手の大きさや皮膚の硬さで身がすくみ、かといって、熱だけが伝わる程度に距離を置いて輪郭をなぞられると、腰の辺りがうずうずする。

衿元をつかみ合わせる美瑚の手があるため、乳房は触れられずにいたが、それも最初だけ。

肩や二の腕、腰と、胸以外の場所ばかり触れられていると、かえってそこを意識させられる。

「あっ、やっ……、は」

女として熟す直前の、みずみずしい肉体を楽しむようにして、清生は美瑚の反応ごとに手に込める力を変え、試し、覚えていく。

より高く、強く美瑚が声を上げる場所を見つけると、手管やリズムを変えてそこばかりをなぞり、もっと弱点を掘り起こそうと責め立てる。

身をよじり逃れようとしても無駄で、まるで美瑚がどう動くか知っているかのように、男の手指が肌に吸い付いてくる。

肩のまろみを包んで体温をなじませる一方で、乱れた喉元へ唇を沿わす。

先ほど声を上げ感じた耳朶は特に執拗《しつよう》で、ふやけるほど舐め、味わい、美瑚を喘がせる。

「くぅ……、ン、は、……あぁ……ぁッ」

右に左に身をよじり悶《もだ》えるが、身の内に溜まる悦の衝動はどんどんと膨らみ熱を持つ。

髪はほどけた絹糸のようにシーツの上へ広がり、乱れた長襦袢の裾から、小さなくるぶしや、汗のにじんだふくらはぎが覗きだす。

そうまでしても胸から手を離さない美瑚に焦れたのか、清生は袖と身頃を縫い合わせた部分の切れ目――身八ツ口から逆手をねじ込み、乳房の際を爪で掻く。

「んあっ、あ……ッン！」

思わぬ刺激に声を上げると、気をよくしたのか、清生は強引に美瑚の乳房を手で包み込む。

「ああっ！」

心臓を鷲掴《わしづか》みにされたような衝撃が走り、美瑚は声を上げ、背を反らす。

首筋や肩を撫でられるのとはまったく違う。まして、自分で触れるのとは比べものにならない刺激に、一瞬、呼吸をすることすら忘れてしまった。

やるせない疼きが全身を巡り、唇から手足の先まで切なく震えだす。

はしたない声や動きがいたたまれず身を固くしたが、ますます大胆に胸を探られるばかり。

「んっ……ふ、っ……んんっ、ぁふ」

膨らみを歪めるほどきつく指が絡み付き、肉と一緒にぐうっと迫《せ》り出した乳首の先が長襦袢で擦れる。

「あっ、やっ………!」

思わぬ刺激にうろたえた声を放つ。

すると清生が目を大きくし、次いで、なんともいえない艶な表情で口端を釣り上げた。

「ああ、なるほど」

言うなり清生は、反対側も同じようにして、身八ツ口から差し込んだ手に収めてしまう。

ぐにっ、と形が変わるほど揉《も》み込み、たゆませながら清生が目を細める。

「こう、されるのがお好きなんですね」

危険かつ淫靡な表情に声を失ったのも束の間、清生は乳嘴を指の間に挟み、先ほどより強く膨らみを掴み絞る。

「ひっ、あっ……ああっ」

緩急をつけて揉みしだきながら、同時に上下に細かく揺さぶりをかける。

乳房が揺れるごとに、柔肉から押し出された先端が長襦袢に当たり、擦れ、どんどん敏感になっていく。

時折、横乳や脇の部分を爪で掻いたり、指から余る部分を手で押し捏《こ》ねるようにしたりと、あらゆる手管を駆使し、思うままに乳房を弄《いじ》られ、美瑚はもうなにがなんだかわからない。

その頃にはもう、美瑚だけでなく清生もまた息を乱し、手指に返る弾力や美瑚の息づかいに煽られているのが視線でわかる。

「ああっ、くそっ……！」

らしくない荒々しさで吐き捨て、清生が両脇から差し込んでいた手を勢いよく抜いた。

「あうっ……ッ、ン」

刺し抜く瞬間、乳首の側面が男の節だった指に弾《はじ》かれ、鋭い悦が沸き起こる。

たまらず身を反らすと、すっかり緩みきった長襦袢の中でぶるんと乳房が揺れ、男の手が衿に掛かる。

布が爆《は》ぜるほど強く衿を左右に割り開かれ、美瑚があわてて首を持ち上げれば、腰帯から上が大きく開かれ、肩も胸も剥《む》き出しになっていた。

「ッ………！」

悲鳴を呑み、自分自身の有様を凝視する。

無垢な花嫁を包むにふさわしい純白正絹の肌襦袢が、乱れに乱れ、皺が寄っている。

だからか、男の手で大胆に広げられた衿から見える美瑚の肌が、いっそ滑らかで張りが増して見える。

丸く手に収まる工芸品のような肩、静脈の網目模様が美しく浮く鎖骨。なにより見事な曲線を描いて盛り上がる乳房。

汗でしっとりと湿り、鈍い光を帯びて隆起するそれは、まるで小さな愛玩動物のように、美瑚の胸板の上で柔らかく息づき震えていた。

男なら、誰だって、手で触れ、感触を楽しみたいと思わせる乳房を前に、美瑚はこれ以上ない恥ずかしさに襲われる。

丸く、優しい形をした乳房の中心が、見てわかるほど紅《くれない》に色づき膨らんでいたからだ。

普段は豊満な肉に沈みがちなだけに、少し頭をもたげているだけでもずいぶん目立つ。

今まで目にしたこともない反応が、どういう理由で起こっているのか。

考えるまでもない――清生が触れたからだ。

彼が美瑚に触れ、肉体を探ることに、身体が期待を膨らませているのだ。

理解した途端、美瑚は反射的に腕で隠そうとする。だが、清生が動く方が一瞬だけ早かった。

広げた衿を両手で掴み、帳《とばり》のようにピンと張ったまま美瑚の胸元に顔を伏せる。

素肌を撫でる堅い前髪と眼鏡の冷たい感触に美瑚が身を震わすと、二度、三度と試すように、清生が乳房へ頬ずりして笑う。

「は、……柔らかくて、温かい」

誰にも触れさせたことのない乳房が、劣情を含んだ男の吐息に撫でられる。

身体の内側で熱せられた息吹は、素肌越しの体温よりもずっと生々しく、清生がなにか言うたびに、胸が震え、腹奥が疼く。

「ずっとこうしていたいほど気持ちいい」

どこか夢見心地に述べながら、清生は頬や鼻先を美瑚の胸に押し当て遊びだす。

自分より十歳年上で、医師としても男としても落ち着いている清生が、よく慣れた家猫みたいにして甘える仕草にぎょっとし、ときめきと驚きがない交ぜになった声で美瑚は叫ぶ。

「海棠先生……ッ」

疑問の言葉が形になろうとした途端、清生は悪戯《いたずら》っぽい表情を見せ、美瑚の膨らみに唇を寄せた。

「やっ、ちょ……、海棠せん、んんっ、せ」

ちゅっ、ちゅっ、とかわいらしい音を立てて肌を吸ったかと思うと、かじりつくようにして前歯を肉に埋め、淡く浅い歯形を残す。

清生が残す口吻《こうふん》や甘噛みの痕が乳房全体へ広がるにつれ、揉まれたときより格段に強い悦が生じ身体に響く。

じっとしていればなおさら感じ入っておかしくなりそうで、美瑚は身をよじり逃れようとするが、下肢を両脇から膝で押さえられ、着物の衿をギリギリまで手繰り引かれているので、指一本分ほども移動できない。

仕方なく相手の頭に両手を伸ばすが、清生の黒髪に触れた瞬間、指が器用に絡めとられ、左右の敷布へとそれぞれに手を押さえつけられてしまう。

「駄目ですよ、邪魔しちゃ。……まだ、全然かわいがりきれてないというのに」

咎《とが》めるというより、もの知らずを諭すような調子で告げつつ、清生は口淫の手管と執拗さを強めていく。

囓り、味わい、舐めて吸う。

そうやって翻弄し喘がせつつも、美瑚が快楽に慣れだすと見るや、不意を打って首筋や耳へと責めの標的を切り替える。

あちこちに快楽の熾火《おきび》を灯される。

だけど一番疼く部分には――胸の先端には、触れることを用心深く避け、焦らす。めまぐるしく変わる愛撫に翻弄され、息を切らし、腰を泳がせる。

そんなことを繰り返すうちに、どんどんものが考えられなくなっていき、頭の奥が霞《かす》む。

なのに身体は真逆で、よりいっそう敏感に研ぎ澄まされ、清生の指先や唇が触れる前から肌がわななく。

身を炙《あぶ》り焦燥感に追い立てるものから逃れようと、シーツに押しつけたかかとを蹴立て、腰をくねらせてみるが、動きで発散される分以上の悦が、男によって流し込まれるのでたまらない。

いつしか、声を抑えることすら忘れ、美瑚は男の思うまま淫らに啼《な》いては、楽器の弦じみた動きで身を反らし震えていた。

もう知らないふりはできない。

身体のあちこちにわだかまり、疼き、胸を膨らませるものが快感なのだと気づく。

「ああっ、あ、あっ……や、ぁ……も」

眉間に皺を寄せ、痴態を恥じる余裕もなく、美瑚は淫悦に身悶える。

己の手の内で身体を朱に染め、つたなく震えては喘ぐ女の姿が、どれほど男の理性を揺さぶり、衝動に駆り立てるかなど美瑚にはまるでわからない。

ただ、もう、この疼きをどうにかしてほしいとばかり願う。

肌を炙り、ざわめかせ、興奮と衝動で身を突き動かすものを、どうしても、どうやっても解消できない。

「海……棠、せん、せ……」

一人ではどうすればいいかわからなくて、美瑚は清生に腕を伸ばし救いを求める。

どうにかしてほしい。このうずうずと肌を這《は》い回り、悪戯に官能を煽るだけの炎を。

触れるだけで汁を滴らせそうな果実が、枝をしならせ降りてきて、手を伸ばさない者はいない。

まして、それが密《ひそ》かに思いを寄せ、成り行きとはいえ妻とした相手ならなおのこと。

清生は美瑚の願いに応えるように根元から乳房を絞り、濃紅に色づく先端を強引に勃ち上がらせると、飢えた獣の激しさでむしゃぶりついた。

「ひ、ぁ……！　あぁ……あ！」

生暖かさとぬるつく感触に声を上げ、美瑚は痛むほどきつく背を反らす。

じゅるじゅると音を立てて吸い上げながら、ざらりとした舌の表で側面を舐められると、えもいえぬ悦が身ににじむ。

温かくて、気持ちよくて、いやらしい。

恥ずかしく、あられもないことなのに、どうしようもなく感じてしまう。

「やっ、ちょ……まっ、……てぇ」

切れ切れの声で訴えるけれど、海棠はまるで聞かず、もっととねだるように口淫の激しさを増す。

色づいた部分を歯でカリカリと擦られると、乳首が炙られたように疼き、乳房の重みが一刻ごとに増していく。

このまま続けられれば、きっと胸がはじけてしまう。

その上、触れられていない股間が変に濡れだしていて、身動きするごとに縦筋の部分がぬるぬるとぬめって仕方がない。

汗にしては粘りがあり、煮えたぎる臍《へそ》の裏側からトロトロとにじむものをなんとかしたくて、太腿《ふともも》に力を込めてきつく閉ざすが、胸を弄られるごとに漏れ出すものは多くなる。

たまらなくなった美瑚は、這々《ほうほう》の体《てい》で訴える。

「うぁ……あっ、み、右、右っ……！　海棠せんせ、右の胸ッ」

胸を弄られなければ淫らな反応も抑えられる。

本能で察した美瑚が必死になれば、清生がゆっくりと顔を上げた。

「美瑚さん……？」

ギラギラとした肉食獣じみたまなざしに、美瑚はごくりと喉を鳴らす。

わずかに汗ばんだ額に黒髪が一筋、二筋と張り付くさまや、濡れ、吸引で紅《あか》く膨らんだ唇が、腰が抜けそうなほど艶めかしい。

卑猥で刺激的な雄を前に、美瑚は声を失うほど驚き、同時に激しく興奮する。

大人で、己をわきまえ、騎士のように礼儀正しくある清生が、髪を乱し、表情を取り繕う余裕もないほどに、美瑚の胸に夢中となっている。その事実にうろたえる。

外見も、医師としての腕や立場も、美瑚より遥《はる》かに優れ必要とされる男が、なりふり構わず自分を求めている。

男に生まれることもできず、医師にもなれず、ただ次の跡継ぎを産むだけの胎と罵られた自分を。

「美瑚さん」

そう。貴女だと伝えるみたいにして、もう一度名を呼ばれ、美瑚は突然、自分が女であることに誇らしさ

を覚えた。

ふわっと心のどこかが軽くなり、甘酸っぱい感情が湧き起こる。

だけどそれは一瞬で、確かめたくて、胸に手を当てようとすれば、すぐさま清生に指先に囚《とら》われ、ついばまれ、肌に走った甘い疼きで思考ははかなく散らされてしまう。

清生の唇は、美瑚の爪先から指の節を辿り、秋桜の意匠が美しい婚約指輪が填まる薬指をそっと握る。

「美瑚さん、痛かったりしましたか」

少しだけ普段の清生が戻ってきた声に、どぎまぎしながら頭を振る。

「いえ、あの……右胸が、その、なんか、変……で」

快感を得て、おかしくなりそうだったといえばいいのに、変に気恥ずかしくてごまかすと、清生がふっと甘やかに微笑み、それから、幼子にするみたいにして美瑚の頭をくしゃくしゃっと撫でて告げた。

「ああ、つらいのですね。わかります」

よかった。伝わった。そう安堵したのも束の間。

「ちゃんと、左もかわいがってあげましょうね」

「そうじゃなっ……ああっ！」

うれしげに言うや否や、清生は美瑚の腰を両手で掴み引き下ろし、あられもなくはだけた長襦袢の裾を膝で踏みつけ、美瑚の逃げ場を塞いでしまう。

それから身を伏せ――今度は左胸を愛撫しだす。

先ほどと同じようにして乳房にかじりつかれ、男の熱い口腔でなぶられる。だけどそれだけではない。

清生は、自分が舐め味わった右の胸にも指を伸ばし、揉んだり、摘まんだりと手で愛撫する。

口と指、異なるやり方で官能を煽られ、美瑚は一瞬で媚悦の沼に引き戻される。

「やあっ、ぁ、……かい、ど……せん……あっ！　あ」

波頭のように襲いかかる疼きに声を上げ、身をのたうたす。

濡れていると意識したせいか、あるいは、震え麻痺《まひ》するほど太腿に力を込めているからか、今ではもう、胸への刺激より、淫裂のぬめりが気になりどうしようもない。

息を継ぎ、腹筋が波打つごとに、臍の裏側にある器官がずくずくと淫らにわななき悦を生む。

まるで、もう一つ心臓がそこにあるみたいだ。

脈動ごとに蠢き、悦を生んでは、脚の間にあるものをひくひくと震わせ気を乱す。

淫らな反応にうろたえ抵抗をする美瑚を愛《め》で、さらに容赦ない愛撫で翻弄しながら、清生はそろりそろりと手を下へ移動させ、長襦袢を踏んでいた膝を静かに立てる。

獲物に飛びかかる寸前の肉食獣じみた動きに、愉悦に翻弄される美瑚だけが気づけない。

「ああっ、あ……ふ、あ！　やあっ……！」

長襦袢の裾を手繰るくすぐったさで、清生の手に気づいた美瑚は、反射的に脚を閉ざそうとしたが、一瞬だけ相手が早かった。

乳房から離れた手が美瑚の膝裏を捉え、押し上げるようにして強引に開く。

次いで隙のない動きで身を移動させ、女の脚の間に腰を置く。

男の肩に掛けられんばかりに脚を上げられれば、秘めた部分は自ずと暴かれてしまう。

まして、着物の下は湯文字と呼ばれる布を巻き付けただけの状態だ。

くちゃりと淫らな音が響き、甘酸っぱく熟れた匂いが漂い、辺りの空気を淫靡に染める。

「…………ッッ！」

声にならない悲鳴を上げながら、美瑚は両手で顔を覆って身悶える。

だけど美瑚がもがくほど、粘着質な水音がひどくなり、漂う香り――発情した雌の香りも強くなる。

「濡れて、いる」

熱に浮かされたような声で清生がつぶやき、感じ入った様子で吐息を落とす。

すると、暴かれた恥部を包む茂みが揺れ、刺激で下肢が大きく跳ねて清生が驚き息を呑む。

大げさな反応をあきれられたのではと不安になり、美瑚はきつくまぶたを閉ざす。

「すごい。……濡れている。俺の、ために」

うわずった調子で漏らされ、ますます恥ずかしさが募る。

いやいやと、駄々《だだ》を捏ねるように頭を振って身をよじるけれど、行為の主導権を握る男は手を止めず、捉えていた美瑚の脚を肩に掛け直して上体を倒す。

なだらかでまろみの薄い恥丘に逆手を当て、栗色の茂みを指で揺らしながら、清生は女の会陰から割れ目の支点までを優しくなぞる。

首筋、乳房、脇腹と、思いつくままに唇を寄せ、キスを落とし、蜜を指で掬《すく》って淫唇に塗り込め、思わせぶりに指先だけを痴裂に沈めてはすぐ引き抜く。

そうして時間をかけて丁寧に入り口をほぐされ、指の存在に慣らされていくうちに、美瑚の秘裂がひくん、ひくんと物欲しげにわななきだした。

「んっ……ん、ぁ……あ」

腹の奥が煮えたぎるように熱くなり、子宮の疼きをより強く感じる。

足の指を丸め、耐えていると、清生の頭が徐々に胸から臍と下りていく。

「だ、だめっ……！」

相手の意図に気づいた美瑚が、両手を伸ばし清生の肩を掴む。

「み……見ちゃダメ、です」

触れられるだけでもたまらないのに、見られたら羞恥のあまり死んでしまう。

真っ赤になってぶるぶる震え、半泣きの有様で訴えても、なんの強制力もないだろうに、美瑚は必死になって目ですがる。

「……見ないと、初めてだから手荒になってしまうかも知れませんよ」

ためらいがちに清生が言うのを、思い切り頭を振って否定する。

手荒になってもいい。最初が無骨なのはなんだって同じだ。

それに、今まで出会ってきた誰より美瑚を気遣い、大切にしようとしてくれる清生で駄目ならば、他のどんな男だって駄目だろう。

だから美瑚は、ためらわずに思いを告げた。

「海棠先生なら、いい。旦那様だから。私の」

「貴女は本当に……無邪気で、残酷なほど私を煽る」

語尾を掠れさせながら吐き捨て、清生は恥部に当てていた指の力を一気に強める。

ぶちゅっと、果実を叩き潰すに似た音を響かせ、男の指が隘路《あいろ》に沈んだ。

「んあああっ……！」

初めて味わう異物感に、発情した猫じみた媚声を放つ。

自分の身の内に、違う人間の一部があるということに身体が驚き、うろたえるのがわかる。

けれど、丹念に愛撫され大切に扱われてきたからか、異物感を拒む気持ちは一瞬で拡散し、相手を受け入れ、知りたいと思う衝動に取って代わる。

「あっ、あっ、あっ」

律動的に喘ぐごとに蜜筒が収縮し、含む指を奥へ誘おうと淫らに蠢く。

「……ッ、締まって、ぬるぬるして、熱い」

なんだ、これは。と驚嘆と感動がない交ぜになった声でつぶやかれても、自分の鼓動がうるさ過ぎて、もう聞こえない。

清生がいる。清生が自分の中にいると、頭の中はそればかりで。視界までもが狭まっていた。

はあっ、はあっと、全力で駆けた獣みたいな呼吸を響かせ、膣《ちつ》が指を吸うに任せていた清生が、たまらずといった勢いで身をのし上げ、舌を出して喘ぐ美瑚へ口づける。

「ん、む……ぅ、ぁ」

ぐちゃぐちゃ、ぬちぬちと舌を絡められ、蜜路の中が撫《な》で回される。

激しいキスで息が切れ、頭に酸素が回らなくなると、自然に身体から強ばりが抜け、男の指を咥《くわ》え、一方的に引き込もうとしていた内部が変化する。

肉壁がうねり、蜜をにじませる襞《ひだ》がふっくらと充溢《じゅういつ》し、まるで舐めるようにいやらしく蠕動《ぜんどう》する。

ほぐれた内部を摩擦する清生の指が、溢れだした蜜汁のぬめりをまといながら大きく動きだす。

ずっぷりと根本まで沈めては爪先まで引き抜く。

指で粘膜を擦られる刺激は淫靡かつ扇情的で、くらくらするほどの高揚感に襲われる。

頭の後ろを枕に押しつけ、身体の奥からせり上がってくる強い衝動に目を閉ざす。

唐突に唇がほどかれ大きく息を継ぎ喘ぐと、清生が首筋に顔を埋め、うわごとのように名を呼びかける。

「美瑚……、美瑚っ」

礼儀もなにもかなぐり捨て、ただただひたむきに求め欲する声に、きゅうっと胸が甘く疼く。

そのときだ。

男の指先が腹側のある一点をかすめ、重く激しい快感が身を穿《うが》つ。

「ひあっ……！　あ、ああっ、あ！」

それまでとはまったく質の違う、淫悦に堕ちた女の声が部屋中に響く。

もう、恥ずかしいとか、声が大き過ぎるとか、そんなことを考える余裕もない。

丸くしこり、ぴくぴくする場所に触られるごとに、おかしくなるぐらい感じてしまう。

キスや胸への愛撫で沢山の快感を味わった。これ以上はないと追い詰められた。だけど、そんなものとは比較にならない、鞭打《むちう》つような愉悦が骨の髄まで毒していく。

美瑚の反応に気をよくしたのか、清生は嬉々《きき》とした様子で、内部にある敏感なしこりばかりをいじめ抜く。

ぐりぐりと強く捏ねられ、曲げた指先で押し上げるようにされ、そのたびに美瑚の身体がビクビクと跳ねる。

媚熱がつらくて清生に抱きつけば、低い声で命じられた。

「遠慮なく、達きなさい。ほら」

指が限界まで差し込まれ、奥処《おく》から降りてきた子宮の入り口を、かすめるようにしてくすぐる。

「んあ、あ、ああ、……あっ！」

きたした身体が限界まで反り返り、背中がベッドから完全に浮く。

腰の角度が変わると、より深く清生の指を咥え込んでしまい、迎えたばかりの絶頂がすぐに上書きされる。

「やあああ、駄目ぇっ……、も、指、動かしちゃだめぇええ」

清生の指が当たる場所すべてが気持ちよくてたまらない。

目の縁から随喜の涙を落とし訴えるが、清生が動かしているのではなく、美瑚の身体が止まらないのだ。どうにかできるはずもない。

達した美瑚の内部は、よりいやらしく清生の指をしゃぶり、波打つ腹筋に押され大量の愛蜜が内部から吐き出されていく。

自我が崩壊しそうな愉悦に泣きわめき、腕が痛むほど清生を抱きしめすがっていたが、人より小柄で体力のない美瑚だ。すぐに限界を迎え脱力する。

ずるりと力なく崩れた身体は、最初からそうなることが決まっていたように男の腕の中に収まり、一切の痛みや衝撃もなしに寝台へと静かに下ろされた。

額に口づけられながら、美瑚はとろんとした目で絶頂の余韻に浸る。

すごかった。とにかくすごかった。

初体験が悪いと嫌悪を覚えるとまで雑誌に書いてあったが、自分はまったく当てはまらないと思う。

あまり美瑚を知らず抱くからか、手順の始めは引っかかりのある仕草も見られたし、長く時間がかかり過ぎているとも思えたが、そんなことは気にならないほど全身全霊で昇り詰めた。

（本番はこれからだけど）

蜜口から響く淫靡な心地よさに身を任せながら、美瑚は微笑む。

初めては痛むと聞いていたが、一度だけと教わった。

多感な時期を、同年代と過ごすことなく闘病や高卒認定に明け暮れ、性的知識が著しく欠けているが、美瑚には櫻子という百戦錬磨の師匠がいる。

手酷《てひど》く扱われれば苦痛もあるらしいが、清生に限ってそれはないと確信できた。

これなら子作りも悪くない。今度は自分が清生に絶頂をあげる番だ。

決意を改め、慎重に呼吸を整える。

そんな美瑚の内心も知らず、安堵と恍惚《こうこつ》の入り交じった表情で見守り、頬や額に口づけていた清生が、突如身を強ばらせ、さあっと顔色を青くする。

どうしたのだろう。気になり、今にも閉じようとするまぶたを持ち上げ視線で探ると、彼は、美瑚の頭の横にある枕に手を突っ込んだまま、固唾を呑んでいた。

「美瑚さん」

恐ろしく低く、平坦な声が鼓膜を震わすが、愉悦にふわふわと浮かれている美瑚は気が回らない。

「はい」

「…………その、お尋ねするのも心苦しいのですが。ここに入っていたなにかをどうにかしませんでしたか」

「はい」

にっこりと無邪気な笑顔で返事すれば、ますます困り果てた様子で眉根を寄せ、清生が急いた口調で確認を続ける。

「つまるところ、あのアレです。アレ、いや、アレではわからないですね。……一般的にはそれをする時に使う」

焦り、うろたえた様子で、なにかをどうにか、あのあれそれといわれても、要領を得る方がおかしいが、前もって段取りを終えていた美瑚にはピンと来た。

「コンドームなら、捨てました」

教師から指名され、正解間違いなしに意気揚々と答える口ぶりで告げた途端、清生の口がかくんと開く。

ああ、美形な人は、間抜けな表情をしても眼福なのだなと、変なことに感じ入る美瑚をよそに、清生はがばりと身体を浮かし、敵を探す勢いで周囲を見渡す。

そうして、ベッドの下に置かれたゴミ箱と、袋を開封され、目一杯に引き伸ばされた皮膜の残骸を見て、完全に固まってしまう。

初夜という甘い夜にそぐわない緊迫した沈黙を挟み、さびたブリキ人形の動きで清生が美瑚と向き合う。

「美瑚さん」

「はい」

「なぜ、コンドームを捨てたのですか」

「お言葉を返すようですが、海棠先生はなぜコンドームを用意したのですか？」

時間を置いたことで、少しだけ理性が戻ってきた美瑚がシンプルに尋ねる。

この結婚の目的は子作りだ。

妊娠が確認できて、安定期に入ると同時に別居して離婚と話がついている。

（そうでなければ、海棠先生があまりにも報われない）

医師としての進路を変え、海外での手術費を得るために美瑚と結婚するぐらいだ。思い人への愛は、美瑚に対するものと比べものにならないほど強いだろう。

この結婚により、海外での移植手術が可能になり、思い人が回復したなら、やはり、側にいてあげたい、添い遂げたいと思うだろうし、ここまでされて相手の女性がほだされない訳もない。

そのときに、美瑚が障害になるのでは申し訳ない。

（とても、いい人ですもの。私が妻ではもったいない）

祖父と父の暴走でこんなことになってしまったが、可能な限り早く互いの希望を叶《かな》えた方がいい。

そして目的と手段、ゴールが決まっているのなら、余計な手数を打つのは愚ではないだろうか。

父と祖父が談義して決めた上、将来有望の太鼓判を押される外科医の清生が、メリットもない回り道を選ぶとは思えない。

形式とはいえ婚約指輪をくれたこと。諦めていた白無垢を着せて写真撮影してくれたこと。

そこから推理される理由は一つ。

美瑚が処女だから、最初から妊娠するのは怖いかもと気を回してくれたに違いない。

あらかじめ櫻子から男の避妊手段全般と、それらのアイテムを隠す場所などを予習してよかったと思う。

「海棠先生のご厚意を無駄にするのは心苦しく、申し訳ないのですが、この結婚において必要ではないと判断しました」

離婚前提とはいえ夫婦として籍を入れ、お互いに子作りの同意はある。なら、余計な手加減は不要だ。ヤって、ヤって、ヤりまくるぐらいの勢いでことを成す心づもりでいなければ、授かるものも授かれない。

(それに、いつまでも、海棠先生をこの茶番に付き合わせるのはよくありませんし)

海棠の思い人は海外で移植を必要とし、緩和医療を主とする診療所にいるのだ。早く手を打たないと、永遠に会えなくなるかもしれないではないか。それでは、結婚した意味がない。

しくんと心の奥が痛む。結婚やらセックスやら初めてのことずくめな上、肌を合わせたせいか、変に感傷的になっている。

これではいけないと自分に鞭打ち、唇をわななかす清生の首にすがりつく。

「続き、しましょう」

まだ前戯が終わったばかり。せっかくの初夜だ。ここである程度慣れ、体験を新婚生活に生かしたい。

うん、うん、とうなずきながら清生を誘うと、相手は赤くなったり青くなったりと、めまぐるしく顔色を変えながら、うわずった声で制止する。

「……ッ、美瑚さん。駄目です。少し、落ち着く時間をください。でないと、自分を止められない。きっと貴女を孕ませてしまう」

艶めかしく絡む腕をほどくべきか、寄せるべきか、指先に逡巡《しゅんじゅん》を見せつつ清生が言うが、美瑚としては望むところだ。

「では、存分に孕ませてください」

語尾にハートマークでもつきそうな甘い声でねだり、小首をかしげた瞬間。

「…………ッッ！！」

悲鳴にならない悲鳴を上げ、清生は美瑚を半分自棄じみた勢いで押し倒す。

荒っぽい仕草にドキリとし、美瑚は目を大きくする。

清生は美瑚の栗毛をかき分け後頭部を掴み、貪るようなキスをし、残る右手に蜜を絡めるや否や、秘裂の内部に指を浸す。

まだ敏感さを失わない花筒がひくつき絡むのを振り切って、奥処へと指先を押し込みながら、一方で親指を使い敏感な場所を——先ほどは、軽く撫でかすめるだけだった淫核をぐちゅっと押し捏ねる。

「んんぅあっ、あああっ、あーっ！」

唇を振りほどき喘ぎ、びくんと腰を跳ねさせるが、今度の清生はまるで優しくない。

逃げた腰をすぐに引き戻し、含ませた指をしゃにむに泳がせ、どろどろのぐちゃぐちゃにかき混ぜてきた。

「んっ、ひ……、あ」

清生は理性をかなぐり捨てていた。美瑚が達したか感じているかも探ろうとせず、ただ目の前の女体を淫らに貪ることに集中する。

大きな獣に食べられて一つになる。そんな印象が頭をよぎるのが怖くない。

清生は優しくはなかったが乱暴でもなかった。ただただ、理性を捨て、雄として美瑚を圧倒するだけで。

だから、必死に抱きついて、啼けと命じるみたいに乳房を噛《か》まれ、声を上げた。

「ああっ、ああ、んっ……、ふ、またぁああ」

いつになったら挿入するのだろうと考えていられたのも、二度目の絶頂まで。

後はもう、訳がわからなくなるまで感じて、感じて、感じきって――そして美瑚は、目覚めないほど深く意識を飛ばした。


野獣と化した夫が、あらゆる手管を持って新妻を愛撫し、絶頂に次ぐ絶頂で、挿入の余地もいらない程、達《い》かせ倒し失神させた初夜の翌日。

艶々なお肌にすっきりした表情を浮かべ、いかにも一晩、たっぷり最高に愛されました！　という体の美瑚と、いかにも一晩搾り取られました。という風な憔悴《しょうすい》ぶりで息を落とす清生を見た人は、想像だにしなかっただろう。

妊娠したら即離婚という条件で結婚したこの夫婦が、初夜を得てなお童貞と処女のままでいることを――。

第三章　新妻は夫をその気にさせたい　～情が移るのは困るんです～

新居となった木場のマンションの前で、美瑚は人を待っていた。

といっても夫の清生《きよむ》ではない。相手は従姉妹の櫻子だ。

つい三日前に相談があると伝えたら、今日は一日空いているから、買い物とランチに付き合うなら、その途中で聞くといわれたのだ。

早く下へ降り過ぎたのか、櫻子の車どころか彼女の姿も見えない。当直明けに、そのまま病院から拾いに来てくれる予定なのだが。

（まあ、呼び止められて処方してとかで、遅れることはしょっちゅうだし）

スマートフォンを出すのも面倒なので、辺りを眺めて時間を潰すことにする。

清生の住んでいたマンションに、美瑚が転がり込む形で新婚生活が始まった一ヶ月。

特別に大きな問題もなく、イベントもなく日々が過ぎていた。

といっても、週の半分ぐらいは夫が戻ってこないのだから、その分、交流がないのは当たり前。

恋人から結婚した訳でもない上、実家でも周囲は医者ばかりという、今と変わらない環境にいたためか、特に困ることもなく、美瑚は新居での半分一人暮らし生活を満喫していた。

（でも、それでよい訳もないんですよねえ……）

週の半分も夫がいないということは、夜の生活も半分だ。

早々にやりまくって妊娠という美瑚の計画は、開始早々に頓挫《とんざ》した。

（まさか、櫻子ちゃんやお父様より、帰宅日数が少ないとは……）

外科でも、心臓や脳を扱う医師は呼び出しが多いと聞いていたが、想像以上である。

珍しく泊まりがない週があっても、美瑚が眠りに就いた夜更け過ぎに帰宅されるのもザラ。

結局、清生と美瑚が同じベッドに寝た日数は、両手の指と同じ数ぐらいで収まっている。

「早く、妊娠して、離婚しないと……」

清生の思い人が容態悪化したらと思うと、そわそわしてしまう。

かといって、仕事をしている清生に無理は言えない。それが、思い人のために選んだ道ならなおのこと。

美瑚から働きかけて、積極的に絡んで、妊娠できるよう持っていくしかないのだが——。

「んー、難しいなぁ」

ぼやきつつ道路を眺めていると、向かい側にある公園へお散歩に行く保育園児が近づいてくる。

（わ、かわいい）

防寒具で身をもこもこさせ、冷たくなりだした風に頬を赤くしながら、手を繋いだり、引率の保育師と歌ったりと賑《にぎ》やかだ。

なんとなく眺めていると、寒いから不機嫌なのか、ぎゅっと眉根を寄せている黒髪の男の子がいた。

それがあまりに清生に似ていて、美瑚はくすりと笑ってしまう。

（子どもができたら、清生さんに似るのかな）

考えた瞬間ぱっと気分が華やぐ。――そうだ。断然清生に似てほしい。跡継ぎとして出来損ないの美瑚より賢く、見た目も秀で、医師のセンスもある清生に似れば、親戚も病院のスタッフも不安を抱かずに済む。

声も似るのかな、性格はどうかな、なんて空想を羽ばたかせていると、園児が美瑚を指している。

ひょっとしてにやけ過ぎていたのか？　と顔を引き締めた途端、子どもたちが一斉に猫と騒ぐ。

「んん？　猫？」

後ろを振り向いた途端、キジトラの野良猫が美瑚に飛びかかってきた。

「あっ、駄目です。駄目ですよ、いけません」

あわてて後ろに下がると、着ているトレンチコートの裾がひらりと揺れる。

猫はどうにも裾の揺れが気になるらしく、躱されたことにめげず飛びかかる。

爪を立てられたら大変だ。今日下ろしたばかりなのに。

ベージュのギャバジン素材は目が詰まっていて丈夫なので、引っかかれたぐらいで破れはしないが、毛羽立ち、傷が残ったら悲しい。

（贈り物を大切にしてないと、海棠先生に思われたくないですから）

せっかく場所も家電もあるのだからという清生と、探すより早いと手を打つ祖父に勧められ、美瑚が清生のマンションにお邪魔する形で新婚生活が始まったが、いざ一緒に暮らしだすと細々としたものが不足した。

料理をする暇がないのか、最低限の調理器具しかない。

なにより、当たり前だが化粧品を置く鏡台やかご、サニタリー用のゴミ箱もなかった。

だから二人で買いに出たのだが、度々くしゃみを連発し、風邪か、熱はないかと心配させた。

もとより、気温の高い低いに敏感なたちで、急激に冷え込んだり、クーラーのある部屋から外に出たりするとこうなるのだと説明し、気にせず買い物を済ませた三日後。

空いた部屋に私物を片付け、新妻らしく掃除や洗濯にいそしむ美瑚の元に、箱が二つ届いた。

宛名は美瑚になっていたが、なにかを通販した覚えがないし、引っ越ししたこともあまり知られていない。

清生の帰宅を待って開けると、イギリスにある老舗ブランドのトレンチコートが一着ずつ入っていた。

『俺が入り用だったので、ついでに頼みました』と、なんでもないことのように告げて美瑚にプレゼントしてきたので、婚約指輪の時と同じくびっくりした。

人からものを貰うのが苦手な美瑚だが、遠慮を忘れて飛びついた。

というのも清生が選んだのは、裏地のチェック柄までお揃いのコートな上、裏地に筆記体の英文字で海棠美瑚と名入れしてあったからだ。

湧き上がる照れくささをこらえつつ、ウォークインクローゼットにしまうそぶりで確認すると、清生の方のトレンチコートにも同じようにして名前が刺繍されていた。

クローゼットの中で小さく飛び跳ねながら、喜びをかみしめる。

清生のこういう気遣いが好きだ。コートは実用性とおしゃれさを兼ね備えたもので、近くの買い物にもお出掛けにも使い回せそうなものだ。なにより、温度差とくしゃみの話を覚えていてくれたのがいい。

しかも、清生とお揃いだ。

同年代の友人が皆無に等しく、親と接する機会が少ない美瑚は、シェアとかお揃いとかいう言葉に弱いのだ。まして同じ名前なんて。

結婚で清生の籍に入ったのだから当たり前だが、家族と認められたようでとてもうれしかった。

あまりにも出てくるのが遅いからだろう。様子を見に来た清生のぽかんとした顔に、幼稚だったかと恐縮し赤くなると、相手にも恥じらいが伝播《でんぱ》してしまったようで、嫌……とか、よかったですとか、赤面でもごもご言われて書斎にこもられた。面目ない。

ともかくうれしい。大事にしたい。だから猫の無礼などお断りだ。

またじゃれついてきた猫から身を躱し、美瑚はマンションの前でくるくる回る。

そうこうするうち、赤くワイルドな四輪駆動のオフロード車が目の前に停《と》まり、鳴らされたクラクションに驚き猫が逃げていく。

「なにやってんのよ美瑚」

「猫に襲われました。トレンチコートのこれがおもちゃに見えたみたいで」

端を両手に握ったままベルトを見せる。

「ふーん。……そのコート、海棠から貰ったんでしょ」

病院内では先生と付ける櫻子も、プライベートとなれば同期は呼び捨てだ。が、なんだかちょっぴりしゃくに障って、美瑚は違う呼び方をする。

「あっ、わかりましたか。清生さんからプレゼントしていただいて。しかもお揃いで」

清生さんなんて、本人の前では恐れ多くて口にできないのに、こんな時だけ見栄《みえ》を張る。

「わざわざ名入れまでしてくださったんです。海棠美瑚って」

教えた途端、櫻子がうげっ、と変な顔をする。

「うっわ。病院であいつが着てたコートと同じだから、もしやお揃いと思ったけど、プレゼントだけじゃなくって……名入れしちゃうか。あの塩対応の塊《かたまり》が」

濡れた犬そっくりの動きで身震いする櫻子に、なにか変なことを言ったのだろうかと、首をひねる。

だが、櫻子は理由を教える気はないようで、もう次の話題を振ってきた。

「あー、もう。くさくさしてきた。景気づけに昼から焼き肉で飲んでいい⁉　こいつは駅前に置いて明日回収するからさ。相談ごともそこで聞くし」

エリート女医の猫をかぶり、おしゃれなフレンチの店にもよく行く櫻子だが、ストレスが溜まると超肉食に変化し、運動部の男子学生のように食べるのだ。

焼き肉ならきっと、行き付けにしている葛西《かさい》駅近くの店だろう。庶民的なお値段の割に、一皿の量が多く、肉もおいしい。

美瑚の目当ても葛西駅近くの手芸店だったので、地理的にもちょうどいい。

だけど個室はなかった気がする。

「お店ではちょっと。……デリケートな問題といいますか。それならここで話した方が」

「デリケートって？」

「えっと。とある方の話なのですが」

前置きする。本当は自分の悩みだが、自分一人の悩みでないのでぼかすべきだと考えたのだ。

「ご結婚されていて、奥さん……も子作りに熱心で、えっちなこともよくしていただけるのですが、入れたり、発射したりしないのは、どういうことでしょう？」

言うなり車が大きく蛇行して、美瑚は思わずシートベルトを掴む。

「危ないです。櫻子ちゃん」

「だったら、危ない話を運転中にしないで！　ってか、は？　どういうこと？」

「いえ、どういうことかお聞きしたいのは私でして。やっぱりその……EDとかいうものにあたるのかと」

ED——いわゆる勃起不全。

順風満帆《じゅんぷうまんぱん》かつ円満な新婚生活の中、唯一、美瑚と清生が相容《あいい》れないのがソレなのだ。

「できるけどしないのか。できないのか。はっきりさせたいと思いまして。ですが私……ではなく、その、奥さん？　からお聞きするのは慎みがないと思われまして。旦那様に知られず、探る方法はないかと」

奥さんという単語のたびに照れくささが湧き上がる。ついでに昨晩の清生の様子を思い出し、美瑚はぽっと頬を染めた。

（なんというか、昨晩もすごかった）

キスして、恥ずかしいところにいっぱい触れて、失神するほど美瑚を気持ちよくしてくれた。

初夜から日を得れば得るごとに、清生は美瑚を感じさせるツボを心得ていき、焦らして煽って翻弄してと、自由自在に愉悦を注ぐ。

そんな風にして、妻をかわいがることに余念がない清生だが、やっぱり最後までしてくれない。

挿入する以外のことは全部されているのに、それだけがまだなのだ。

気持ちよ過ぎて美瑚が意識を飛ばすから、遠慮して最後までしないのかと考えていたが、丸一ヶ月その状態だと、もしかして本当は、美瑚と子作りしたくないから、こうして愛撫だけでお茶を濁しているのでは？

と不安になってきた。

「もし、その、たとえば、旦那様が、子作りしたくないとか、できないとかいう理由でしたら、いろいろ面倒なことがありまして………」

結婚し、なるだけ早く跡継ぎとなる子を授かって離婚し、慰謝料の名目で、清生が必要とする金額を――思い人に海外移植を受けさせるに足る金を渡す。

そうすることで、二人の問題が解決できると思っていたのだが。

結婚を承諾した清生本人に、離婚する気や子作り能力がなかったら――？

（ものすごく、困る）

跡継ぎとして医師になることもできない美瑚だ、その上清生との子どもも見込めないとなると、離婚して、もう一度婿を選ぶ流れになるだろう。そうなったとき、きちんと清生に慰謝料を渡せるかどうか。

（最後までしないだけで、やること自体には乗り気だから、心理的な抵抗でもなさそうですし）

思い人に操《みさお》を立てているのかなと考えたが、夫婦の交わりを求めるのは清生からがほとんどだ。

別の女性を思って抱きたくないのなら、そもそも誘いをかけないだろう。

だったらどういうことか。考えた結論がＥＤ。つまるところの勃起不全だ。

「……そんなの、最中に触ればわかるでしょう」

葛西駅近くにある駐車場に停車し、サイドブレーキを引きながら櫻子がぼやく。

「うーん。触った感じではガッチガチですが、実物を見たことがありません。だから正しいのかどうか」

初夜を過ごしたホテルは別として、自宅の寝室はダウンライトぐらいしかない。

まれにリビングでそういうことになる時もあるが、清生は美瑚がぐったりするまで達かせ倒してからしかアレを着けないし、美瑚は美瑚で、避妊を阻止することに手一杯で、じっくり見る余裕などないまま、隙を狙って男根からゴムを抜くだけでやっとなのだ。

なので感触といわれても、ぬるっとした感触の皮膜がすりこぎ棒のようなものから抜けたな。という印象しかなかった。

「ガッチガチなら問題ないでしょう……。ううっ」

ステアリングに肘を当て、両手で顔を覆いながら櫻子がうめく。

「問題ないならどうして挿入しないのでしょうか。挿《い》れちゃったら萎《しぼ》むタイプとか？　……ともかく現状をはっきりさせて、私に非があるなら早急に対処したく」

「対処したく……いやもう、じゃあ、パンツを脱がしてみればいいじゃない⁉」

櫻子がやけくそに叫ぶが、長年姉妹同然に暮らした美瑚はひるまない。

「パンツを脱いでくれません。体格差があるから、手を伸ばしても絶対に届かない自信があります」

どちらかというと、パンツを脱がすより脱がされる方が早いのは、この一ヶ月で実感済だし、脱がされてしまえば、美瑚は淫戯で翻弄されるだけだ。

「もー、なんで私が同期の下半身について、その妻から相談されなきゃなんないの！」

「それは私の身内にいる、唯一の勃起不全専門家だからです」

なにせ櫻子は、尿路と男性器の疾患を見る泌尿器科医だ。彼女に聞かなくて誰に聞く。

「違う！　いや、違わないけど。勃起不全だけ診てるわけじゃないからね！　私の専門は腎臓とか膀胱《ぼうこう》の癌《がん》で……いや、勃起不全も診るけど⁉　診ますけど！」

美瑚の不信の目を受けて、なんとも理不尽だと言いたげな様子で櫻子は後頭部を掻く。

「んー、海棠がねえ。抱いても最後までしない理由ねえ。いや、さっぱりわかんない」

駐車場の車の中で、女二人、揃って腕組みしてうなる。

話の主が清生だとバレているが、美瑚も櫻子も隠すことを忘れている。

「やっぱり、専門家から診て、難しい感じがありますか……」

美瑚からは健康そのものに見える清生だが、その道のプロが診れば違うのか。

がっかりと肩を落としていると、櫻子が大きく溜息を吐く。

「いや、健康問題とか難しいとかじゃなくってさ。……そもそも、なんでそういう状況になってんの？　同意して結婚したって聞いたけど」

「そうなんですよ。同意して結婚したから、早く妊娠しないと、離婚できないじゃないですか」

美瑚がぼやいた途端、ものすごい勢いで櫻子が顔を二度見してきた。

「え？　なに？　妊娠したら離婚って風に聞こえたけど、気のせいだよね？」

「いえ、気のせいではありません。海棠先生は、妊娠したら離婚という条件に同意して私と結婚されました」

だから、子作りにも協力してもらわないと困るのですが。と続けたが、死んだ魚の目をして天井を見る櫻子はまるで聞いていていなかった。

「……なんなの、その地獄。生まれて初めて海棠に同情するわ。究極のお預け状態じゃない」

「なにがですか？」

「いや、こっちの話。……教えてもいいけど、私から教えたら、後でめちゃくちゃ恨まれて、病院で変に陥れられそうだから」

誰にだろう。わからず首をひねっていると、櫻子がもう一度大きく息を吐く。

「どうしてそんな取引を持ちかけたの」

「……それは、言えません」

清生に思い人がいる。だけど、その相手は海外で移植が必要なほど重病人で、だから、医師としての将来や人生を捧げている――なんて、教えてくれた本人に聞けない。

聞けば、もっと詳細な内容が――どんな人で、どう清生と出会い、どう愛されたのかまで聞くことになるかもしれない。それが無性に嫌だ。

どうせ別れるなら、相手の女性のことなど知らないまま別れたい。下手に情報を聞けば、自分と比較して落ち込んだり、そうなれない自分が海棠に抱かれることが申し訳なくなったりしてしまう。

知りたくない。聞きたくない。だから、美瑚は曖昧にごまかす。

「ごく個人的なことです」

「……私にも言えない訳か。ふーん？」

そのうち、考えるのも嫌になってきたのか、櫻子はあーっと叫んで頭をかき乱す。

「もう。パンツ脱がせる自信がないなら、パンツ脱いでるところに飛び込んでみたら？」

疲労感を纏《まと》わり付かせた声で、なんとも投げやりに櫻子が言う。

「パンツ脱いでいるところ………」

「あるでしょ。風呂とか、浴室とか、脱衣場とか！　いっそ、悩殺下着とか着て飛び込んで、そのままやっちゃったらどうかなぁ！」

ほとんど自棄《やけ》っぱちに吐き捨てられ、ああ、なるほどと思う。

ベッドでいたしている時にどうすればと考えていたが、裸であればいいのなら、場所にこだわる必要はなかったのだ。

「その発想はありませんでした！　さすが櫻子ちゃん、すごいです！」

天啓を得たように顔を輝かす美瑚の横で、櫻子は心底うんざりした顔で、「もうやだ、この夫婦」とぼやいていた。


当直明けだし、土曜日は休診日だから、今日の帰りは早いはず。

美瑚がそう読んだ通り、清生は夕方の六時に帰宅した。とはいえ十一月の半ばだ。外は真っ暗だし寒かったと思う。

今から帰ります。というメッセージが表示されているスマートフォンを片手に、そわそわと玄関ホールで待機する。

晩ご飯はお鍋を用意しているのですぐできるし、お風呂は沸かし終わっている。

もう一つの準備については心許ないが、ここまで来たらやるしかない。

「ただいま」

ドアが開き、美瑚を見るなり清生がはにかむ。その姿に甘酸っぱく胸を躍らせつつ、美瑚はビジネスバッグと上着を渡せと仕草でせがむ。

「どうしたんですか？　そわそわして。いいことでもありましたか」

いつもならリビングまで一緒に歩いて、今日の出来事なんかを話すのに、唐突に荷物荷物というから驚いたのだろう。

「あっ、いえ……お風呂、沸かしたんです。外がずいぶん寒くなってきましたから」

「出掛けていたんですか？」

「ええと、はい。櫻子ちゃんと一緒にご飯と買い物……っ、です」

「東高階先生と」

「ひゃっ……」

ぱたぱたと手を振って清生を見上げると、彼は少し考えるそぶりを見せた後、唐突に美瑚の頬を手で覆う。

「ん、……すみません、顔が赤いから。熱はないようですが」

「お昼に、焼き肉で飲むっていうから、ビールをご相伴させていただきました」

本当は、違う理由で顔が赤いのだが、それはあえて黙っておく。

「い……一杯だけですよ。酔ってません」

これから先に起こることを考えると、緊張してどもる。

が、清生はアルコールのせいだと思ったのか、苦笑しながら美瑚の髪を掻き回して笑う。

「俺から見れば酔ってます。顔が赤くて、そわそわして。……本当に、貴女はなにをしてもかわいらしい」

清生から頭を撫でられながらかわいいと口にされると、ふわふわした気持ちになって、ずっと側にくっついていたくなる。

だが駄目だ。今日は大切な計画があるのだ。

頭を左右に振って清生の手から逃れた美瑚は、少しだけ距離を置いて訴える。

「お世辞はいいですから……。お風呂、沸かしたの冷めちゃう」

「はいはい。わかりました」

手を伸ばし、清生はまた美瑚の髪をかき混ぜ笑いだす。

子どもみたいな扱いをされて、美瑚はつい拗ねてしまう。

「はいのお返事は一度ですよ」

唇を尖らせ、顔を背けた瞬間だった。

頭にあった手がふわっと腰裏まで降りてきて、そのまま強引に抱き寄せられる。

「わっ……！」

声を上げたと同時だった。

美瑚を片腕に抱いた清生が身をかがめ、わざと音をたててこめかみにキスをする。

それから、すごく低くて甘い、まるでチョコレートみたいな声で「はい」と囁き、肩をすくめた美瑚の耳たぶを一度だけ甘噛みする。

ぞくんとした疼きが耳から下肢に向かって走る。

脚をすり寄せ息を詰めれば、したり顔で清生が笑う。

「海棠先生ッ！」

「俺のために、風呂を用意してくれてありがとうございます。遠慮なく先に入らせていただきますね。……本当は貴女と」

そこまで言いかけ、ふと我に返った様子で体勢を戻し、着替えを収納するウォーキングクローゼットへと向かわれてしまう。

（なにを言いかけたんだろう）

本当は貴女と、美瑚と――なにをしたかった？

考えつつウォーキングクローゼットの方をうかがう。すると、物音に混じってわずかに鼻歌らしきものが聞こえてドキッとする。

一緒に暮らしだしてから、清生はずいぶん表情が豊かになった気がする。

出会った頃は無愛想で、表情なんてほとんど変わらなかったのに、結婚するとなってからは美瑚にいろいろな顔を見せている。

反対に美瑚は表情に困ることが増えた。幸せそうにされると、美瑚もつられて幸せな気分になるけれど、同時にくすぐったくもなるし、寂しくなる時もある。

よくわからない衝動で頭が混乱して、顔が赤くなって、変な顔をしている気がする。

（しっかりしなきゃ。うん）

ぱたぱたと両手を振って顔に風を送り、落ち着こうとする。

結局、ビジネスバッグと上着は渡してもらえなかった。

買い物にしろなんにしろ、清生は美瑚に荷物を持たせることを避けるのだ。

キッチンに戻り息を殺していると、着替えを用意し終わった清生がバスルームへ向かう足音がした。

(慎重に、慎重に深呼吸して)

すーはーと息を大きく継ぎ手順を確認する。

相談したときは、なんともいえない顔で頭を抱えていた櫻子だが、焼き肉にビールをジョッキ三杯も食らって酔うと、面白がるように美瑚へあれこれ指南してくれた。

(バスルームの鍵を掛からなくしたし、お湯は少しぬるめ。服を脱ぐのに一分なら……そろそろかな)

足音を殺しつつバスルームへ向かい、ドアの前で着ている服を脱ぐ。――といっても、かぶるだけのニットワンピースなので、一分もかからない。

「ううっ……さすがに恥ずかしい、かも」

脱衣所のドアに手を掛ける。鍵の表示窓は施錠中を示す赤だが、ドアは音もなくスライドした。

櫻子が教えてくれたが、浴室のスライドドアなら、ドアを固定するラッチ部分にガムテープを貼れば、鍵を掛けたつもりでも、スプリングが戻らずかからないままになってしまう。

よく見ればわかるので悪戯ぐらいにしか使えないが、上機嫌の清生は気づかなかったようだ。

水音が聞こえ、驚きで飛び上がりたくなるのをこらえ、浴室のガラス窓から中をうかがう。

湯気で曇ったガラス越しに、湯船につかる男の影が見える。

くつろいでいる様子に罪悪感が湧くが、大義のためには仕方がない。

美瑚は、最終確認のために洗面台の鏡を盗み見る。

三面鏡に映る自分を見て、もう少しおとなしい下着にすればよかったかもと、羞恥に震え赤くなる。

Ｔバックのショーツに、総レース仕立てのキャミソールという勝負下着姿なのだ。

しかも色は、ほんのりと紅潮する肌に映える白。

（ほとんど、隠すところがないというか……）

ショーツは恥丘を隠す三角のレースと細い脇紐だけだし、キャミソールはバックレス——背中見せというより、むしろ尻の谷間の始まり辺りまで大きく開いている。

こういう、見えそうで見えない方がそそられるのよ！　とチョイスしてくれた櫻子が力説したが、いつもと違う位置に布の端があるのはくすぐったいし、変に意識してしまう。

おまけに、キャミソールはセパレートとなっていて、両脇にあるリボンをほどくと全部がストンと落ちてしまう頼りなさ。

結婚前の美瑚なら、選ぶどころか、見るだけでお断りしただろう下着だ。

だが、今は恥ずかしいとか言っていられない。どの道、清生にはあちこちたっぷり触られている。今更見られたところで大したことないと、自分で自分に虚勢を張る。

女は度胸だ。虎穴に入らなければ子種は得られない。

美瑚が覚悟を決めたのを読んだように、ざばっと湯が大きく波打つ音がした。

急がなければ。美瑚は勢いよくバスルームの扉を開き、一気に申し立てる。

「お背中を流させていただきます！　旦那様ッ！」

「……ッッ‼」

身体にボディーソープの泡を纏わり付かせていた清生が、声にならない悲鳴を上げる。

しなやかな筋肉がついた二の腕に、スーツ姿からは想像もつかないくらい鍛えられた肉体。陰影がわかるほどゴツゴツとした腹は、驚きに息を呑んだ形のままぎゅっと収縮し、綺麗に引き絞られた腰と相まって、奮い立つほどセクシーだ。

滑らかで健康的な色をした肌を水滴が一つ、二つと滑る様子もまた、たまらなく官能的で。

美瑚は目的を忘れて、しばし清生に見とれてしまう。

それは清生も同じようで、食い入るような目で、乱入してきた美瑚を見つめている。

見ているのが自分だけでなく、見られてもいると気づいた途端羞恥を覚え、美瑚は、とりあえず近くに行けば詳細はわからないだろうと、大きく足を踏み出す。

だが、急いでいたためか、あるいはボディーソープがこぼれていたのか、床を捉えた途端、足が滑り前のめりに倒れ込む。

「美瑚さん！」

名を呼ぶと同時に両手を伸ばし、自身の身体を持って清生は美瑚を受け止める。

ぬるっとした感覚が薄いキャミソール越しに肌へ伝わり、次いで、湯に濡れ肌に張り付いて、すぐに男の肉体の脈動が、乳房から一気に全身へと染み渡る。

非日常的な感触ですっかり頭が動転してしまう。こんなはずではなかった。

もっとスマートに歩み寄り、セクシーな下着で興奮していただき、背中を流すついでに、〝うっかり〟触って、夫の逸物《いちもつ》が大丈夫か確かめるはずだったのに！

緊急かつ決死の覚悟で挑んだ作戦のため、駄目だったときにどうすればいいかまったく考えていない。頭の中が真っ白だ。

恥ずかしさのあまり涙目となりながら、美瑚は助けを求めて清生を見上げる。

形よく浮き出た男の喉仏が、目の前で大きく上下した。

なにも言わず、唇を震わせ言葉を失う清生に、怒らせたかと美瑚が身を離したときだ。

突然、臀部《でんぶ》を鷲掴みにされ、かかとが浮くほど引き寄せられた。

ずるん、と濡れたキャミソールがぬめりながらずり上がり、腹部が男の肌に密着する。

「ひゃっ！」

なにが起こったのかと目を白黒させていると、頭の上から、はーっ、はーっと、飢えた獣の呼吸音が響く。

「……美瑚、さん」

今までになく低く、感情を抑えた声にびくんと身を震わすと、それもいけないと咎めるように、尻にあった男の手が柔肉を揉む。

「ひンっ……！」

発情した牝馬《ひんば》みたいな変な声に、全身を上気させ震えれば、力強い動きで美瑚の身体が清生の身体に擦り付けられた。

「わっ……あっ、あっ、ああっ」

向かい合い、まるで別人みたいな荒々しさで肌を擦り合わされる。

勢いよく揺さぶられたことでキャミソールの肩紐がずれ落ち、胸の上半分が露出した。

ふるんと弾みながらレースの薄布から飛び出た柔肉は、そのまま、男の硬い胸板で押し捏ねられだす。背を仰《の》け反《ぞ》らせた姿勢で清生から覆《おお》い被《かぶ》さられ、胸と腹部が密着する。そうして尻を清生に掴まれたまま、上下左右と肌を重ねて激しく動かされた。

（う……わ、っ）

いつもとは違う感触に、息を呑んで美瑚は身震いする。

胸が二人の間でぐにぐにと卑猥に形を変えていく。

素肌だけの時と異なり、水と石鹸《せっけん》が潤滑油となって皮膚がぬるつくのが、非常に艶めかしい。

まるで一日中まぐわって、汗も淫液も出尽くしたみたいに思えて、いけないことをしている気持ちがいや増しに興奮を煽る。

ぐちゅぐちゅぬちゅぬちゅと卑猥な音を響かせ、纏わり付くボディーソープを泡立てながら、二人同時に劣情と熱情を上げていく。

時折、互いの乳首が当たり、びりっとした感覚が走り抜け、過激な疼きがはじけて響く。

「んッ、あ、胸、こりこりって、しない……でぇ」

あまりにも強い摩擦に耐えかね訴えるが、駄目だと告げるように左手が背に回り、後ろから強く押す。

そうなるといっそう身体が密着して、男の激しく力強い鼓動までもが、乳房の先端にある花蕾に響く。

すごくいやらしい。身を清める風呂で、性交中みたいな音をさせ裸体で抱き合っている状況が。

倒錯的でエロティックで——日ごと愛撫を教え込まれた美瑚の身体は、いとも簡単に悦を拾いだす。

「あっあっ……んんっふ、あっ」

「美瑚さん、貴女、本当に。なんなんですか……ッ、こんなこと、してっ」

言葉ごとに強く、激しく、美瑚の身体を自分に擦り付け、清生が叱る。

「ごめっ……なさ、……んぅ、ッ、背中、流そうって……」

「嘘はいけませんね」

厳しい口調で反論を切り捨て、清生はTバックの細紐に指を絡める。

「こんないやらしい下着で入浴中の男の元に来るなんて……俺に、どうにかされたかったんですかッ」

引き千切る勢いで、清生は美瑚のショーツの紐を強く引いた。

「いっ、ひゃ……！　あ、あああん！　やぁ、あ」

よじれたショーツの布や紐が、秘裂に沿って食い込んで、刺激の強さに美瑚は淫らな悲鳴を上げる。

くっ、くっ、と節をつけて引いては緩められると、淫らな尖りに紐が当たり刺激される。

それだけでもたまらないのに、クロッチ部分が花弁を押し捏ね開いていく。

尻を揉む手からの刺激もひどく、掴まれたかとおもうと石鹸のぬめりで逃れ、絶妙な強弱で愉悦がにじむ。

まるで自分が柔らかい砂糖の塊になったようだ。

胸も尻も、男の思うままに変形し、情動と劣情を混ぜて揉み込まれていく。

腰を振り、身をよじって抵抗するが、どこからも愉悦を逃せそうにない。

反応すればするほどあらぬところを刺激され、どんどんと絶頂へ追い詰められる。

崩れ落ちそうになり、両手を差し伸べ清生の首にすがりつけば、一際強く尻と下着の紐を引かれ、爪先立っていた美瑚の身体が宙に浮く。

「あ、……ン！」

ぐらんと視界が揺らぎ身体が半回転して、浴室の壁に背をつけられる。

浮遊感に焦って清生の頭を抱く。すると胸の谷間に相手の顔を挟んでしまい、美瑚は悲鳴を上げてしまう。

「わっ、わわっ……ぁ、ひゃ……！」

真っ白な頭で口を開閉させていると、ふと股間に風を感じた。

密着が離れたことにうろたえ、寂しさを覚えたのも束の間。次の瞬間、熱く硬いものが美瑚の秘裂を擦り上げた。

「ヒッ……！」

ぐちょぐちょっと、淫靡極まりない音を立てて、なにかが秘部を通過する。

脈打ちながら尻まで言ったかと思うと、愛撫で充血した肉襞を割りつつ戻り、つるりとした先端でぐりぐり淫核をくじられる。

脳髄に響くシンプルで強烈な快感に、美瑚はたまらず身を仰け反らす。

白く小さな歯列の合間から舌を覗かせ、はくはくと息を継いでいると、熱塊は美瑚の薄い腹肉を滑って臍を穿つ。

「ンンゥ！　ッ、ぁ、や……ぁ」

得体の知れない熱に煽られるのが不安で、美瑚は意識に鞭打ち視線を動かす。

二人の下肢が密着し、泡も陰毛も一緒くたとなる部分から、にょきりとそびえ立つものが見える。

他の部位より浅黒い皮膚に包まれ、限界まで怒張したものに、見てそれとわかるほど猛々《たけだけ》しい血管が浮いていた。

清生の呼吸ごとにビクビクとわななくそれが、男根なのだと知ったとき、美瑚は勢いよく頭を上げ、そこから目をそらしていた。

初めて見た。初めて見た。今までは絶対にパンツを脱がないか、脱いでも真っ暗な寝室だったのに！　あんなに凶暴で、太くて、生々しいものだったなんて！

「ふぁ……！」

驚きのと困惑で悲鳴を上げたいのか泣きたいのかわからず、変に媚《こ》びた声が出る。

それが拒絶に見えたのだろう。清生は、逃さないとばかりに美瑚の唇に襲いかかる。

「んぐっ、っ、ぁ……！　ッ、ム」

海棠先生、と叫んだ声はまたたくまに男の口腔に封じられ、代わりに肉厚な舌を奥まで含まされる。

美瑚を気遣い、甘やかに官能を引き出そうとするのとは違う。

自分の中に鬱積した劣情を伝えようと、しゃにむに打ち込む激しいキスだった。

嘔吐きそうなほど深く染み入られ、らせんを描くようにして舌根から舌先までを舐め辿り、かと思えば、ずずずと音を立てながら溢《あふ》れる唾液ごと美瑚の舌をすすする。

唇は隙間もないほど密着し、余裕のなさを表すように時折、歯がぶつかり痛む。

だけどつらいとは思えない。どころか、歯根から響く小さな痛みまでもが愉悦となって身を疼かせる。

蠢く熱い感触に、言葉や唾液どころか呼吸も奪われ、どんどんと頭の芯が痺れだす。

快感に流され腕の力を抜けば、身体ががくんと落ちかけた。

「やっ、ぁ」

あわてて男にすがりついた瞬間、それを待っていたように清生が美瑚の秘裂と己の雄根を重ね合わせ、遠慮呵責《かしゃく》なく揺さぶった。

淫らな摩擦に蹂躙《じゅうりん》される。

入り口を飾る肉襞も、包皮から覗く肉色の真珠も、泡と淫液でぐちゃぐちゃになった恥丘の繁《しげ》りまで。

なにもかも構わず押しひしぎながら、清生が動物的な衝動のままに欲望を美瑚の秘部へ擦り付ける。

男の逞《たくま》しい腰が当たり、水気を含んだ破裂音がパンパンと浴室中に響き高まる。

秘裂の窪《くぼ》みに亀頭がめり込むと、中からぐぷっといやらしい音がし、淫汁とともに雌の匂いが醸される。

入りそうで入らない絶妙な状態に、精神も肉体も限界で、美瑚は乳房を押し潰すほど清生に抱きつき、嬌声《きょうせい》を上げ続けることしかできない。

「ひ……、ああっ……あっ……っく」

肉竿が往復するほど全身が総毛立ち、喉も背もなく反り返る。

濁流じみた愉悦で意識が酩酊《めいてい》し、美瑚は最後に向けて声色が高く上げていく。

「ンンゥ！　ああああああっ！　ああっ！」

一際強く身を跳ねさせ、背骨が折れそうなほど弓なりとなりながら美瑚が極めた声を出す。

絶頂の衝撃に息を止め、身をぶるぶると震わせているのに、清生は美瑚の器官で己を擦り慰めることをやめない。

仰け反った首ががくがくと揺れ、目の焦点が合わなくなってきたとき。

低くうなる声が響き、清生の硬い腹筋と美瑚のなだらかな下腹部に挟まれていた屹立《きつりつ》が、悍馬《かんば》の動きで大きく跳ねた。

男の腹筋がぐぐっと絞まり、清生が苦悶《くもん》と恍惚の入り交じった表情で目を眇《すが》める。

ぶるりと力強く胴が震え、そびえ立つものの先から勢いよく白濁が吹きこぼされた。

びゅぐびゅぐと温かく粘つくものが、勢いよく美瑚の肌へ降りかかる。

吐精は一度では止まらず、猛《たけ》る雄の力強さと凶暴さを見せつけながら、何度も、何度も、あきれるほど激しく大量に続く。

白濁は美瑚の下腹部だけでなく乳房や頬にまで飛散し、どろりとした感触と変にこもった匂いが染みる。

二人とも全身泡だらけなのだから、石鹸の匂いしかしないはずなのにと、ぼんやりする頭で考えていて気づく。ああ、これは清生の匂いかと。

生々しく、苦みをイメージする青臭さで、花のように心地よいとはいかないけれど、どうしてか気を惹《ひ》かれてしまう。

鼻腔いっぱいに吸い込むと、じいんと脳髄に響き、子宮から隘路までがきゅうきゅうと切なく疼く匂いだ。

理由もなく、これが私の欲しいものだとわかる。

もったいないことをしたなという思い半分。ちゃんと清生の子を孕めるのだとわくわくする気持ち半分で、ぼんやりしていると、波に洗われる砂山みたいにして、清生がずるりと浴室の床に崩れ座る。

当然、彼に抱えられている美瑚も同じだが、冷たいタイルが触れないようにだろうか、荒っぽくあぐらを組んだ男の太腿に、美瑚の尻が置かれていた。

「は、……」

怖気だつほどの色気と野性味を見せつけながら、清生は気怠《けだる》げに前髪を掻《か》き上《あ》げる。

咎めるような流し目を向けられ、怖いはずなのに、ドキドキとした鼓動が止まらない。

その上、あれだけ精を吐き散らし、美瑚の乳房も腹部もどろどろのねとねとにしてしまったというのに、清生のものはまだ硬く、臍辺りまで反り返っていた。

――これは、草食だとか以前に、超絶倫なのではないだろうか。

べったりと白濁が付いた胸元を凝視し、性欲の強さに驚きながら清生を見ると、彼もまた、美瑚の胸の谷間に溜まり、腹から下肢へとろりと流れていく白い残滓《ざんし》を凝視していた。

「あの、海棠先生？」

この状態からどうすればいいのか。中ではなく外に出されたときの対処がわからず困惑すると、声ではっとした清生が焦った手つきで壁のシャワーボタンを押す。

「うわっ……！」

突然降り注ぐ水滴に、美瑚は思わず声を上げる。

ざあざあとしたシャワーの水流から出る湯気で、辺りが一気に霞みだす。

同時に、美瑚の肌を覆う白濁が一瞬で流れ、排水溝へと消えた。

「くそっ。……本当に、なにをやってるんだ」

いら立ちを含んだ清生の声が耳に届き、美瑚ははっと息を詰める。

恐る恐る視線を向ければ、シャワーの水滴に打たれながら、清生が後頭部を激しくかき乱していた。

乱暴な物言い。憮然とした不機嫌な表情に、きつく引き結んだ口元。

なにより、美瑚を見ないように反らされた顔で、彼が怒っていることに気づく。

「……なんだってこんな無謀なことを」

言いつのり、それきり言葉を閉ざし奥歯をかみしめる清生を見て、美瑚は初めて、自分が相手の人間性を無視していたことに気づかされる。

結婚すること、子どもを作ること、円満に別れお互いに欲しいものを手に入れること。それが幸せかつ互いのためだと思い込み、相談もせずに決めつけて行動していなかったか。

清生が怒るのも当たり前だ。美瑚だって、親戚から子作りできるかブライダルチェックしろといわれ不愉快だったのだ。言わず、抜き打ちに生殖機能を調べるなんて、嫌われたってしょうがない。

申し訳なさと、自分がされて嫌なことを人にしてしまった始末の悪さが胸を重くする。

「ごっ……、ごめんなさい！　私！」

目が潤む。

泣いて許してもらうなんて甘えだという気持ちから、美瑚はさっと立ち上がり、清生に背を向ける。

「あのっ、もう……、こんなこと、しませんから」

脱衣所を飛び出し、そこらへんにあったタオルを身体に巻き付け部屋にこもる。

恥ずかしい。なんてことをしてしまったのか。身勝手過ぎる自分に嫌悪していると、扉が控えめにノックされた。

「美瑚さん」

いつも通りの、落ち着いた声で呼びかけられてぎくりとする。

あんなことをしでかした後で、まともに清生と顔を合わせられる気がしない。

黙っていると、清生がためらいがちにもう一度ノックした。

美瑚が返事もできず息を殺すうちに、遠い場所から電話の呼び出し音が聞こえだす。

清生の携帯だ。息を詰めて気配をうかがっていると、はい、とか、いいえとか、そんな短い受け答えの後に、家の中を歩き回る彼の足音が続く。

病院から呼び出しがあったのだと気づいたときにはもう遅く、玄関から清生が出て行く気配がした。

「あ……」

行ってしまった。

取り急ぎ服を着て廊下に出るも、家の中はしんとして美瑚以外の気配がない。

顔を合わせる勇気がないくせに、一人残されるとたまらなく寂しい。

(わがままだ。感情的になり過ぎている)

自分の幼稚さと情けなさを自己嫌悪しながら、とぼとぼとリビングへ戻れば、テーブルの上におにぎりが載った皿と一枚のメモが置いてあった。

——緊急オペが入りました。明日は戻ってこられないと思います。

——誤解がないように伝えておきますが、俺は、美瑚さんには怒っていません。怒っているのは、自分自身の不甲斐なさに対してだけです。

だから、泣いたり、しょげたりしないように。鍋を一緒に食べられないのは残念だけれど、美瑚さんはちゃんとご飯を食べて、寝て、無理しないでほしい。

他にも、細々としたいたわりの言葉が、勢いがあるしっかりした文字で綴《つづ》られていて、美瑚はついに目から涙を落としてしまう。

「不甲斐ないなんて、嘘ばっかり」

清生ほど甲斐甲斐しい男はいない。

本当に不甲斐ない男であれば、美瑚に構わず黙って出て行っただろう。なのに、こうして美瑚が気詰まりな思いで留守番しないよう、風邪を引いたりしないよう考えている。

(人を気遣いいたわることができるのは、余裕があるから。強いからだ)

今日、自分は自分の目的のために清生に対する気遣いを忘れた。とてもいけないことだ。

「親しき仲にも礼儀あり、ですものね」

まして清生には、人生をかけて助けたいと願う思い人がいるのだ。かりそめの妻である美瑚が足を引っ張るなんて、迷惑でしかない。

溜息を吐いて椅子に座る。それからテーブルに置いてあったおにぎりの皿を引き寄せる。

美瑚が作るものより一回り大きく不格好なそれを手に取り、口をつけた。

(まだ温かい)

急いで作ってくれたのだろう。

おにぎりは口の中に入れた途端にほろんと崩れ、米の甘さと塩気が口に広がる。

一拍置いて、ピリッとした刺激と青菜の歯ごたえがする。美瑚が好きな野沢菜を具にしてくれたのだ。

素朴で、なんの変哲もないおにぎりでしかないのに、ものすごくおいしい。

きっと清生が作ってくれたからだ。舌だけではなく心も喜ぶ。

一口食べ進むごとに胸が苦しくなる。だけど同時に心配されてうれしいとも思う。

全部食べ終わる頃には気持ちが落ち着いていて、美瑚は冷静に今日のことを振り返る。

(私、甘え過ぎてた。……海棠先生のお人柄に)

触れて、キスして、愛撫して——でも、最後までしないのは、きっと、清生なりの理由があるのだ。

好きな人のためか。だったら性的なコミュニケーションのすべてを拒否しないのはなぜか。

原因は、相手ではなく美瑚にあるとしたら?

(私が、頼りないからかも……?)

離婚前提とはいえ自分の子である。ちゃんと育てられるか、大切にしてくれるのかと懸念しているのかもしれない。だとしたら清生が子作りに乗り気にならないのも当然だ。

(急かすのはやめよう)

しっかりして、大人になろうとおもう。礼儀正しく。ちゃんとわきまえて。

清生と別れた後も、子どもを育てていけるよう成長しよう。

今まではなんとかなると思っていた。離婚しても美瑚が西東院の娘であることは変わらない。実家に戻れば手伝ってくれる人は多い。

実際、美瑚自身がそうやって育てられてきた。

多忙過ぎる父や祖父、そして亡き母に代わり、家政婦や櫻子から大切に育てられた。

だけど、母親は美瑚だ。主体になって考えなければならないのも。

基本的な能力がないのに、自分よりましな跡継ぎを育てようなんて意気込んでいた自分が恥ずかしい。もう少し、きちんと考えなければ。

「海棠先生には、心配ごとなく、好きな人と結婚して幸せになってもらいたいですし」

結婚前からずっと思っていたことを口にし、空元気な自分の声を聞いた途端、涙がおちる速度が増し、手にしていたおにぎりに落ちる。

清生はいい人だ。一時的な上、押しつけられた妻でしかない美瑚でも、ちゃんとこうして大切にしてくれる。離婚歴の一つなどなんの傷にもならないほど、素敵な男性だ。

——だから思い人と幸せになってほしいと思う。

誰よりもなによりも輝かしく、笑顔が絶えないような、そんな未来を送ってもらいたいと願う。

その気持ちがなにか、美瑚はまだ理解できてない。名付けるべき言葉と気持ちが結びついていないのだ。

「ちゃんとしなくちゃ」

すっかりしょっぱくてべちょべちょになってしまったし、嗚咽《おえつ》で呑《の》み込むのもきつかったが、それでも美瑚は、作られたおにぎりを最後の一粒まで残さず食べ終えることにした。

第四章　堅物ドクター、猛獣になる　～すれ違う想《おも》いの中で～

手術部のある六階から七階への階段を上りきり、海棠清生《きよむ》は溜息を吐く。

（予想の倍、時間を取られてしまった）

年明けには執刀を任せるから行ってこいと、所属する心臓血管外科の部長に言われ、清生は母校である成陽《せいよう》大学医学部の付属大学病院へ送られた。

ＴＡＲ——全弓部《ぜんきゅうぶ》大動脈血管置換術という手術の勉強のためだ。

人体の中で最も太い血管を人工のものに置き換える手術だが、主要な血管に分岐する重要地点であることや心臓停止時間が長いことから難易度が高く、若手心臓外科医の第二ステップと捉えられることが多い。

第一ステップである冠動脈バイパス手術を卒後四年目、第二ステップであるＴＡＲを卒後六年目になるかならないかの年に執刀しようというのだから、高く評価されているなという実感はある。

だが、それ以上に実感するのは——やはり、西東院の婿という看板の威力だろう。

大学卒業後、初期研修こそ膝元である大学病院で行った清生だが、専攻を心臓血管外科に決めるに当たって、大学ではなく西東院総合病院を選んだ。

つまりそこで一端、大学とは縁が切れた形になっている。

とはいえ、西東院総合病院の跡継ぎや重要ポストに就く医師は、ほぼほぼ成陽大学医学部出身者で占められている。だから両者の関係は悪くない。

場合によって医師を貸し借りするような間柄で、だからこそ、わざわざ清生を勉強と称して、ＴＡＲ手術の第二助手として送り込んだのだろう。

手術に対して全責任を負う執刀者や、その相棒となる第一助手がしっかりしていれば、第二助手がやることはさほど多くない。

ましてお客様待遇なのだから、先輩医師の手術を見て、生《なま》の技術を盗むことに集中できた。

手術自体は予定通りに終了したのだが、その後がいけない。

学生時代の恩師である心臓血管外科学の教授が現れ、近況が聞きたいなどとして清生を教授室へ招いたのだ。

そこで権力臭のする面白くもない話を展開され――すっかりと遅くなってしまった。

早く家に帰りたいのは山々だったが、不愉快過ぎる話の果てに、眉間にしっかりと皺ができていた。

少しまともな気分になってから帰りたい。そうでなければ、美瑚に変な気を回させてしまう。

(とりあえず、この先で缶コーヒーでも飲んで、落ち着いてから帰ろう)

成陽大学付属病院には、ドクターラウンジというしゃれたものはない。

外科医たちの手術待機は、主に、手術部の真上にある七階の学生職員食堂か、当直センターの空き部屋や小会議室などになっていた。

食堂は営業時間が終了しているため使えないが、カップベンダーのコーヒーや、インスタントラーメンの自動販売機などは年中無休だったはず。

学生時代の記憶を思い出しながら廊下を急ぎ歩く。美瑚に会いたくてたまらない。

夫婦として一緒に暮らしだしてから、清生はますます美瑚にのめり込んだ。

理由など言うまでもない。美瑚は本当に、心底かわい過ぎる。

初めて一緒に買い物した際に、気温差でくしゃみしていたのもかわいかったし、寒さに小さく身震いする仕草もかわいかった。

だが風邪で苦しむ姿は見たくないので、使い勝手がよさそうなコートを選んでプレゼントした。

お揃いにしたのは、個人的な欲望だ。

美瑚がこの結婚に恋愛感情を抱いていないのは知っていたが、一緒に暮らす以上は夫婦だ。だからどこかで、この女は自分のものだと主張しておきたかった。

名入れは迷わず、西東院美瑚ではなく、海棠美瑚でオーダーした。

離婚すれば西東院に戻るだろうが、今は自分の――海棠清生の妻なのだと知らしめたかったのだ。

当然、本人にバレ、違いますよと指摘されるか、あるいは引かれるかと思ったが、逆に喜ばれた。

清生の前では、いつもと変わらずにこやかにしていたが、ウォーキングクローゼットの中で、清生のコートと自分のコートをそれぞれ腕に掛け、ぱたぱたと小さく足踏みして喜んでいたのを見て――。

（かわい過ぎる。俺の妻はかわいさの化け物か）

などと思ってしまう。

食事の支度をしていても、うたた寝で寄りかかってきてもかわいい。朝から晩までかわいい。

今まで、遠くから見守るだけしかできなかった相手が、側にいて、多彩な表情を見せ、語りかけてくれる日々は至福であり過ぎた。

（その上、ベッドではあんなに色っぽい……）

初夜はまるで夢のようだった。

純白の掛下や襦袢を乱し、ベッドに髪を散らす姿を愛でるのは、夫である自分だけの特権だ。

白い滑らかな肌が桜色から朱に色づいていく様子や、汗を帯びてしっとりと輝くところ。

少し性感を刺激しただけでぴくぴく動く太腿や平らな腹はもちろん、恥ずかしげに眉間が寄せて、潤んだ目で清生を見るのがたまらない。

少女のように細く薄い身体なのに、乳房は清生の手に余るほど大きく、つつくだけでふるんふるんと揺れるところがまたアンバランスでそそられる。

香水くさく、胸や尻をこれ見よがしに強調して迫ってくる、わかりやすく下品な色気とは違う。

美瑚は、人知れず花開こうとする白薔薇だ。

自分のために用意された、初花にふさわしい清楚な色気は、想像以上に清生の劣情を刺激した。

押し倒し、むしゃぶりついて味わいつくし、白い肌に所有の口づけを残しまくりたい気持ちを抑え、初心な美瑚が怖がらないよう、自分を嫌わないよう大切に大切に扱った。

自分だって初めてではあるが、女と違い男のそれは堂々としていればなかなかバレない。

キスで歯があたったり、手が迷ったりする箇所もあったが、なにより清生は医者だ。

実物に接したのは研修医の時だけだが、そこらにある医療学術誌に画像や仕組み程度の情報はある。

学生時代は産婦人科の産科内診用シミュレーターという、シリコン模型を利用した実技練習もあったので、一般的な童貞より落ち着いていられたと思う。

なにより好きな女だ。どんな反応も見逃さず感じたい。そして沢山感じてほしい。

そう思い、試し探るうちにどうにか要領を掴みきる。

清生が与えた絶頂に震える、美瑚の艶めかしい姿に達成感を覚えながら枕を探り、そこで夢が終わる。

用意していたコンドームがない。影も形もさっぱりと。

もしやと思って美瑚に尋ねれば、快感を耽溺《たんでき》しきった蕩けた顔で「捨てました」という。

指摘の通り、ゴミ箱には、潰されたパッケージと、使用不能なまでに引き伸ばされたゴムの山があり――。

ダメ押しに、美瑚から「続き、しましょう?」とか「孕ませてください」といわれ理性が爆発した。

好きで、焦がれ続けていた女が、しどけない裸身をさらしながらそんなことを言うのだ。耐えられる男などほぼいない。清生が耐えられたのはただ一つ。

その前に美瑚が口にした台詞ゆえだ。

――海棠先生のご好意を無駄にするのは、心苦しく申し訳ないのですが、この結婚において必要ではないと判断しました。

はあああっと溜息が出てうなだれてしまう。

(好意が無駄で、この結婚には必要ない……ですか)

美瑚にとって自分は、夫ではあるが愛する人ではないのだと、消えかけていた理性の一部が繋がる。

だが、理性が残ったとして、劣情がすぐ収まるわけもなく――。

後は言うまでもない。執拗で過激な愛撫で美瑚を啼かせ、達させ、快感の強さに意識を失うまでやりつくした。挿入以外のすべてをだ。

結婚生活は順調で幸せだが、性生活が相容れない。

違う、清生が受け入れきれてないのだ。美瑚の心が手に入らないことを。

好意が無駄で結婚に必要ないと、完膚なきまでに失恋宣言を食らいながらなお、諦めきれなかった。

子作りより先に心から繋ぎたい。どうせ初めて同士なら好き合って番《つが》いたい。

特別、童貞を守ろうとしたつもりはない。女性から誘われたことは多々あったが、その気になったことがないだけだ。

中学、高校と寮のある私立男子校で過ごし、進んだ先の医学部もほぼ男社会。

羽目を外そうと思えばいくらでもできたし、医者という肩書きで次から次に女を乗り換える同期や先輩もいたが、そこいらの女で適当に性欲を解消するのは清生の性分に合わなかった。

責任を取る気もないのに、肉欲だけを求めるのは相手に誠実ではないし、なにより、将来結婚するであろう妻に誠実でない。

家が政治家一族なこともあり、幼い頃から、父の顔に泥を塗るな、金と女で問題を起こせば母親もろとも追い出すと、前妻の子である長兄や次兄に脅され続けるうちに、時代遅れな堅物となった自覚はある。

かといって真面目に恋愛しようとも思わない。当時の清生は目標と定めた脳神経外科医になることと、中学から続けてきた弓道で腕を極めることだけに夢中だったのだ。

幸い、成陽大学の脳神経外科医局には弓道部ＯＢが多く、目的と趣味が一致していたのも強い。

つまり学生時代は、恋愛以外に打ち込んでいても、さほど奇異には見られない環境にあった。

一時期は、自分には性欲そのものがないのかとも考えたが、そうではなかった。

特定の女性――美瑚にだけは、きちんと反応するのだから。

いわゆる一穴《いっけつ》主義とでも言うのだろうか。

好きな女からしか欲望を感じ取れない。もっと端的に言えば、生物学的に美瑚以外を女と認識できない。

胸がデカかろうがモデル並みの美人だろうが、その女が美瑚でなければ、清生にとってなんの意味もない。

事実、男性機能確認のために自慰を行ったことはあるが、AV女優ではまるで勃たず、逆に美瑚との初体験をちらっと妄想しただけで収まりがつかなくなった。

確認なのだから萎えるまで抜き、限界を把握しようと思ったが、何度抜いても萎えず、二桁に達した辺りから、皮と腕が痛くなったのと、絶倫ぶりが自分で怖くなってきたので止めた。

以上の条件を加味するに、生でやればかなりの高確率かつ短期間で美瑚を妊娠させてしまう気がする。

だから、避妊具を使いたいのだが、いつだって美瑚に邪魔される。

当然だろう。子ども欲しさから、〝初めまして〟と挨拶してしまうような、記憶にない男と結婚するぐらいだ。

覚悟も熱意も並ではない。

コンドームを買って隠しても掃除の時に見つけ捨てられ、ポケットに仕込んだものを取り出せば、摘まんで遠くへ投げてしまう。

それならと最初からつけてことに挑めば、挿入直前に気づかれて、すぽんと気持ちよく抜かれてしまった。

絶対妊娠したい妻と、絶対妊娠させたくない夫の攻防の末、いまだに二人は処女童貞。

なのに、清生の性技と美瑚の敏感さは、夜ごとの愛撫でうなぎ登りに上昇しているという、なんともやるせない状態が続いている。

（……嫌、続いていた）

最近、美瑚は悟ったように、清生と性的な雰囲気になるのを避けようとする。

きっかけはおそらく風呂場での一件だ。

湯に浸《つ》かりくつろいでいる中、下着姿の美瑚が乱入してきた日を思い出す。

純白のセクシーランジェリーをまとい、肌を朱に染めながら美瑚が現れた途端、一瞬で劣情が閾値《いきち》を超え――結果、素股《すまた》で抜くという始末の悪いことをしてしまった。

それだけならいざ知らず、清生が吐き出した欲望が、美瑚の胸元から頬まで飛び散り肌を穢《けが》す様子に、いいようもない高揚感と背徳感を刺激される。

一方で、自分に腹も立てていた。

なにをしているのだ。こんなことをさせてしまうほど美瑚を不安に追い詰めて。

怒りと欲望の間で震えていると、美瑚が謝罪を述べて逃げた。

清生が腹を立てたことに対し、誤解してしまったのだろう。

後を追うも自室に立てこもられ、もうこんなことはしないと述べられる。

とんでもない。いくらでもしてほしいぐらいだ。それで清生を好きになってくれるなら。離婚したくないと思ってくれるなら。

結局、話をする間もなく急患で呼び出された。

残しておいた手紙を読んでくれたのか、次に家に戻ったときはいつも通りの美瑚ではあったが――無理に清生に迫ることはなく、どころか、妙に距離を置かれるようになってしまった。

（もう、どうしていいかわからない）

覚悟を決めて好きだといってしまいたいが、初夜に清生の好意が無駄で、この結婚には必要ないとまで言われたのでひるんでいる。

人として嫌われていない——どころか懐かれている手応えすらあるが、恋されているかがわからない。

自分は美瑚に恋している自覚があるが、それを伝える経験は皆無。

なのに先日、擬似的なセックス——美瑚の身体を使って抜いたものだから、劣情はますます抑えがたくなっていて——。

「海棠先生？」

背後から男に声をかけられた。だが、今は人と話す気分ではない。

美瑚のことを考えていたからか、腰の辺りが変に熱くて疼くのだ。

女の肌に放ったときの達成感や、白濁が乳房を穢すさまのゾクゾクとした背徳感。

局部を包む柔肉の感触は淫らで、指淫で触れた隧道《ずいどう》に挿入したら、どんなに感じるだろうと飢える。

もう一度、同じ風に海棠先生と呼ばれ、振り切ってしまえと歩を速めたときだ。

「清生、前！」

呼ばれ方が変わり、とっさに顔を上げた途端、額と眼鏡に衝撃が走る。

「ッ……！」

ブリッジ部分が顔へめり込んだ痛みを指で揉み癒やしていると、すぐ側で笑いがはじけた。

「久我《くが》先輩……いえ、先生」

ようやく痛みの治まった目で声の主を見る。

「改まらなくていい」

スタッフ専用エリアだからか、久我は学生時代と変わらず清生を名前で呼び、手を振った。

緩く癖のある黒髪に高い頬骨、すっきりした輪郭。意志が強そうな切れ長の目。

精悍という言葉が似合う顔立ちで、威圧的な雰囲気すら漂うスーツの男が、清生の横で笑い転げている。

だが、この男が、都内でも有数の規模を持つ総合病院の後継者で、優れた脳神経外科医でもあることを清生は知っている。

――久我和沙《かずさ》。

清生より二歳年上で、弓道部で先輩だった男だ。

医学部卒後も、研修医一人に対し一人就く、チューターと呼ばれる助言役を務めてくれた。

公平で面倒見がいい男だが、仕事に関する要求点は自他ともに高く、それ故に久我の元で初期研修の二年間をやり抜けば、驚くほど成長できると噂されていた。

実際、清生も、その次の年次の男も、同期から一目置かれる存在になれたが、久我あってこそだと思う。

（まあ、久我先輩が俺のチューターを務めたのは、上の意向と打算ゆえでしょうが）

成陽大学の脳神経外科は内外を問わず評価が高く、それゆえ入局希望者の競争は熾烈《しれつ》だ。

学生時代から脳神経外科医局に出入りし、部活は同医局のＯＢが多い弓道部で励む。

そうまでして身を費やしても、選ばれるのはほんの一握り。

だが、当時の診療責任者だった准教授は、早くから清生を認識しており、医学生時代から見えた外科的センスを買って、チューターに己の息子——久我和沙を割り当てた。

そんな風にして、文句なしに脳神経外科医のエリート街道を歩んでいた清生だが、初期研修終了後に選んだ専攻は心臓血管外科。それも大学病院の外にある西東院総合病院でだ。

あれほどまでに世話となり、目をかけられておきながら、なんたることだと気勢を上げる外野をよそに、当の久我親子は実にあっさりしたものだった。というのも。

「済まん。念願だった西東院の娘を妻にして、多少は浮かれているだろうと思っていたが、清生がここまで間抜けをさらすとは思わなくてな」

久我の親子だけが清生の進路変更の理由を、——美瑚と出会い、彼女の側にいること、彼女を支え守ることだけのために、エリート街道から外れたと知っていたからだ。

「もう貴方にまで話が伝わっているとは」

「主力が脳と心臓の違いはあるが、似たような規模の病院を経営しているからな。寄る羽虫も噂好きな雀《すずめ》も似たようなものになる」

どちらから申し出た訳でもなく、同時にカフェテリアへと歩きだす。その途中で久我の手をちらりと確認し、なるほどと思う。

「今日は診療で来た訳ではなさそうですね」

意趣返しだとばかりに、久我の左手薬指を——まだ、真新しい結婚指輪をにらむ。

同期から、久我が先日入籍したと聞いていたが、式を前に結婚指輪を嵌《は》めてしまうとは。よほど、相手を溺愛しているのだろう。

「早く帰られた方がいいのでは？　奥さんがお待ちでしょう」

自分のことを棚に上げて言う清生に、久我が目を丸くする。

診療時間が終わっているので日勤ではない。となれば当直応援の筋もあるが、清生の心臓と同じく久我の専門である脳も、緊急手術となることが多い。手術となれば当然指輪は外す。

そのため、診療中や病院内での待機中は、結婚指輪を着けない外科医も多い。

久我の指に結婚指輪があるということは、帰り際か、あるいは勉強会だったのだろう。

「どっちの台詞だか。まあ用件に関しては読みが当たっている。……教授に呼ばれてな。ボストンの病院で脳神経外科の枠が空いたらしく、各大学で取り合いになっているそうだ」

「なるほど。うちからは久我先輩を推薦したいと」

「そんなところだ。清生の方は……大学の心臓血管外科医局に誘われでもしたか」

「ご明察」

さすが、大病院を継ぐ立場に生まれた御曹司。組織のはかりごとには鼻が利く。

「手術支援は形ばかり。後は半日かけて教授から口説かれましたよ。医局に戻らないかと」

「なるほど。西東院の婿になったのが原因か」

うるさいと一刀両断するような質問だが、先輩だからか恩義があるからか、久我だと腹が立たない。

「俺を押さえておけば、なにかと都合がよいと考えたんでしょうね」

西東院総合病院は心臓——循環器系が主力の病院だ。

野心家の心臓血管外科教授が、影響力を行使する場所を欲して、婿となった清生を飼い慣らそうとしているのだと馬鹿でも読める。

(だが、お断りだ)

医局に属せば、今より早く博士号が取れるが、診療に必須という訳ではない。

清生が目指す低侵襲《ていしんしゅう》手術に優れた技術を持つ、フランスのとある大学病院への留学には心を引かれたが、美瑚の側にいることの方が数倍は価値がある。

「西東院の院長と教授の面子が掛かる手前、すぐに断るのは大人げないから、適当にお茶を濁して逃げた。そういう顔だな」

お見通しの意見に肩をすくめていると、久我が自動販売機で買ったコーヒーを渡してきた。

「まったく面倒な話ですよ。俺自身は変わらないのに、入る箱の見栄えがよくなっただけで、ああだこうだと善意めかせて近寄ってきて、後ろ手で利益のそろばんをはじく。そんな輩が多過ぎる」

「それはなにより。俺の苦労もわかったか」

言われ、苦笑する。

結婚により、はからずしも今の地位——西東院総合病院の次代院長と見なされるようになった清生と違い、久我は生まれたときからそうなのだ。それはそれは大変だっただろう。

「欲の張った外野は、俺を久我の跡継ぎとして認識しては、勝手なことばかり言って余計なお節介で恩を売ろうとする。……跡継ぎなら優秀で当然、人格者で当然。そして期待されることができなければ、ここぞとばかりにけなし、努力の跡を認めず引きずり下ろそうとする。……後継者でいるとはそういうものだ」

コーヒーを口に含み、清生は苦さとともに思う。美瑚はどうだっただろうかと。

久我には清生の内心が読めたのか、道化めかせて肩をそびやかす。

「西東院の娘は、俺よりさらにきつかっただろう。俺は男で、無事に医師となれたからいいが、向こうはそうじゃない。……中継ぎにもなれない。後継者として実力を示すこともできないなら、早く次をと、散々外野から急かされただろう」

病院を経営する一族にあって、医師以外の者に発言権がない。そう考える者はいまだに多い。

美瑚にとって、自分が医師でないことは相当のプレッシャーだったたと思う。

「親は好きにすればいいといっていたようだが、近い親戚は医師ばかり。病気だったから仕方がないと周りが慰めても、本人は焦る。……特に最初の婚約者が、破談にされた腹いせに『医学部にも入れない馬鹿は、黙って跡継ぎを産んで育てるだけでいい』なんて言った後ではな」

「なんですって?」

聞いてない。浮気したあげくにそんな暴言を吐くなんて、美瑚のことをなんだと思っているのだ。

空になった紙コップを知らず握り潰し、なんとか無表情を保つ。

「人を殺しそうな目をするな。元婚約者については終わった話だぞ。……まったく」

久我が手を振る。あきれたそぶりだが、目は完全に面白がっていた。

けれど清生は、先輩からからかわれそうなことも、今がどこであるかも忘れ、考えにふける。

(だから、結婚に希望をなくしたのか……?)

妊娠したら離婚するという突飛な提案をしたのも、相手が誰でもいいと告げたのも、元婚約者に傷つけられたせいなのか。だから子どもだけが欲しいのだろうか。

そういえば、浮気されるのは嫌だとか、前の婚約者と男女関係で揉めて破談になったことを気にしていた。結婚を受ける理由を聞かれ、『好きだから』と答えても、冗談としてまるで取り合ってもらえなかった。

普段の態度や、性行為を拒まない――どころか、子作りに積極的な様子からして、人として嫌われているのではない手応えはある。

だけど、好きだとか、妻として大切にしたいと口にするたびに、ふと美瑚の気持ちが遠くなり、『お世辞はいいです』とか、『そういうのは自分に言う言葉じゃないです』と苦笑されてしまう。

そのたびに、『この結婚において、清生の好意は必要ない』といわれた初夜が重しとなって、なにも言えなくなってしまうのだ。

後にも先にも、異性として好きになったのは美瑚だけで、男女の恋愛などまったく手探りである分、これ以上踏み込んだら、嫌われ、美瑚の人生から叩《たた》き出されてしまうのではないかと気がひるむ。

嫌だ。別れたくない。自分は美瑚を、子を産む道具だなどと考えていないし、跡継ぎ娘という看板だけを見て好きになった訳でもない。

どうすれば伝わるのか。どうすれば離婚するという条件を無効にできるのか。まるでわからず困り果てる。

(そもそも、美瑚さんは、離婚した後どうするつもりなのだろう)

考えたとき、まるで清生の内心が伝わったかのように、久我が告げた。

「婚約者の浮気を知り、破談となった当初は、跡継ぎを作って、その後は好きなことを好きにする。どこかへ留学するなんて息を巻いていたらしいが」

「えっ……」

初耳だ。美瑚が留学するなんて、今まで一度も聞いていない。

夫のくせに、美瑚の夢を知らなかったことにうろたえ、次いで、久我が知っていることに妬心を抱く。

「おい。……はっきりさせておくが、俺が直接聞いた訳じゃないからな」

よほど不穏な顔をしていたのだろう。久我が後輩を咎《とが》める目をして手を振った。

だとしたら、誰がどういう経緯で聞いたのか。にらむような目になっていることにも気づかず、久我に視線を向けていると、大げさな仕草で両肩をすくめられた。

「俺の妻が、西東院家の娘と同じフィニッシングスクールに通っていただけだ。互いに結婚の時期が近い上、十代の生徒は珍しい。ダメ押しに夫の職業も同じとなれば、まったく会話がない方がおかしいだろう」

「ああ、そういう……」

美瑚の実家である西東院家と久我の家は、医療界では上位に属している。

社交範囲は広く、夫を的確に補佐するには、それなりの教養とマナーが要求される。

年明けの三月に結婚式を挙げる久我と、十月に結婚した清生だ。互いの妻が、フィニッシングスクールと呼ばれる花嫁学校で、顔を合わせてもおかしくはない。

「西東院の娘の方は、破談になったからあまり長く在籍はしなかったようだが。まあ、お互いに気が合ったらしい。講座帰りにお茶をしたり、しまいにはハンドメイドのアクセサリーを貰ってきたりしていたぞ。……そのときに、装飾関係でフランスに留学できたらなんて語っていたそうだ」

なるほど。確かに思い当たる節がある。

医師という職業柄、家を空けることが多いのだが、その間、美瑚が一人でなにをしているのか気になって、何気なく聞いたことがある。

大体は従姉妹の櫻子——清生の同期である東高階という女医——と買い物や映画に出掛けたり、趣味のアクセサリー作りに没頭したりすることで、時間を潰しているらしい。

実際、ちらと除いた美瑚の私室には、ハンドメイド関係の本や細々とした飾りが、きちんと整理されてアクリルケースに収めてあった。

個人ではとても消費しきれない量に驚いていると、彼女は鼻歌交じりに『いつか、小さいお店でも持てたらって、思うんですよねえ』などと語っていたが。

（まさか、留学したいほど本気だなんて）

美瑚が、自分以外のものに夢中となって、どこか遠くへいく想像に心が冷える。

だけど、それを理由と考えれば、すべてのつじつまが合う。

無責任に親戚や外野が言い立てる跡継ぎとしての重圧、婚約者からも子どもを産むだけの道具として認識され、あげく浮気からの破談。

なにもかもが嫌になり、最低限の義務だけを、跡継ぎを作るという役目だけを果たし、遠くへ逃げたいと思うのも当然ではないか。

まして美瑚は、まだ二十歳になったばかりの娘。同じ歳の子らは、大学だコンパだとまだ遊び自由でいられる年頃なのだ。自分もと思うのもしょうがないだろう。

（相変わらずだな……）

最初の出会いからそうだった。

まぶしく輝く笑みを見せながら「病気を楽しむ」と宣言した美瑚を思い出す。

本当は甘えたがりで寂《さみ》しがり屋《や》なくせに、清生や親に負担をかけまいと、あえて明るく振る舞う姿がいじらしくて、そして胸に痛い。

「久我先輩こそ、よくまともでいられましたね」

今日一日だけでも、清生は精神的に疲労した。これが生まれたときから続く久我は、己の肩書きや生まれとどう折り合ってきたのか。

知りたい。知ることで美瑚を手放さずに済む方法が見いだせないかと考える。

「一生続いていたなら、どこか人間として壊れたかもしれないが、今は違う。……完全に自分の努力だけで勝ち得たといえる芯があるからな」

首をひねる。医師としても、男としても、久我が持つものは多い。そんな彼が特別に感じるものなど——。

「妻だよ」

にやっと口端を上げのろけられ、清生は唖然《あぜん》とする。

「周りから求められた訳ではなく、押しつけられた訳でもない。俺が望んで、俺だけのために努力して勝ち得た宝物だ。行動や意志の主軸になるものがあれば、後は全部騒音だ。わずらわしくあるが、そのために自分を曲げる必要もない。妻を守り、大切にし、幸せを分かち合いながら愛し抜けるなら、他はどうでもいい」

「とんだのろけですね」

あきれたそぶりで相づちを打ちながら、これだと清生は思い込む。

——やっぱり愛ではないか。

自分は間違っていない。問題は、美瑚に伝わっていないことだ。

再び考えに沈みかけていると、久我が空となったコーヒーの紙コップを投げ捨てる。

「まあ……。どんな事情があろうと、周りがなにを言おうと、お前の恋愛はお前のものだ。手を貸せというのなら、今まで通り協力はするが、決めるのはお前だ。悔いが残らないよう、昇華できるように祈ってるよ」

ひらひらと手を振り、少しだけ足早に久我は立ち去った。これから妻と食事する約束があるそうだ。

「悔いが残らないように、か」

ふと吐息で額に落ちかかる髪を吹き払い、清生は顔をしかめた。

どうすれば悔いが残らないようにできるのか、さっぱり思いつかない。

当初は、美瑚に好きになってもらえばいいだけだと考えていたが、相手は清生の好意を必要としていない。

(時間が足りない。彼女を引き留めて口説くだけの時間が欲しい)

彼女の目をこちらに向けさせたい。それにはどうしたらいいのか。

「貴方を俺の側にいさせるには、どうしたらいいのか」

離婚を思いとどまらせ、ずっと清生の側にいるようにするにはどうすればいいのか。

考えに沈みだしている清生自身は気づいていなかった。

思いの根源が、美瑚のためではなく、自分の欲望のためへとすり替わりだしていることに——。

家に帰ると少しだけいつもと様子が違っていた。

子犬のように飛び出してきて清生を迎える美瑚が出てこず、代わりに、うずくまるようにしてダイニングテーブルに向かっている。

「美瑚さん？」

せっせと手を動かしているので、具合が悪い訳ではないだろうが、テーブルの上の惨状がすごい。

ガラスビーズやらフェイクパール、平たい紐に縮緬《ちりめん》の端切れ、それに糸やら布用ボンドやらが至るところに散乱している。どころか、場所によっては床へ落ちている。

ラグの上に転がるフェイクパールを拾い、美瑚の手元に置くと、美瑚が焦った様子で辺りを眺める。

「わわっ、あ、もうこんな時間！　お帰りなさい！」

よっぽど時間を忘れて打ち込んでいたのだろう。目をこぼれんばかりに大きくしたり、盛んに瞬きしたりとせわしなくしつつ立ち上がり、ああっ、とうろたえた悲鳴を落とす。

「ごめんなさい！　ご飯！」

どうも、米を炊くことすら忘れていたようだ。

新婚初日から張り切って家事をし、毎日栄養たっぷりの食卓を展開していた美瑚にしては珍しい。

「急いで作ります！　ごめんなさいっ！　本当にもう、私ったら」

立ち上がった途端、身体がテーブルにぶつかり、またばらばらっとビーズなどの道具が床へ落ちる。

奇声を上げてしゃがみ込み、耳まで真っ赤にしながら拾い集める美瑚に驚きながら、清生も手伝う。

「いえ、夕食はいいのですが。……これは？」

「ソウタシエのアクセサリーです。あっ、ソウタシエだけじゃなくて、つまみ細工も部分で入ってますけど。コードを組紐にしているのもあったかな」

見ていると、美瑚が宝物を差し出すみたいにして布やビーズでできたブローチを差し出してきた。

「これがソウタシエ？」

「いえ、これはブローチ。ソウタシエっていうのは刺繍の一種です」

うまい言葉を探すように、時折目を上に向けつつ美瑚が説明する。

ソウタシエとは伝統あるヨーロッパのコード刺繍全般を指す単語で、ソータッシュとかスータッシュとか発音する場合もあるのだそうだ。

平たい布コードを接着したり、縫い込んだりして流線模様に固定し飾りにするのだとか。

かつて貴族のドレスを飾った技術らしく、今でもスペインの闘牛士の上着などに用いられているが、近年では、それをアクセサリーにするのが流行っているそうだ。

美瑚がわくわく顔で差し出してきたブローチを眺め、なるほどと思う。

大きめのフェイクパールの周りを組紐がぐるりと囲み、花の形をしたビーズや、着彩した小鳥の羽などで装飾してある。

「鮮やかな色使いが、とても綺麗ですね」

「みなさんそう言って、褒めてくださいます」

変に謙遜したりごまかしたりせず、満面の笑顔で言うのが微笑ましい。

本人が気にしているので口にしないが、純粋で子どもみたいなところが、とびっきりかわいいと思う。

ブローチよりむしろ妻を愛でたくて、内心でそわそわしている清生をよそに美瑚は語る。

五年前——病気で入院していた頃に、同じような病気で入院していた老婦人から教えてもらったもので、それからずっと、自分なりに頑張って上達しようとしているのだそうだ。

「いずれ海外に行って、本場を見て勉強できればいいなって」

散らばっている道具を丁寧に片付けながら、美瑚がはにかむ。

「これを、仕事にできたらなって思っているんです」

清生に向かって顔を上げる。だが、美瑚の目は清生ではなく、ずっと遠い——見知らぬ国を目指しているようで、そのことにうろたえる。

「仕事に、って」

「医師みたいに、免許なんてないから、どこからプロっていうのかわからないですけど、これを売って喜んでもらえる風にできればなって。ほら、パン屋さんとか、お花屋さんとか、ああいう憧れ的な?」

プレゼントした人はみんな褒めてくれるんですと上機嫌で言う美瑚を前に、疑念を抱く。

お手本を見て作るのではなく、縮緬の端布《はぎれ》でつまみ細工を作ってアレンジしたり、素材を和に近づけたりとオリジナリティーを出そうと奮闘しているのが見える。素人の趣味ならもう十分だろう。

実際、美瑚の作ったアクセサリーは、夫のひいき目を差し引いても美しい。

素直に美を賞賛する気持ちと、和文化に対する興味が綺麗に融合している。

だがそれだけだ。

女性の装身具に関して詳しくない清生でも、売り物となにか違うと感じる。

だが、うまく説明できそうにない。

「海棠先生はどう思いますか？」

意見を乞われ、胸の奥にどろりとした黒い感情が渦巻く。

賛同すれば、美瑚が留学することに同意している気がして、彼女の愛が手に入らないのだと認める気がして声が出ない。

舌を凍らせつつ片付けられていくテーブルを見ていると、布の山からチラシのようなものが出てきた。

「これは？」

「今日、材料を購入した手芸店で貰ったんです。クリスマス・マーケットを模した出店イベントだとか。ホットワインやチョコレートの他に、端のエリアでアーティストの作品を売っているそうです」

見れば、クリスマスらしいポインセチアや松ぼっくりのイラストと、革細工やビーズアクセサリーなどが並べられたブースの写真、それに地図と参加要項が載っている。

ふと、頭の中に光がひらめいた。――嫌、少し魔が差したという方が正しいのかもしれない。

（体験させてみるのも手ではないだろうか）

思いついた途端、それが正しく唯一の方法のように思えてくる。

（世の中、そう甘いものではない。一人で生きていくには難しいとわかれば……留学を諦め、離婚を考え直してくれるかもしれない）

薄汚い我欲の獣が、胸の底で蠢き囁く。そうだ。そうしろ。

留学を諦めれば、美瑚はお前の側から消えたりはしない。ずっと側で愛でることができる――と。

清生は慎重に息を継ぎながら、チラシを取り上げる。

「だったら、美瑚さん。このマーケットで試してみるのはどうでしょう」

「え？」

「俺は、こういう商売にはうといです。でも、申し込みや搬入なんかは手伝えます。興味があるなら、一度体験してみた方が早いでしょう？」

おそらく、失敗するだろう。美瑚が考えるほどうまくいかないだろう。

わかりつつ、清生は美瑚に腕試しを持ちかけていた。

◇◆◇

ボーナス直後の休日とあって、湾岸にあるショッピングモールは人で溢れていた。

クリスマス・マーケットがあるモール内のイベント会場も同じで、屋外スペースに設置された仮設テントの間を、コートやダウンを着た人々が行き交い売り物を眺めている。

美瑚に割り当てられたのは、会場の西側にあるアクセサリーエリアの端だった。

目立たず、作品が売れないのではと心配したのも前日まで。今は――。

「ありがとうございます！　千五百円です。お釣りはこちらですっ！」

寒風に頬が赤くなるのもなんのその、元気いっぱいにお礼を伝え、アクセサリーを入れた袋を渡す。

その隣では清生が微妙な顔をして、空いた場所に次の商品を展示していた。

イヤリング、ブローチ、ネックレスといった小物の他に、ティアラを着けたクマやウサギのぬいぐるみであるのだが、どれもなかなかの売れ行きだ。

（少し早いかなって迷ったけど、やってみるとすっごく楽しい！）

趣味のアクセサリー作りを極め、子育てが終わって一段落したら、教室とか、お店とかで、のびのびと仕事できたらいいなとは、以前から考えていた。

病気がちだったことから、父も祖父も、美瑚が普通の会社で働くことに難色を示していたが、それだとあまりにも社会や人との繋がりが薄過ぎる気がしたのだ。

西東院総合病院を継ぐ子を産むのも、育てるのも大切だし、その中でも人と関わることは多いだろう。

だけど、それとは別に、美瑚個人としてなにかやってみたかった。

日常に疲れたときに見る甘い夢のようなものだ。誰も知らない遠いところへ行って、心の赴くままに生きてみたいとか、死ぬまでにあの遺跡を見たいとか。そうやって、違う自分を想像して息抜きする。

それが、美瑚の場合は、アクセサリー職人であったというだけだ。

いずれは、ヨーロッパ、特にフランスへ旅行して、本場の作品やそれが生まれた空気に触れたいと思う。一ヶ月とか、それぐらい長く滞在して、朝目覚めたときはショコラを飲んで——など。

だが、夢を現実に移すべき時は今ではない。今の自分にはやるべきことがある。

跡継ぎを産んで、健やかに育てなければ。

幸い気が長い方だ。十年計画か二十年計画でやってみようとどんと構え、あれこれ気の向くままに作品を作りまくっていたのだが。

（実際に売れるってわかると、なんかテンションが上がるというか、もっとやれるんじゃないかって、欲が出ちゃうなあ）

物理的な店舗は難しいけれど、ネットショップぐらいなら、子育ての合間でもできるんじゃないかと色気が出てきてしまう。

訪ねてきた見舞客や世話になった看護師にプレゼントしたり、クリスマスの贈り物としてチャリティーで寄付したり。いずれも喜ばれたが、本当に仕事として通用するかはわからずにいた。

だけど今は、嘘みたいに盛況で、売れなかったらと不安だったのが嘘みたいだ。

お礼を言ってお客を見送り、帳簿替わりのノートに売上を書いて――と忙しくしていると、数人の女性客が軒先で脚を止める。

「お兄さん。……これ、赤と青、どっちが私に似合うと思います？」

「ずるーい、私の方も似合うのを選んでくださいよ」

「お店の名刺ってあります？　いつもはどこで活動してるんですかぁ」

黄色い声が盛んに聞こえる。ちらりと目を向けると、困惑しつつ接客する清生が見えた。

（うーん。看板娘……じゃなくて、看板男子？　旦那？）

気を引こうとする女性客らに囲まれている夫を見て、内心、ちくっとする感情を抱く。

あえて無視しようと務めていたが、中にいる一人が、ブローチを取った清生の手を引っ張り、自分の胸を触らせようとしたのは見過ごせなかった。

「あのっ！　こちらなんかいかがでしょうか！」

大声で言うなり、手元にあった赤と緑の——椿《つばき》をモチーフにしたブローチを差し出す。

すると、女性客はむっとした顔で美瑚をにらむ。

「誰？　妹さん？」

ぞんざいな口ぶりにあきれ、次いでカチンときて笑顔が引きつる。

火花が飛び散りそうなほど激しく視線をかち合わせていると、間に挟まれた清生が溜息を吐く。

「妻です」

張り詰める雰囲気に、接客を優先することは不可能と判断したのだろう。

清生がきっぱり伝えると、女性客らが目をこぼれんばかりに大きくする。

「それと、こういうものを選ぶセンスは俺ではなく、女性である妻に聞いた方がいいですよ」

「えー……、でもぉ。男性目線というか」

「俺は、妻以外に似合うものがわかりません」

生真面目な顔で繰り出された身も蓋もないのろけに、美瑚はいら立っていたのも忘れて赤くなる。

そのことにしらけたのか、女性客はブローチを投げるようにしてテーブルへ戻し、一番安いピアスだけを購入してから立ち去った。

美瑚は赤くなった両頬を手で包み込む。一難去ったことに安堵する間もない。

——俺は、妻以外に似合うものはわかりません。

その一言が、変に頭に残って意識してしまう。まるで美瑚以外は見る気すらないという風ではないか。

（いやいや、女性客に気を持たせたくなかっただけだから！）

結構、長く店頭に居座られたから、清生もうんざりしていたのかもしれない。

いずれにせよ、毅然《きぜん》とした態度は好ましく、どうかすると勘違いしてしまいそうになる。

（いけないいけない。集中。うん。今は仕事に集中）

頬を二度叩いて気合いを入れ直す。思いのほか好調とはいえ油断は禁物だ。

ものは試しと、マーケットへの参加を勧めてくれた清生に感謝する。

「ありがとうございます。海棠先生のおかげで、私、なんか、この道でやれそうな気がしてきました！」

あまりにも唐突なお礼だったからだろう。彼は、少しだけためらいがちにどういたしましてと頭を振った。

「この調子で全部売っちゃいましょう！　あ、その前にお昼ですね。ごはんにいいもの買ってきます！」

予想より売れているのだ。少し奮発してもいいだろう。

幸い、アクセサリーエリアからさほど離れていない場所にフードエリアがある。

美瑚は店番を清生に任せ、人混みも気にせず浮かれて歩く。

十二月の半ばのクリスマスマーケットだけあり、周囲の出し物もクリスマスを意識したものが多い。

アクセサリーエリアでも、リースやオーナメントを主体にした店が人気だ。

今回は急な参加だったので、手持ちの品ばかりを出してしまったが、次は季節商品もいいかもしれない。

二月なら如月《きさらぎ》、梅の花、バレンタイン——そんな風にイメージが膨らむ。

気がつくとフードエリアに辿り着いていて、いい匂いに釣られるままにあちこちを覗く。

カレーや串焼きとおなじみの出店があるが、やはり、本場ドイツのクリスマスにちなむ屋台が人気だ。

フルーツとスパイスを入れて温めたグリューワインや、揚げじゃがいもに林檎《りんご》のソースをかけたライプクーヘン。他にも、サワークリームを塗った生地にトマトとバジルにオリーブと、クリスマスカラーを意識した具を乗せた薄いピザ風の食べ物など、珍しいものが沢山ある。

美瑚は、ブラートヴルストと呼ばれる白い焼きソーセージと、マッシュルームと山羊《やぎ》チーズの、二種類のバケットサンドを購入し、店に戻ることにする。

列に並んで待っていると、さほど離れていない場所から、不満たらたらな女性の声がした。

聞き覚えがあるな——と視線を向ければ、先ほど一悶着《ひともんちゃく》あった女性客ら三人が、側のテーブルで食事をしつつ愚痴り合っていた。

「ほんっと、気が利かないわ。あのアクセサリー屋。客にリップサービスせず、妻ってさあ……」

「まー、本当かどうかわかんないよね。どう見てもガキだったし。あの女」

「本物の奥さんは別じゃない？　あの色気だだ漏れイケメンには、どー見ても釣り合わないわ。あの童顔」

むかっとしつつも文句は言えない。清生に思い人がいるのは承知の上だ。

それに童顔なのもわかっている。というか、清生からすれば二十歳の美瑚なんてまだまだ子どもだろう。

（セックス、最後までしてないし）

思いのほか、自分のぼやきが胸に刺さるが、ギリギリのところで踏みとどまる。

（いやいや、だからといって客の過剰なスキンシップに答えるのはおかしいですよ。うちは、アクセサリーを売る屋台ですから）

それに、なんのかんの言いつつ、あの女性だって美瑚の作ったピアスを購入したではないか。

「でもあんた、文句言うわりにピアス買ったじゃないの」

そうですよ、そうですよ。ほらほらほら、と気勢を上げたのもそこまでだった。

「あー、あれね。一番やっすいやつ買って、後で適当に壊してゴネて、眼鏡イケメンさんの連絡先貰おうかなーって。不良品を出したって言い張れば、あのガキも強く出られないだろうし？」

「ひっど。あんた悪女だねえ。……まあ、結婚してるって言ってたけどさ、本当かどうかわかんないし、コーヒーをおごらせるとかデートぐらいはしたいよね」

こんなアクセいらないもの。と笑い飛ばされた瞬間、目の前が真っ暗になる。わざと壊すなんてひどい。だけど現実はもっと厳しい。

「お兄さんの鑑賞代っていうか、ま、彼がいなかったら買わなかったわな」

「あたしもさあ、もめ事になる前にブローチを買ったけど、なんつーか使いどころがないなって後悔してる」

「わかるー。見た目が綺麗だから手にしちゃったけど、合う服がないよね。使うシーンが思いつかない感じ。……壊すのはやり過ぎだけどさ、金額に色を付けてネットオークションで売っちゃおうって考えてるんだ」

それいい！　と笑い、三人一斉に立ち上がり、ゴミを乱雑に丸めて捨てる。

皿についていたスプーンが端で跳ね、美瑚のブーツにぶつかり、溶けたチーズソースがこびりつく。

立ち尽くす美瑚は、いつの間にか列の流れから外されていて、なにも買えないままエリアを離れた。

歩く地面が歪み、ぐらんぐらんと揺れている気がしてしまう。

（海棠先生がいたから売れたの？　海棠先生が売り子だったから声をかけたくて？）

思えば、来たのはすべて女性客だった。

写真を撮らせてと店の様子を撮影していた子さえいた。

ついでにと、清生を写そうとしていた人もいた。

結局、そういうことなのだろう。美瑚が作ったアクセサリーなどおまけにすぎない。

「違う。違うもの。……ちゃんと、綺麗だから売れたっていうの、あるはず」

それは一つぐらいはあるだろう。だけど、ブース代や材料代を差し引いて、満足できる売り上げなのか？

冷静に現実を指摘するたびに、感情的な子どもがわめく。そんなはずはない。

(跡継ぎとしてダメな私でも、これだけは頑張れる気がしていたのに！)

結局なにをやっても駄目なのだろうか。嫌な気分がどんどんと胸の中に溜まりだす。

人の流れに逆らって、誰かにぶつかって、気がついたらブースの前に立っていた。

「お帰りなさい、美瑚さん。……今のところ在庫は」

「もういいです！」

ああ、そんなことを言いたい訳じゃないのに、美瑚は思い切り怒鳴りつけてしまう。

「海棠先生のお手伝い、うれしかったです。だけど、ここからは自分でやります。……じゃないと全然、腕試しにならない」

鋭く息を呑む声が聞こえ、ますます美瑚は惨めになる。

(やっぱり。海棠先生も、気づいていた)

無愛想で人慣れしないタイプの清生が、それでもなんとなしに笑顔を作り、売り子を積極的に務めていたのは——女性客の目当てがどこにあるか、理解していたからだろう。

悔しさと情けなさがない交ぜになる。自分はなにもできないといわれたようで息が苦しい。

「お休みの日に、わざわざお手伝いくださりありがとうございます。だけど、本当に、あの、自分、でっ」

早く、どこかへ行ってほしいと身勝手に思う。そうでないと嗚咽を上げて泣きそうだ。

「……では、三時まで。その頃まで、買い物して待ってますね。片付けには俺の力がいるでしょうから」

言われ、はっとする。アクセサリーの入った段ボールは清生の車で運んでいる。持ち上げるのもやっとなものを抱え、ここからマンションへ交通機関で帰るなんて無理だ。

わかりました。そうしましょうと伝え、うつむいていると、頭に清生の手が伸びてきた。

撫でられると思った瞬間、思いっきり首を振って拒絶する。

子どもじゃないと示したくて、一番子どもな態度を取っている。だけど今は甘やかされたくなかった。

最低な妻だ。いや、人としてどうか。常に協力的であった清生にひどい態度を取って。

(売って、海棠先生がいた時間以上に儲《もう》ければ、自分が正しいと証明できる)

不必要な人間ではない。そう証明したくて、低俗で傲慢だとわかりながらも、売り上げにこだわり、美瑚はせっせと品を出し、レイアウト変えに集中する。

だが、黙りこくって店の品を弄り続ける小娘がいる店は、明らかに他の店舗から浮いていて。

客など、どうやったって寄りつくわけがなかった――。

◇◆◇

(やはり、売れていない……)

少し離れた場所から美瑚のブースを見ていた清生は、歯を食いしばる。

最初こそ、躍起《やっき》になって品物の配置を換えたり、かけ声をだしたりしていた美瑚も、すっかり消沈して座り込んでしまっていた。

売り物は悪くなくとも、気落ちした売り子がぽつんと座る店は客の気を惹きにくい。

それでもいくらか寄る者はいたし、そのうちのほとんどが品物を手に取って、物欲しげにしていたが、結局、声のかけづらさから立ち去っている。

(なにをやっているんだ、俺は……)

——これを、仕事にできたらなって思っているんです。

はにかみながら笑顔を向けた美瑚が記憶から甦《よみがえ》る。

幸せそうに、二人だけの秘密を打ち明けるみたいにして夢を語る姿を見て、愛《いと》おしいと思う反面、『いずれ海外に行って、本場を見て勉強できればいい』という言葉に打ちのめされた。

やはり美瑚は、離婚した後、遠くへ——どこか外国へ留学してしまうつもりなのか。

たとえ籍を抜いても、同じ病院の跡取りと勤務医。しかも子どもの父親だ。最悪、なにかと理由をつけて関わり続けることはできると構えていた。

だけど、外国へ留学されてしまえば、簡単に縁は繋げない。

どうすればいいか。

簡単だ。美瑚が留学する気をなくしてしまえばいい——。

結婚しているので忘れがちだが、美瑚はまだ二十歳。世ではまだ学生でいられる年頃だ。

だからか、彼女が語る将来は、三十歳となった清生には、いかにもあやふやで頼りないものに見えた。

少し世間の厳しさを知ればいい。怖い世界があるのだと気づき、清生の側が一番だと思えばいい。

邪《よこしま》な打算を胸に、彼女のマーケット出店に取り組んだことが、今、後悔となってのしかかる。

考えは間違っていない。それが美瑚のためにもいい。世間知らずのまま海外に出れば、もっとひどい目に遭うのはわかりきっている。

自分は悪いことなどしていない。むしろ美瑚のためなのだと。

大人ぶった常識を免罪符に掲げ、きしむ良心を見殺しにして、いい人の顔で手伝った。

そんな自分を心中で力一杯に殴りつけて罵倒したが、まったく気が晴れない。

（こんなつもりではなかった）

じゃあ、どんなつもりかと自問自答すれば、結局は我欲という答えしかない。

もくろみ通りではないか。

清生が予測した通り、美瑚は挫折した。きっと留学なんて考えない。

自立することすら諦めて、清生の側で暮らそうと考え直す可能性もある。

すべてが計画的で、すべてが望んだ通りだ。――美瑚が傷ついていることを除けば。

（あんな顔を、させたかった訳じゃない）

音がなるほど奥歯をかみしめ、何度繰り返したかわからない言い訳を、無言のまま内心で叫ぶ。

仕事とするにはまだ技術も才能も足りない。その現実を見せつけて、留学を諦めさせたかった。

――美瑚が、留学を目的として、この結婚を望んでいるのではと気づいた清生は、すぐ、裏付けを取った。

具体的には、彼女の祖父である西東院総合病院の院長や、一番親しい相談相手である東高階櫻子に探りを入れた。答えはまったく推測通りで、彼らは笑顔さえ見せながら告げた。

子どもの頃からの夢なんだよね。アクセサリー職人が。

最初は一人の時間を楽しむ趣味だったが、今では玄人《くろうと》はだしになっている。だから本気で目指すかもしれない。そうなったら応援するのにやぶさかではない——と。

世間知らずゆえの打算のなさは、美瑚の大きな魅力であるが、ビジネスの世界では美徳にならない。どころか、致命的な欠点にもなりうる。

赤子は恐れずストーブに手を伸ばすが、火傷すれば警戒を学ぶ。

なら、自分の監視下で、ちょっとした挫折とおびえを学べばいい。そしてすぐ慰め癒やせば問題ない。そんな風に考えていた己を呪う。最低な奴め。

計算違いは最初からだ。予想外に美瑚のアクセサリーが売れ、そうやって人が集まる中、だんだん、女性たちの質が、純粋にアクセサリーを求める層ではなく、清生目当ての者へとシフトしていった。

過剰にスキンシップを求め、あるいは目配せなど思わせぶりな態度を取る女は、これまでで何度も見てきた。だからまずいと清生は察したが、美瑚にわかるはずもない。

意気揚々と売りさばき——そして、天高く舞い上がるほど、墜落したときのダメージは大きいのだ。

飛ぶ鳥に恋をして、その鳥が手に下りてきたとしても、一方的に愛でるためだけに風切り羽を斬っていいはずがない。

愛しているからといって、相手の本質を歪めようとするのは間違っている。

落ち込む美瑚を目の当たりにして、清生はようやく己の罪を悟る。

「俺は、決して、悲しむ美瑚さんを見たい訳ではない」

望む未来に挫折して、仕方なく自分の側にいるという選択をさせても、なんら満たされない。どころか、きっと後悔ばかりが募り、側にいることが苦しくなる。

過ちは直ちにたださねばならない。だが、己のしでかしたことが清生の足かせとなって行動を阻《はば》む。

今、美瑚の側に戻り店を手伝い、それでまた売れ始めれば、ますます彼女を傷つける。

今まで、大切に育てていただろう美瑚の小さな自尊心を、問答無用に砕いてしまう。

まったくひどい拷問だ。心底惚れた女が悲しみ傷つくのを見ているしかできないなんて、しかもその要因を作ったのが自分だなんて。

今すぐ側に駆け寄って抱きしめたい。貴女が悪い訳ではないと伝えたい。

嫌われ、軽蔑されてもいいから、自分の悪《あ》しきもくろみを吐露し、謝罪したい。

そう、思い詰め、一歩踏み出そうとしたとき。

——救いの天使が、両者の間に舞い降りた。

◇
◆
◇

一つとして減らないアクセサリーを見つめながら、思う。

（私って、本当に才能がなかったんだ。……自分が好きでやっていることでさえ、駄目なんて）

考えれば、今までのすべてがそうだ。

身体が弱いから、病気になったから、医者になれなかったから。

——無理だって、言われてきたじゃないか。

もう溜息も出ない。浮かれて、清生を振り回して、あげく八つ当たりで追い出して。そこまでして得たのは、なんの価値もなく、なにもなし得ないつまらない人間という現実だけだ。

打ちのめされ過ぎて涙も出ない。己の馬鹿さに皮肉な笑いを漏らしたときだ。

「ほらね！　ママが作っているのとおんなじだよ」

落ち込んだ気分さえも吹き飛ばしてしまいそうな、明るく元気な声にはっとする。

顔を上げれば、栗毛色のくせっ毛と丸く愛らしい目をした男の子が、通路の方から美瑚を見ている。

「えっ、あっ……いらっしゃいませ？」

お客として扱うべきか微妙だが、つい、口にしてしまう。

だけど少年はじっと、テーブルの上を——というより、美瑚の手元を見ていた。

「なにやってんの北斗《ほくと》。駄目だってば。勝手にどこまでも行って。……迷子になったらパパが」

一拍遅れて、人混みから男の子に似た丸い目の、ただし黒髪を後ろで一つに束ねた女性が現れる。

「だって、ママのアクセサリーとおんなじ」

「全然違う。これはソウタシエっていう刺繍で……、って、あら？」

叱りかけたのも忘れた様子で、女性は子どもと同じくまじまじとテーブルを見つめだす。

「ほんとだ。……うちの工房のやつだ」

うわっと声を上げ、手を口に当てるなり女性が顔を赤くする。

「え？　あ……。この指輪ですか？」

清生が婚約指輪として贈ってくれたものだ。どこのブランドかわからないものだったが、個人の工房のものだったのか。

「うん、そう。……一品物《いっぴんもの》でね、気に入ったって、即日でお買い上げされちゃったやつ」

女性は美瑚と指輪を交互に見て――それから、なぜか途方にくれた様子で嘆息する。

「ごめんなさい。ちょっとびっくりしちゃって」

ドキリとしつつ、美瑚は恐る恐る質問する。

「あの、ソウタシエを知ってるんですか？」

「……んっ？　あ、ああ、まあ。仕事柄ね」

驚いた顔をごまかすように、女性が後頭部を掻いて笑う。

が、目をテーブルにやった途端、真剣な表情となり、美瑚の作品を見つめだす。

あ、プロだ。と瞬時に察する。

(仕事している時の、海棠先生と同じ目だもの)

真剣に、己の成すことに向き合っている目だ。

美瑚の婚約指輪について、うちの工房のものだといったから、宝飾見習いかアシスタントなのかもしれない。相手の若さから判断しつつ、美瑚は恥ずかしくなる。

自分は、自分の作品に対して、こんなに真剣な目で向き合ったことがあっただろうか。

プロと素人の違いがあるだろうが、お金を取っている以上、同じ土俵だ。少し売れたぐらいで浮かれ、店を出すなど妄想していた自分が恥ずかしい。

「ソウタシエに摘まみ細工で藤を合わせてるんだねー。色味は紫村濃《むらさきむらご》？」

何気ない雑談のように言われ、美瑚は飛び上がる勢いで椅子から立つ。

「そ、そうです！　そうです！　わかりますか！」

「同じものが色違いであるけど、こっちは白、若草、茜《あかね》だから花橘《はなたちばな》でしょ」

前のめり気味に大きくうなずく。

周囲の通行人たちが美瑚の勢いにぎょっとするが、女性は驚かず、話題にしたネックレスを手に取る。

落ち込んでいたのが嘘のようにドキドキしている。まさかわかってもらえるなんて。

女性が口にしたのは平安時代の姫君が着た、十二単《じゅうにひとえ》の色使いを示すものだった。

アクセサリーを見て、綺麗だ、かわいいと口にした人は多かったが、ここまで深く察したお客は初めてだ。

「ネックレスは源氏物語でまとめてるんだね。へえ。面白い」

面白いどころの騒ぎではない。表面上ではなく、美瑚がなにに感じ入り、創作意欲をそそられたかまで読み取られ、天にも昇りそうなほど舞い上がってしまう。

「どこの芸大の学生さん？　ひょっとしたら私の後輩かも」

楽しげに尋ねられてうろたえる。

「あっ、いえ、大学には通ってなくて……独学……ううん、趣味で」

「うっそ。趣味で！　……ぇえ……。天然ものの才能ってこと？　ああ、でも……あの時の指輪の趣味からすると、あぁー、なるほどお」

要領を得ないことを言いつつ、女性は作品と美瑚を交互に見ては、うんうんうなずく。

「ママ！　北斗は、こっちの方がいい。星羅《せいら》にあげるんだ。クリスマス！」

男の子――北斗が、端に並ぶぬいぐるみから、クマのお姫様をねだる。

「かわいいよ。他のお店でも見たことがない」

とはいうが、この店では一番の高額商品だ。サイズもあるが、ぬいぐるみ全体にソウタシエで装飾が施されていて、作るのに二ヶ月はかかる力作なのだ。

「北斗はパパに似て目利きだね。確かにこれが一番いい。……でも駄目」

それまでの和やかな雰囲気が四散し、鋭く言われ息を呑む。

「あの、高過ぎるなら値引きしても」

「もっと駄目。……簡単に値引きして楽になろうとしちゃ駄目。あなたの努力が安っぽく見られるよ」

諭す口調にはっとする。そういえばこの人は宝飾工房で働くプロだった。

「値段が問題じゃないなら、どこが、駄目なのか……」

まるでわからない。かわいくて、気に入っていて、でも値段以外の問題で駄目なんて。

「ごめんね。本当はこんなこと言わないいんだけど、貴女が真剣だから私も真剣に言うね。……貴女の作品には、貴女の意図しかないと思う」

「え」

「これ、子ども向けに作ったんだろうけど、本当に子どもに持たせていいかな？」

別に変ではない。黒ボタンの目にティアラがかわいく、女の子が好きそうな雰囲気だ。

「おかしくないと思いますけど」

「うん。見た目はね。……でもね、この目をちぎって口に入れるかもとか、ソウタシエの端がギザギザになってるところで肌を傷つけるかもとか、親としては見ちゃう」

あっと声を失う。そこまで考えていなかった。

同時に、先ほど女性が見せた真剣なまなざしが、美瑚と違うものだった理由も理解する。

自分の意図しかない。その通りだ。使う人の目線がまるで足りていない。

ざっとアクセサリーを見て唇を引き結ぶ。

どれも色鮮やかで美しく、――だけどアクセサリー単体で美し過ぎるから、どんな服に合わせていいのかわからない。服がまるで引き立たない。使う場所がわからない。

「ああ……。そう、ですね……」

先とは違う落ち込み方をしてしまう。世を憎むのではなく、自分を恥じる落ち込み方を。

(なにもできないって嘆いてたけど、本当にそうだ。私、自分のことしかわかってない)

美瑚は美瑚の手元しか見えていない。

考えれば、今日、マーケットに参加する事務手続きや値段の相場なんかも、ほとんど清生の意見を採用して、深く自分で考えなかった。

(本当に恥ずかしい。できないんじゃなくて、やろうとする考えが足りてない!)

顔を覆って突っ伏したい。それほどの羞恥に襲われ、耳を赤くしていると、女性がくすっと笑い、内緒話をするみたいにして美瑚に教える。

「あのね、私もそうだった。最初に作った野薔薇《のばら》のシルバーバングルなんて、棘《とげ》だらけで」

目配せに唖然とし、次いで、女性と同時に吹き出し笑う。いくら綺麗でも棘だらけでは使い物にならない。つけた腕が傷だらけになってしまう。

「誰でも通る道だから気に病まないで。それから北斗、買うならこっちにしようか」

ひょい、と、クマの裏にあったウサギのぬいぐるみを取る。そちらは初期に作った作品で、凝った技術や飾りはないが、その分、すっきりと色だけで勝負できている。

「ありがとうございます」

包み終えた品物を渡しお礼を言えば、女性はちょいと美瑚の薬指をさして苦笑する。

「その秋桜《コスモス》の婚約指輪、似合ってる。いろんな意味で。だから大切にしてあげて」

二年越しで使われたんだね。――と続いた謎の台詞に、ありがとうと伝えたのか、なにも言えなかったのか。

夢心地で立っていると、美瑚さんと背後から声をかけられた。清生だ。

振り返るなり、美瑚はお帰りなさいと満面の笑顔で出迎える。

「さっきはごめんなさい。私の考えが足りてないのに八つ当たりしてしまって」

「いえ……」

「今日のこと、とてもいい経験になりました。私、なにもできないって落ち込むばかりで、どうすればできるか考えてないってわかりました。頭だけじゃなくて、やっぱり体験しないと駄目ですね」

傷ついたが、駄目じゃなかった。まだやることもできることも沢山ある。

好きだから、褒められるから、それだけではない視点がいると理解できたのは、売り上げより大きな収穫だ。

（もっと真剣に、もっと大きな目で考えよう。自立して生きていくためのやり方を。……そうでないと、海棠先生は安心して自分の子どもを任せられないし、離婚してもすっきりしない）

綺麗に、納得して、気持ちよく別れるのだ。そのためには、清生を心配させないだけの大人にならなければ。

そんな風にして決意し、未来を見据えようとする妻の姿を、清生が切なげな目で見守っていることに、美瑚はまだ気づかず、そしてその決意が夫のためであることにもまた、清生は気づいていなかった。

ブースを撤収しても、美瑚はわくわくする気持ちを抑えられなかった。

まだやれる。やることがあるというのは本当にうれしい。

だけど、帰り道のレストランで食事をしてから、気持ちが少し変化する。

——清生の様子がおかしいのだ。

表面上は変わらない。けれど食事中に視線を合わせ微笑み合う時や、車から降りる美瑚に手を貸してくれたとき、どことなく物言いたげな色が瞳によぎるのだ。

（ひょっとして、わがまま過ぎたことにあきれているのかな）

今日の美瑚は感情の浮き沈みが激し過ぎた。あきれられても無理がない。もっと言えば怒っていい。

だけど清生の視線に非難の色はなく——ますます混乱させられてしまう。

リビングで考えていると、美瑚に次いで湯上がりとなった清生が、隣り合ってソファへ腰を下ろす。

自分のものより高い体温に鼓動が跳ね、脈が少しだけ速くなる。

浴室に乱入し、図らずも清生を襲うことになったあの事件以来、彼に望まれない限りは、行為を――子作りをしないと決め、適切な距離を保っていた。

清生もまた、仕事が忙しいことに加え、美瑚のマーケット出店の手伝いに時間を割いていたため、こうして、二人でのんびりくつろぐのは、一ヶ月ぶりに近い。

抱擁や軽いキスは毎日のように交わしていたが、体温がわかるほど寄り添うことはなかった。

特になにかをするでもなく、互いに寄り添い時を過ごす。

夫婦としておかしいところはないはずなのに、心臓の音がせわしない。

コーヒーを入れるには遅過ぎるし、かといって寝るには早い微妙な時間。

どうしたものかと、横目で清生をうかがう。

すごく、真剣で、思い詰めた表情をしている。けれど理由がわからない。

なんなのか。どうしてか。

頭の中で五十回は問いを繰り返した後、口を固く結んでいた清生が唐突に美瑚と向き合った。

「美瑚さん」

「はい」

「抱いていいですか」

「ああ、抱いて……っ、ッ、⁉」

なにも考えず、流れでお茶かと立ち上がりかけ、美瑚は心底びっくりする。

話している間に興が乗ってとか、美瑚から仕掛けるのに反撃する形などで、キス以上セックス未満の性生活はあったが、清生から提案かつ主導する形で誘われたのは初めてだ。

ごくりと音を立てて唾を呑む。どう答えるべきなのかまるでわからない。

変な話、初夜の時以上の緊張が美瑚の身を固くさせる。

「抱いてって、ぎゅっ……てしたいってことですか？」

「ぎゅっとしますし。ちゅっとしますし、それ以上のこともします」

怖いくらいに真剣な目で言われ、頭が真っ白になる。

「それはつまり」

「最後までするということです」

それから、もどかしげな手つきで清生から引き寄せられ、美瑚は強引に唇を奪われる。

「ふぐっ、うう！　んぅ、む……！」

海棠先生と読んだ声が、変にこもったうめきに成り果てる。

清生は唇を合わせるが早いか、美瑚の口腔いっぱいに舌を含ませ、唾液もろともに女の舌をすすり上げる。

いつになく性急な口づけに身をすくめ、震えたのも最初だけだった。

うなじを撫でる指先や、倒れて頭を打たないようにと背を支える腕から、男に自分を傷つける意図はないと理解した途端、身体から強ばりが抜け、美瑚は与えられる悦に耽溺し始める。

「ん、……ぅ、ふ……っく」

一月ばかり間が空いたせいで、息継ぎのタイミングがうまくいかない。そのせいか、鼻から抜ける呼気が強く、ふーっ、ふぅっと音を立てるのが恥ずかしい。

肌はとうに敏感になっていて、パジャマ越しに伝わる互いの熱や、舌根を吸われるごとに疼くうなじの産毛など、一つ一つまざまざと感じ始めていた。

後髪を梳いていた男の指が慎重に喉元へ下り、一つ、二つとボタンを外しだす。

くつろげ開いた前から手を滑り込ませ、大きく背を撫で慰めたかと思うと、返す動きでブラジャーのホックがぱちんと外される。

急に呼吸が楽になったことに目を開ければ、陶然とした表情で美瑚に口づけ、清生の顔が間近に見え、美瑚は思わず息を詰めた。

――こんなに、胸に迫る表情をする人だったろうか。

茫洋《ぼうよう》とした遠いまなざし、淡い影を目元に落とす長いまつげ。

美瑚の唇を吸う口元は淫靡に濡れ、額にかかる黒髪が艶を添える。

元から色気のある容姿だとは思っていた。だけど今はそこに、胸苦しくなるほどの切なさと渇望がある。

欲しい。どうしても、今、貴女が。

触れさせて、感じさせて、そして感じたい。二度と忘れないように。

そう言われている気がして、美瑚は泣きたいような、わめきたいような気持ちにさせられる。

嫌だ。これでは今生の別れみたいじゃないか。そう叫んで、清生の行為を止めたいのに、乳房を掴まれた瞬間、走る悦で意識が乱れる。

「んっ、あ……、あ、ああっ」

右手で掬《すく》い上げるようにして双丘を弄ぶ一方で、残る片手は、さりげなくパジャマを肩や腕から滑り落としていく。

最後に、ついばむようなキスで気をそらしながら、胸を覆い隠すブラジャーをそっと手の甲で落とされ、美瑚は鋭く息を呑む。

ワイヤーの部分が乳首をかすめ、硬い刺激にあっと声を上げうろたえると、大丈夫だと言いたげに唇でこめかみに触れ、微笑まれた。

ドキドキする。

こんな風に大切に、愛おしげに触れられると、勝手に身体が反応し、自分では抑制できなくなっていく。

いつの間にか乱れた呼吸に肩を上下させれば、美瑚の乳房までもが上下に揺れる。

それが面白かったのだろう。清生はいつものように手で包み揉みしだこうとはせず、人差し指だけを使い、思わせぶりに乳房の際ばかりをなぞり、揺れる膨らみを目で愛でる。

喉元から谷間の始まりへ、そこから跳ね上がって指の腹で鎖骨を擦り、脇から横乳を軽く掻く。

「んっ、んん、んっ、ふ」

愛撫ともいえない緩い接触に身体がくねる。

すると二つの乳房が柔らかく揺れ、緩い刺激がさらにもどかしくなってしまう。

触れ、震わされるほどに、身体の中から欲求が募る。もっとちゃんとしてほしい。

先を知る身体が疼く中、身悶えながら美瑚は痛感する。

今までの自分のやり方が、なんと幼稚でたわいなかったたか。

抱きついて、猫がじゃれるみたいに清生のうなじや肩に噛みついて、誘い煽って子作りをねだった日々が頭をかすめ、いたたまれなさに襲われる。

文字や画像に記せるようなわかりやすさで清生の男を刺激し、ことを果たそうとしたことが恥ずかしい。

そんなもので感じる快感など、この、思わせぶりで焦れたやり方に比べれば、通り過ぎる風も同じだ。

一過性で、たちまち登り詰め、快感だけを糧に食らい尽くして終わってしまう。

だけどこれは違う。

炙られるように熱を増していく肌が、煮え立ち身体を巡る血が、呼吸ごとに震え粟立つ産毛までもが清生を欲しいとねだり騒ぐ。

下腹部の疼きときたら手に負えないほどひどく、ずくずくと蠢いては蜜筒を切なげに収縮させる。

男の指に誘われ、理性や常識といった雑念が蒸発していくのがわかる。

代わりに、切ないまでの淫悦が感じる場所に集い凝る。

たわみ揺れる胸の膨らみや、先端で色づき実る紅色の果実。脚の間でひくつく女淫はもちろん、うなじや耳、小さな臍や太腿にと、今まで愛撫されたあらゆる場所が望み、甘苦しく痺れ清生を求めていく。

指を立て、爪をかすめるようにさせながら、男の手が乳房の谷間からなだらかな腹へと伝い下り、臍の窪みを強く押す。

「ああっ！」

楔《くさび》でも打ち込まれたようなずんとした刺激に身をのたうたせ、美瑚はたまらず清生の首にすがりついた。

そうしなければ耐えられないほど、肉体が追い詰められていた。

「海棠、先生……、もう、やっ」

鼻にかかった甘え声がいやらしい。

自分のものとは思えないほど淫らな響きにわななきつつ、美瑚は清生の肩に額をぐりぐりと押しつける。

「どうしたんですか？」

低い声で喉を震わせつつ、清生が意地悪なことをいう。

どうしたもこうしたもない。思わせぶりな指先で美瑚を淫らに喘がせて、素知らぬふりをするなんて。

まるで自分だけが清生を求めて身悶えているようではないか。

そんなのは違うと、すがりつく身体の熱さや、吐息ごとに肌に灼きつく男の呼気でわかるのに。

抱いていいかと求めながら、美瑚ばかりに求めさせるのはずるい。

衝動的に身を乗り出し、美瑚は清生の耳朶に噛みついた。

うろたえた声を放ち、清生が美瑚を抱く腕に力をこめたことに、胸がすくようなときめきを覚えつつ囁く。

「するなら、ちゃんとしてください。……でないと、もっと噛みつきます」

唇を尖らせてみたところで、怖くもないのはわかっていた。

だけど、このまま官能ばかりを煮詰められて、やはり気が変わったと放り出されてはたまらない。

火照り疼く裸体をぎゅうぎゅうと相手に押しつけ、膨れれば、清生が髪をぐしゃぐしゃと掻き回す。

「拗ねてどう反撃してくるのか、たまらなく知りたいですが、貴女が言うのも正論です。……私から誘った以上は、ちゃんとしましょうね」

言うなり、清生は美瑚を優しく引き離し、ソファの背へもたれさせてからのしかかる。

そうやって、子どもが秘密の約束をするみたいに額を合わせながら、両手を美瑚の胸へと滑らせた。

側面からまろみに合わせて指を広げ、次の瞬間、形が変わるほど強く鷲掴む。

「んあっ！」

突然、身を襲った激しい悦に、思わず美瑚が喉を反らす。

すると、野獣じみた素早さで清生が喉にかぶりつき、浅い噛み痕を肌に残しつつ頸動脈を舐める。

胸と首。命に直結する部分を弄ばれることに、被虐じみた愉悦を覚え美瑚は喘ぐ。

喉元から首筋と、ひとしきり美瑚の感じる部分に舌を這わせ舐めていた清生が、耳元に顔を寄せた瞬間、美瑚は肩をすくめ身をよじる。

「だっ、駄目……！」

音を聞く器官への愛撫は苦手だった。自分で触れたってなんともないし、男女で特段変わる部分でもないくせに、男の舌や唇が触れるだけで淫靡な器官へと変化してしまう。

こんなところで感じるなんて、いやらしいのではないかと恐れるのに、一度刺激されると、もうたまらない。おかしいぐらいに乱れてしまう。

ふるふると頭を振る美瑚の頬に手を添え、清生はこれ見よがしに舌を出し、淫らに口腔を見せつける。

淫虐の予感に鋭く息を呑んだと同時に、耳朶や耳殻の区別もなく、すべてが男の口に含まれた。

ぐちょぐちょぐちょっとした卑猥な音は、すぐさま愉悦の記憶と結びつく。

「ん、あっ……あああっ！」

身体中の毛が逆立つ感覚に、美瑚はたちまち涙目となって喘ぐ。

腰から下がむずむずする。脚を擦り合わせたいのに、前から覆い被さる清生が邪魔で閉ざせない。

膝や太腿が男の腰に触れるたびに、襲われ、奪われようとしていると意識させられる。

熱い。硬い、逞しい。そんな単語がぐるぐる回りだし、思考や理性が崩れていく。

「くぁ、ああっ、は……ああ！」

ふやけそうなほど耳を責められ息を切らしていると、清生が乳房にきつく指を絡め、絞り出す。

男の手に余るほど大きな膨らみに反して、慎《つつ》ましやかな尖端《せんたん》が押し上げられる。

長い時間をかけ緩い愛撫に焦らされた花蕾は、いやらしく紅潮しながら胸の頂点で勃ち上がっていた。

「……ぁ」

羞恥に震える声が、掠れて消えた。

長く骨張った指が絡み着く合間から、白く汗ばんだ柔肌がはみ出している。

それをぐにぐにと緩急をつけて揉み込まれるごとに、薔薇色の突起が迫り出し沈むのだ。

触れて、舐めてと急かすように、己の肉の上で震え動く様に美瑚は思わず生唾を呑む。

意識が集うほど敏感になる。

わかっているのに視線が外せない。逸《はや》る鼓動が肉を伝って乳首に響く。

不意に清生が身をかがめ、胸の下まで頭を下げる。

そうして、わざとらしい上目遣いで美瑚と乳房を見ながら、広げていた手指の間隔を狭めていく。

これからどうされるのかわかっているのに、やめてといえない。

どころか、今までにないほど胸を膨らませ興奮している。

短く息を継ぐ美瑚と清生の視線の狭間で、尖りきった乳首が指に挟まれた。

「んんんっ！　っ、ぁ！　ああぁ、あ」

男の硬い関節が乳首の側面に当たる。ぐりっとした刺激に、美瑚は唇を割って嬌声を放つ。

指に挟んで擦りながら、いやらしい手つきで乳房をくすぐられるとたまらない。

快感に視界を眩ませながら、美瑚は流し込まれる淫悦に悶える。

「あうっ、あっあっ、あ……ッ！」

なんとか清生の気をそらし、愛撫から逃れられないかと膝で男の胴を挟むが、それがいけなかった。

「物足りないと、ねだっているのですか？」

「ちがっ……、あぁぁあぁぁーっ！」

ぎゅうときつく摘まれ、乳首の先が爪でくじられる。

腰が強くバウンドし、挟み込んだ男の胴ごと膝が身体に引き寄せられる。

「ふ、……かわいい。物欲しげに俺を引くなんて」

毛先が頬を叩くほど強く頭を振りしだく。だけど、清生に容赦はない。

指で捏ね、押し潰し、あるいは爪で先を引っ掻かれ、どんどんと胸の中心が硬くなっていく。

「少し、強くした方が、貴女は感じるんでしたね？」

痛みを感じるか感じないかの絶妙さで胸を弄り、美瑚を啼かせながら、清生が淫蕩《いんとう》な笑みで問う。

だけどそんなことを聞かれてもわからない。いや、答えたくない。

黙り込んだが無駄だった。

煽るように尖端の窪みに爪先を立てられ、美瑚は嬌声を放ってのたうつ。

もう駄目だ。力を抜いてうまく快楽を逃すこともできない。

性的反応の強さに翻弄されて、手足がうまく動かない。

ただ、与えられる刺激のままに、あちこちが跳ねて震えて、たわんでくねる。

掌全体を押しつけるようにして膨らみを揉みしだいていた手が動きを止めた。

やっと目を開いたが、見えたのは、腰に響く色気をまといつつ肌へ舌を寄せる清生だった。

つうっと濡れた感触が乳房を辿り、次の瞬間、痛いほど張り詰めた頂点を含まれる。

「ンんッ……！　ふ、あぁ、アッ！」

胸から腰へと官能の火花がはじけ、激し過ぎる媚悦に腹筋が締まる。

かぶりつく男の歯が柔肉に沈み、痛みとも痒みとも着かない刺激が生じる。

胸の花蕾は唇で挟んで固定され、唾液をまとった舌でたっぷりと潰し転がされる。

「は、あぁ………ンッく、ぅ……う、だめ……そこ、駄目で、す」

執拗な愛撫に耐えかね、哀れっぽい声で訴えるけれど、目の前の果実に夢中な清生はまるで聞いてない。

どころか、美瑚の甘え声が欲を煽るのか、いっそう苛烈に女体への愛撫にのめり込む。

興奮に目端を赤らめた男が、おいしそうに胸にむしゃぶりついている。

そのさまがあまりにも卑猥で、目に刺激的過ぎて、美瑚はぎゅっとまぶたを閉ざす。

（そうだ。力を込めて身を小さくすれば、少しは快楽をやり過ごせる）

思いついたものの、体力のない美瑚ではそう長く耐えられない。

暖かい男の口腔でねっとりと乳房を舐め回されているうちに、平らな腹はすぐビクビクと痙攣《けいれん》しだす。

身体が痺れて仕方がない。熾火《おきび》のような緩い悦に炙られ、頭がおかしくなりそうだ。

甘苦しく、気を乱す疼きが腹の奥底をひくつかせ、反らし喘ぐ喉まで震えさせた瞬間。

とろっとした感触が脚の間に生じ、美瑚の頬が燃え立つほど熱を持つ。

とっさに脚を擦り合わせようとした瞬間、清生の手が太腿を掴み、力尽くでぐいと開く。

「やぁっ、あ……！」

たまらず上げた声は、盛りのついた猫が啼くのによく似ていた。

羞恥に身震いしつつ嗚咽を殺すと、震える腹と連動し、中の子宮が疼き震える。

同時に、蜜壺が含む物を求め蠕動《ぜんどう》しだす。

甘酸っぱい雌の匂いが、鼻孔から脳に辿り着いたときだった。

「ああ、もう、こんなに濡れている」

うっとりとした顔で言われても、淫らな反応が恥ずかしいのには変わりない。

両手で口を塞ぎ、必死で頭を横に振って否定するけれど、無駄なのはどこかでわかっていた。

「ほら、下着どころか、パジャマにまで染みてきてますよ」

指を縦筋に沿わせ、すりすりと溝を浮き立たせつつ、清生がうわずった声で楽しげに告げる。

火照り、敏感となった粘膜に張り付いた布が、身動きで滑り動くのが気持ち悪い。

なんとかして肌から引き剥《は》がしたいけれど、自分から秘部に手をやる勇気が出ない。

呼吸ごとに、恥丘の柔肉が男の指に触れるのも生々しくて、困惑する。

――淫靡な刺激が多過ぎる。

混乱のあまり息を詰め、唇を震わせながら清生を見れば、鋭く息を呑んで凝視し返された。

「降参です」

美瑚の頬を右手で包んだ清生が、顔にキスの雨を降らせ、笑う。

「まったく、なんて表情をするんですか。……そんな女の顔を見せつけられるなんて。たまらない」

唇だけで食むようにしながら、清生は額、眉間、頬に鼻筋と、美瑚の表情をつぶさに愛でて、はあっと長い息を落とす。

「貴女は絶頂に追い詰められれば追い詰められるほど、淫らに麗しい女の顔をする」

どうかすると、いやらしいとなじられていると思える台詞だが、恍惚としたまなざしと焦がれた吐息が女の自尊心を絶妙に煽る。

「もっと、感じて見せてください。今日からはもう、俺は我慢せずに貴女を穿つ」

宣言するなり、美瑚の脚からパジャマもろとも下着を抜き取る。

驚き、脚を引き寄せるよりも早く、清生の手が膝を掴んで押し開き、ソファの下に跪《ひざまず》く。

匂い立つ淫花が男の眼前にさらされる。

自分でもつぶさに見たことのない場所が、リビングの明るい照明の下に開かれる。

声にならない悲鳴を上げてのたうつが、重なる愛撫ですっかり芯の蕩けた身体では、ただ、淫らにゆらゆらと腰が蠢くばかり。

「見ちゃ、駄目……」

幼子みたいな口ぶりで訴えた途端、清生はふと吐息を落として笑う。

「いくら貴女のお願いでも聞けません。今日は特に念入りにほぐしておかないと」

優しげな言葉で諭しつつ、唇を淫蕩に歪め、舌でちろりとその表面を舐める。

なにをしようとしているか美瑚が察したのと、清生が茂みに鼻先を埋めたのは同時だった。

「んあっ！」

男の熱い舌先が、柔らかく薄い淫弁を舐め上げる。

ぬめる舌の刺激に、腰から脳髄まで痺れが走る。

「や、だ……、いやぁ」

蛇《へび》みたいにちろちろと舌先だけで薄い肉襞をくすぐられ、美瑚は腰を泳がせ拒む。

いつもは妻に甘い清生だが、宣言通りにやり抜くつもりか、叫んでも、足先を跳ね上げばたつかせても、そこを舐めることをまったく止めない。

舌は、少しずつ削るように淫唇の間を割り濡らし、ついには内部へと先をくぐらせる。

「い、ひっ……ぅぁ、あ、……ぁアッ！」

浅いところを舌先でくすぐり、美瑚の声が変質した途端、葡萄《ぶどう》を潰すみたいな音とともに隧道へ押し込む。

柔らかく、捉えどころがないものが這い回る感覚の妖しさに、美瑚は身震いしつつ顔を歪める。

白くなだらかな眉間にぎゅっと皺が寄り、目がどうしても綺麗に開けられない。

嫌悪と快感の入り交じった表情は、泣きだす前のそれに似ていて、たまらず両手で顔を覆う。

——醜く歪んだ表情を見られたくない。

「うう、う……ぅ」

肌が粟立つ感触に耐えかね、美瑚は口端を歪め喉を絞める。

滴り匂う淫蜜をすすり上げながら、男の舌が徐々に内部を侵食し暴く。

怖い。怖い。舌が触れる部分からどろどろと溶けて、すすられて、自分がなくなってしまいそうだ。

どこまでが男の舌で、どこまでが自分の膣かわからぬほど、たっぷりと舐めしゃぶられ、輪郭が曖昧になっていく。そのくせ、淫らな欲求が体内に深く凝《こご》る。

飢えるような劣情に悶え、淫穴が物欲しげに閉じたり開いたりしだすと、やっと舌が秘部から離れた。

小さく息を呑み、指の間から視線を下ろせば、男の舌と恥裂を繋ぐ唾液の糸がぷつりと切れ、清生が淫らな仕草で唇を舐めていた。

いやっと叫んで顔を反らしたいのに、どうしてかできず、食い入るように男の顔を凝視する。

艶めかしく熟れた美瑚の視線に気づいたのか、清生は気怠げに視線を上げ、それから怖気だつほど淫靡な表情で微笑む。

「開きましょうか」

なにをだろう。ぼんやりする頭で考えるうちに腰を引かれ、尻がソファの端にかろうじて引っかかる。

不安定な体勢にうろたえ、びくんと膝から足先が高く跳ね上がる。

その足首を邪魔げに捉え、己の肩に乗せると清生は美瑚の太腿を抱えるようにして腕を回し、唾液と蜜でしとどに濡れた恥丘を親指で押した。

粘ついた水音に身震いする。

肌に当たる男の指は乾いていたが、舌戯で舐めに舐められた場所だ。

男の指は捉えどころなく二度、三度と滑った果てに、ようやくぐいと肉丘が割れる。

「は……」

感嘆の吐息が裂け目の縁に掛かった途端、心地よい衝撃に息が止まった。

「なんで、こんなに美しいんでしょうね。美瑚さんのここは……」

視線を恥ずかしい場所へと縫い止めたまま、うっとりとした声で言われ、美瑚は頭に血を上らす。

「美しいとか、そんなの……な、ぃ」

否定したくて語気を強めた途端、腹筋が震え、子宮からこぽりと透明な露が滴る。

ちょっと声を出しただけで淫らな反応をする身体が恥ずかしい。

いたたまれず息を詰めるが、相手はこれ幸いと賞賛を強める。

「美しくて、かわいいですよ。薄くてふるふる震える入り口の襞も、すっかり膨らんで莢《さや》から顔を覗かせるピンクの緋玉も、小さくて小さくて、俺を待ちかねてひくついて。……これから太いものを呑ませるのが、ちょっと気が引けるほど、繊細で………いやらしい」

くっ、と男が喉を鳴らす。

視姦しながら淫猥《いんわい》な言葉を連ねられ、恥辱で全身が火照って仕方がない。

これ以上聞けば、脳が沸騰して死んでしまうかもと思う。

「もう少し、奥処まで診てみましょうか」

わざと医師めかせた口ぶりで告げられ、揃えられた二本の指が濡れそぼつ女陰へ差し込まれた。

なんの抵抗もなく男の指が隘路に沈む。

二本程度の指ならば、もうためらいもなく呑めるほど、肉体は男に慣れていた。

だけど今までと違うのは、揃えた指が片手ではなく、両手の人差し指だったことだ。

膣壁を擦りながら根元まで一気に埋められたものが、なんの予告もなく左右に開かれる。

濡れ襞が空気を含む卑しい音が、ぐぽりと辺りに大きく響く。

「やあああっ！」

美しいものだけでなく、醜く生々しいものさえさらす恐慌が、悲鳴となって唇から放たれる。

ぐうっと下腹部に力が籠もり、不躾な男の指を拒むように隧道が絞まる。

だけど、脆《もろ》い女の身体が男の力に叶うはずもなく、肉筒はかわいそうなほど奥処まで開かれた。

「あっ、あっ、あっ……ぁ」

混乱のあまり、もう喘ぐことしかできない。

震え、哀れっぽく声を繋ぐ美瑚を差し置き、清生はますます夢見心地な様子で語る。

「わかりますか。浅いところに小さな輪があるのが。美瑚さんの純潔を示す、綺麗な、傷一つない処女膜が」

言うなり、顔を近づけ、舌先だけで浅い部分をぺろりと舐める。

「きひゃっ……ぃン！」

つれなくされた子犬じみた声がおかしかったのか、清生は、もっとねだるようにピンク色の薄い輪をペロペロと舐めては、鋭く凝らせた息で乾かしいたぶる。

「ぃ、ぁ、も……やっ、ぁ、へんた、いっ！　すぎですっ！」

「いくらでも罵って結構ですよ。だけど止めてなんかあげません。もうすぐ生涯一度の痛みとともに、俺がブチ破って失われるんです。惜しみ愛でてもいいでしょう」

「よくない、ですっ！　海棠せん、せ……が、変態っ、だ、なん、あああっん」

くすぐるように処女の証を舐められ、恥ずかしいのか気持ちいいのか、怒りたいのか、なにがなんだかわからなくなってくる。

「あまり暴れないでください。間違って指で破るのはあんまりでしょう」

誰が誰にあんまりなのか。聞き返したいけれど、頭に血が上った状態ではまともな文句も浮かばない。

毛を逆立てた猫のようにしてにらんでいると、清生がふとうれしげに笑い、恐ろしいことを口にした。

「まあ、暴れられないほどよがり乱せば済む話ですが」

蜜襞を緩く撫で探るだけだった指の動きが大きく変わる。

ずるりと左人差し指が半分抜かれ、臍側にある美瑚の快感の場所を強く捏ねた。

「ンッ……、ぁあああああ！」

背を弓なりにして、ソファの背面に後頭部を擦り付けた。

腰が浮いて、太腿は張り、秘部が清生に向かって高く掲げられる。

「協力的ですね。うれしいですよ」

身も背もなく喘ぐ美瑚などなんのその、左手の指で入り口のしこりをいじめ抜く。

感じ過ぎる。身体中の神経が剥き出しになり、清生の指先に凝ったみたいに、触れられているだけで達しそうだ。

どんなに息を浅くし悦を逃そうとしても無駄で、めくるめく快感が嵐の高波じみた勢いで美瑚を呑む。

指の動きに合わせて腰ががくがくと上下する。

だけど膝裏が男の肩に乗っているせいで、下半身の位置はさほど変わらない。

薄い腹が波打ち、しゃにむに清生の指を締めるようになると、限界まで深く差し込まれていた清生の右人差し指になにかが触れた。

「ひうっ…………ッ」

肺の中の酸素をすべて吐き出すようにして声を上げ、美瑚は全身を緊張させる。

「ああ、角度が変わって……下りてきましたね。貴女の子宮が」

告げ、思わせぶりな動きで子宮口がくすぐられる。

「ふあ……、ぁ！　あ」

「綺麗な色ですよ。健康的なピンクでぷりぷり膨らんで。息が当たるだけで蜜が沢山出てきます」

ふうっと息を奥処まで吹きかけられ、美瑚は涙目になって喘ぐ。

すっかり充溢して膨らんだそれは、外にある淫芽と変わらぬほど敏感となっていて、清生の息が触れるだけで桁違いの快感を生む。

「あ、ヒクヒクしてきた。かわいいな。もっとかわいがってあげましょうね」

小動物でも愛でるような微笑ましい台詞を、この上なく色気たっぷりに囁き、清生が指の位置を変え——。

そうして、ぐるりと子宮口を指で撫であげる。

「ンゥ…………ッッ！」

声を出すこともできないほど、官能の領域へ押し上げられていた。

今までの絶頂がなんだったのか。そう思えるほど激しい達し方だった。

圧倒的な悦に、美瑚は息も絶え絶えの様子で震えるが、余韻に浸る時間などない。

内部に埋められた清生の右人差し指が、弧を描きながら子宮口を撫で回す。

その一方で、浅い部分にとどめた左手の指で淫核の裏にあるしこりを刺激する。

ダメ押しだとばかりに清生は恥丘に顔を伏せ、悪戯げに頬ずりすると、もう次の瞬間には、膣口の上部へ吸い付いていた。

「ひああっ……い、いあぁああっ……！」

感じる部分を的確かつ執拗に責められれば、初心な女体などあっけなく陥落してしまう。

含む指を洗うような勢いで、奥処から淫液がぶしゅっ、ぶしゅっと吹き出し、清生の口元どころか眼鏡やパジャマまで濡らしてしまう。

そこまでいくともう終わりで、なにがなんだかわからないまま激しく淫らに極めさせられ、指をくわえ込んだ媚肉をいやらしく痙攣させながら、繰り返される絶頂に身を任す。

自我が崩壊しそうなほど淫悦に溺れさせられ、喘ぐことすら気怠くなって、やっと陰部から指が引かれる。

視点が合わない目をそろりと開けば、いたわる手つきで清生が額を撫であやす。

それから無言のまま美瑚を抱き上げて、迷いなく寝室へと移動した。

ワイドダブルのベッドに横たえられ、いまだに冷めない快感の記憶に浸っていると、清生が　ボタンを引き千切りかねない勢いでパジャマの上を脱ぐ。

白衣の上からは想像できないほど、しっかりと鍛えられた肉体が露《あら》わになる。

清生は美瑚の視線を意識する余裕もないのか、腰に手をやったかと思えばすぐ、下着もろともすべてを脱ぎ捨て全裸となっていた。

目にするのは二度目だが、背後から差し込むリビングの光のせいか、最初より落ち着いた状況だからか、清生の身体が余計に引き立って見える。

呼吸ごとに隆起する胸筋の厚み。左右の腰から絞れ下腹部へ至る筋の見事な三角形。

肩や肘の陰影は鋭く、くっきりと骨の形を示しており、つい触れたくなるほど綺麗な輪郭を描いている。

二の腕やふくらはぎが引き締まっていることは言うに及ばず、顎から喉にかけての筋の流れも、色っぽくてちょっとそそる。

額には汗が浮き、鋭い目の端には朱が浮いているのに、シルバーフレームの眼鏡だけが無機質で冷たい輝きを放っていて――理知と獣性がせめぎ合っているようで、すごくいい。

触れて、眼鏡を外し、髪を乱して、この男のすべてをさらけださせてみたい。

そんなはしたない欲望を抱きつつ清生を見ていた美瑚は、視線がある一点に達したと同時に息を詰めた。

ふさふさと繁る黒い草叢《くさむら》から、天を目指す大樹のように清生の男根が勃ち上がっている。

自ずと喉が鳴らし唾を呑んでいた。

清生のモノを目にするのも、触れるのも初めてではない。

避妊具を着けられるたびに、外そうとあがいたこともあったし、勃起不全を疑い風呂場に乱入したときだって目にし、触れていた。

その時は、結婚の条件である性交を完遂していただく——ようは、妊娠という目標ばかりに必死で、はっきりいって、自分でもなにをしているのかよくわかっていなかった。

こうして変な契約や雑念もなく、ただの男と女として向き合うのは初めてで、美瑚はおかしいほどの動揺に襲われる。

——いや、興奮と表現する方が正しいのかもしれない。

自分にない器官の異質な造形に目を奪われながら、頭のどこかでそう思う。

長く、太い肉竿が、割れた腹筋を目指して、力強く反り返っている。

表面に浮かぶ血管は太く、どくどくと脈打っており、それ自体が妖しい生き物のように蠢いている。

凶暴なほど大きく異質な屹立は、清生が息を凝らすごとにぶるんと震え臍を打ち、大きく張り出した尖端の溝から、透明な液がたらたらと垂れていた。

樹液のように浅黒い肌を伝い濡らすものが、白濁の前触れであると理解した瞬間、美瑚の脳髄がじいんと痺れ、性の交歓をねだるように肉体がわななき紅潮する。

は、とこもる熱情と劣情を吐息にして漏らすと、清生は剛直をしごき、卑猥な動きで舌なめずりをする。

獣じみた仕草に胸を高鳴らせ、脇に下ろしていた両手でぎゅっとシーツを握ったときだ。

マットレスを深く沈ませながら、清生がベッドにのし上がってきた。

そのまま、身を伸ばすようにして美瑚へ迫り、四肢で閉じ込めるような形で押し倒してしまう。

「あっ」

処女ゆえの恥じらいと不安が、美瑚に太腿を閉じさせようとするが、清生が腰をねじ込む方が早かった。

互いの茂みが絡むほど恥部を密着させられ、思わず息を呑む。

——熱くて、硬い。

皮膚に当たるだけでも、じくじくと子宮を疼く。

手や指、口などとはまるで違う。もっと原始的で露骨に欲求を煽るものに声もでない。

浅く呼吸を継ぐ美瑚と視線を合わせ、大丈夫だという風に触れるだけのキスを額に落とし、清生はゆっくり腰を動かす。

ごりごりとしたものが、恥丘から臍までの肌を滑る。

女の柔肌を優しくえぐり、熱で灼くものにうっとりとまぶたを下ろしかけ、次の瞬間、美瑚は大きく目をみはる。

「っ、……、ぁ、あ！　かっ……海棠せんせッ」

肌を濡らしたものにうろたえ、上体を起こせば、下腹部にぬらりと走る銀の筋が見えた。

動きを止め、男の剛直の先から、淫欲の雫が生まれるのを凝視しつつ問う。

（着けて、ない）

「せん……、せ、今日、は……あの、アレ、は着けない、んですか」

言い切った瞬間、清生が目を大きくし、それからくすっと小さく笑う。

「着けてほしいんですか」

からかうような口ぶりに羞恥を覚え、美瑚は目をあちこちへさまよわす。

すると清生は、ひどく気怠げな仕草で美瑚の手首を取り、そっと自分の股間へ導く。

張り詰める肉楔に指が触れ、思わぬ熱と感触に美瑚は驚く。

反射的に手を引こうとするが、清生が上から手を被せ、互いの指を絡めるようにしてそれを握らせる。

同時に、息を止め、身震いし、それから同時に吐息をこぼす。

気持ちいいのだろう。清生が、反らした喉をくうっと鳴らすのを見ていると、手を少しだけ上へ動かされ、指がまるい亀頭に触れる。

つるりとした感触に胸を弾ませた次の瞬間、頂点にある窪みからぬめる液がにじみ、美瑚の指を濡らす。

「……このまま、して、欲しいんでしょう?」

避妊などしていないことを知らしめながら言われ、美瑚は迷う。

「でも、着けないと、妊娠しますよ」

言って、初夜と真逆のことを口にしていることに気づく。

当然、清生はわかっていたのだろう。美瑚の両手を自分のうなじへ導きながら、さりげなく腰を引く。

——しないのか。

一抹の寂しさと安堵を同時に覚え、脱力したときだった。

突然、蜜孔の入り口に灼熱《しやくねつ》を感じた。

「ッ……!」

驚き、逃げかけた腰が一瞬のうちに囚われる。そのまま強引に引き寄せながら清生が告げる。

「妊娠させたいんですよ。貴女を」

「でっ、でもでもっ……あのっ、海棠先生は」

ずっと非協力的だった。他の部分はこれ以上ないほど美瑚を尊重してくれるのに、性生活だけは相容れず、清生はずっと子作りの機会を避けていたのに。

「どっ、どう、し……」

理由を尋ねようとするも、最後まで言わせてもらえなかった。

「いいから、黙って俺に抱かれなさい。……美瑚」

ひどく愛おしげに名を呼ばれ、ぽかんと口を開いたときだ。

清生は素早く唇を重ね、言葉を奪うようにして激しく舌を絡めだす。

そうして、美瑚の理性を快楽と舌で舐め取りながら、清生は腰へ重心をかける。

重みを感じると同時に、ピリッとした刺激が膣口に走る。

熱杭が淫唇を拡《ひろ》げる感覚に眉を顰《ひそ》めると、懲らした吐息に合わせ男の熱が引く。

そんなことを二度、三度と繰り返し、じりじりと圧を強められていく。

わずかでも触れれば散りゆく花を、それでも手を伸ばし手折ろうと望むように、清生は遠くて近いまなざしで美瑚を欲し、触れ、少しずつ己の熱と存在で浸食しだす。

だが、力を抑え女体を気遣うのは、よほどの根気と理性がいるのだろう。

腕で身体を支え、息を凝らす男の額から汗が滴り、美瑚の身体を濡らしていく。

頬を打つ滴に誘われ目を向けると、切なげな表情で美瑚を望む清生が見えた。

突然、美瑚は理解する。

――――いつの間にか、清生を好きになっていたことを。

それがいつからかはわからない。ただ、彼と出会ってから今までのことが、輝きとともに胸に溢れ、たちまち心を埋め尽くす。

幾万もの蝶《ちょう》が放たれたように、記憶の断片が鮮やかな色彩を伴い世界を覆う。

婚約指輪を薬指に通し、大切そうに握ってくれた手のぬくもり。

諦めたはずの白無垢をまとう美瑚へ向ける優しいまなざし。

風呂場で二人してずぶ濡れになりながら、抱き合ったときの真剣な表情。

クリスマス・マーケットに挑む美瑚を、心配げに見守りながらも、手を尽くしてくれた誠実さ。

そういった思い出の合間に、日常のちょっとした会話や仕草が浮かんでは消えていく。

(私、好きになっていたんだ。海棠先生の……清生さんのことを)

確信したと同時に、男の首に投げかけていた腕に力がこもる。

そのまま、試すようにして清生の黒髪を掻き回し美瑚は微笑む。

「清生さん……」

無意識に、愛する男の名を口にした。すると、繋がろうとしている部分がひくんと疼く。

求める動きは、ごくわずかなものであったが、それでも我慢し、耐えていた清生には大きかった。

「美瑚ッ」

吠《ほ》えるようにして名を呼んだと同時に、あてがう屹立への圧が強まる。

ぐうっと処女膜が限界まで引き伸ばされ、次の瞬間ぷつりと切れた。

痛みは想像したより強くなく、隧道をずずっと滑る肉棒の生々しさが女体に灼けつく。

「ンッ、は……！」

身を穿つ灼熱の脈動に、声にならない悲鳴を上げる。

敷布につけた足裏に力がこもり、腰から喉までが三日月じみた美しい弧を描く。

「あぁっ！」

剛直の先が子宮口に触れた途端、得も言えぬ淫悦が爆発し、身体中がぶるぶる震える。

熱い、硬い、大きい、そして——気持ちいい。

粘膜と粘膜が密着する感覚に目を細めるが、そんなに長い間ではない。

異物を拒むようにぎゅうぎゅうと絞まっていた蜜筒は、熱が身体になじむにつれほぐれだす。

もとより、指で散々に慣らされてきた肉体だ。

破瓜《はか》の痛みが過ぎ去れば、後はしゃにむに抱く男ばかりを求めていく。

吐精をねだり絡み付く肉襞の動きに連動し、清生の逞しい腰がぶるっと震え、次の瞬間大きく引かれた。

「あああアッ……！」

張り出した亀頭で内部をこそぐようにして抜かれ、虚脱感と切なさに身を打ち震わせば、打って返す激しさで奥処まで一息に押し込まれ、穿つものの先でぐいぐいと子宮口を押し上げられる。

そうすると全身に甘く切ない快感が響いてたまらない。

「美瑚、美瑚っ……！」

我を失ったように、清生が夢中となって身を揺さぶりだした。

どこかぎこちなかった抽挿の動きも、回を重ねるに従い滑らかとなり、ついには蜜口の襞から蜜底まで男根で蹂躙し、すべてを使って美瑚を穿つ。

「は、……いい。すごく、熱くて、溶けて……頭が、変になりそうだ」

うわごとのように繰り返しながら、清生が激しく淫らに腰を使う。

媚肉を攪拌《かくはん》するように動かれると、ぐちょ、ぐぽっ、と卑猥な濡れ音がはじけ響くが、それを気にする余裕はない。

間断なく揺さぶられる中、美瑚は一匹の雌となって艶声を放ち男を煽る。

もっと、もっと、もっとと全身が番いを求め、波打ちくねる。

「ああぁっ、アッ、ん、あ……清生、さ……い、いくっ、また、いくぅッンッぁ」

淫らによがりわめきながら、美瑚は何度も訴える。この快感は強過ぎる。

だけど清生はなにかに取《と》り憑《つ》かれたように腰を使い、振動に揺れる豊かな乳房を手で揉みしだき、喉首から耳までの至るところに口づけ、噛みつく。

技巧も駆け引きもなにもなかった。ただ、お互いを求め、貪り、奪い尽くしてなお一体となろうと望む、本能的な欲求だけがあった。

発情した猫みたいな声を出しながら、美瑚は何度も極め、絶頂の階《きざはし》をより高く登り詰めていく。

悦に爛《ただ》れた瞳から涙がこぼれ、すがりつく手の爪先が男の背に傷をつける。

身を襲う淫らな痛みに構うことなく、清生は愛しい女を征服しきろうと強く腰を振る。

激しく容赦のない突き上げに、身も世もないほど悶えてわめいた。

「ひぁ……、あ、あああアッ！」

今までとは質の違う、喜悦に屈服した甲高い嬌声が喉からほとばしる。

蜜襞が、膨らむ尖端やくびれ、血管を脈打たす幹に絡んで蠕動する。

絶頂に痙攣しながら吐精をねだる女体の動きは執拗で、根元までずぷりと埋め込み奥処をくじる屹立を、艶《なま》めかしく責め立てる。

「ぐっ……、ぅ」

ぶるっと大きく胴を震わせ清生がうめくと、身の内を犯す剛直が暴れ馬のように猛々しく跳ねた。

膣は激しく収縮し、最奥までぎっちりと肉竿を咥え、充血した子宮口が男の鈴口へ吸い付く。

「…………ッ！」

針金が張り詰めるような、ぴいんとした快楽が走り抜け、爪先がきつく内側へ折れる。

互いの下腹部がぐうっと内側にこもり、激しく痙攣し、次の瞬間、噴きこぼす勢いで白濁が放たれた。

吐精は力強く、限界まで密着していた子宮口を圧し溺れさせながら、美瑚の内部へどくどくと注がれる。

男の射精は驚くほど長く続き、逆流した白濁が結合部から滴り、二人の下肢をぐちょぐちょと濡らすほど量も多かった。

肺の中の酸素をすべて放ち、のしかかってくる男の重みを、多幸感とともに受け止めながら目を閉ざす。

「大丈夫でしたか」

荒々しく息を継ぎながら、清生が美瑚を気遣い声をかける。

汗ばんだ額や頬に髪が張り付くのが少しだけむず痒《がゆ》かったが、悪くない。

男を含む場所が呼吸ごとに疼痛《とうつう》を訴えるが、今は、その痛みさえも心地よく、この人のものになったのだ

という多幸感ばかりが強い。

「ん、平気です」

とろりとした笑みを浮かべながら、清生さんはどうでしたかと尋ねようとしたときだ。

「そうですか。よかった。……でしたら、もう二回ほど、付き合っていただけますね」

問うのではなく、確定した未来として言われ、ぎょっとしたがもう遅い。

自ら吐いた精を掻《か》き出すようにして腰を引き、再び屹立が奥処まで打ち込まれる。

「んんぁああっ！」

不意を打たれた衝撃と愉悦に、身も世もないほどのたうち乱れ、美瑚が泣き顔じみた表情を見せると、それがまたそそるのだと言いたげに、清生がぺろりと唇を舐める。

ぐっ、ぐっ、と試すように腰を押しつけ奥処をくじる男根は、最初と変わらず硬く、まったく勢いを失っていなかった。

どういうことだ、これは。

一度出したらおしまいで、後は手を繋いで寝るとかではなかったのか。

疑念に思うも、乏しい知識ではまるで理解が及ばない。

沈黙を了承と取ったのか、清生は嬉々として美瑚の腰を掴み、引き寄せる。

「ふぁ……ぁ、ああ、あ、ダメ、ダメダメッ、ぇ！」

「どうしてですか。あれほど俺の子種を欲しがっていたのに。今更、嫌は聞けません」

風呂で俺を襲ったけじめもつけていませんし。などと極悪なことをほざきつつ抽挿を速めていく清生に、美瑚は泣き顔で首を振る。

「だっ、て、出したの、漏れてる。動かすと、こぼれちゃうか、らあああ」

揺すぶられるたびに、とぷっ、とぷっと掻き出され、会陰どころか浮いた尻の谷間まで流れ落ちるもののことをいえば、ぴたりと動きを止めた清生が、ああとつぶやき——それから、たとえようもなく淫らで、美しい笑顔を見せる。

「大丈夫。こぼした分だけ、たっぷり、何度でも注げばいい話ですから」

色気たっぷりな声で告げられ、顔を引きつらせる。

すると清生は無邪気な仕草で美瑚の唇を軽くついばみ——そして、宣言通り、朝までたっぷりと美瑚を啼かせ、二回どころか四回続けて放ち、完膚なきまでに抱き潰してみせた。

第五章　誰よりも幸せにしたい人　～あなたの為に、手を離す～

冬の透き通った曙光《しょこう》が寝室へ差し込む。

まぶしさで目覚めた清生《きよむ》は、朝の光が妻の肩をまばゆく浮き立たせているのを見て、感嘆する。

――綺麗だ。

白く、滑らかな皮膚が、自ずと光を放ち、薄暗い寝室の中で浮き立っている。

昨晩あんなに乱れ紅潮させていたものと同じに思えず、確かめるためにもう一度と指を伸ばしかけ、清生はあわてて拳を握る。

（起こすのは、かわいそうだ）

つい先ほどまで、意識朦朧《いしきもうろう》となりながらも清生の劣情に付き合ってくれていたのだから。

そうですよ。と告げるようにして、美瑚が清生の胸元に額を擦り寄せ、かわいい寝息をくうくう漏らす。

苦笑しつつ、剥き出しとなっていた肩に布団を掛けてやり、眠る妻を慈しむ。

幸せそうな顔で、身を寄せ眠る美瑚を見て思う。

なんて、綺麗で、美しく、愛おしい女性なのだろう。

（願わくば、一生、こうして貴女を見ていたい）

一年経っても、二年経っても、年を取って衰えても、絶対に見飽きることなんてない。

――だけど、その願いは叶わない。

（昨夜のような抱き方をしていれば、きっと、そう遠くない未来に孕ませてしまう）

灼けつくような切なさとともに、清生は己に言い聞かせる。――それでも、抱くと決めたのは自分だ。

嘆息しつつ美瑚から腕を放し、起こさないよう気をつけてベッドから下りる。

「降参ですよ。完璧に」

やるせない思いの持って行き場がわからず、美瑚というより自分に言い聞かせるためにつぶやいた。

昨晩、ついに美瑚との結合を果たし、名実ともに夫婦となったが、多分これは、終わりの始まりだ。

二人の結婚は、妊娠したら離婚と最初から定められている。

だけど後悔はない。

（夢に挫折し、仕方なく俺の側にいるという選択をさせても意味はない。それは愛じゃなく妥協だ）

昨日、クリスマス・マーケットに出店し、売れず、心折れかけていた美瑚の姿が胸を刺す。

彼女を悲しませてまで、自分の手元に残し愛でたいと望むのは間違っている。それは愛ではなくエゴだ。

（夢や自己実現の可能性を奪い、妻という役割を振り、演じさせてまで、美瑚に愛を強要することはできない。してはいけない）

愛しているから愛してほしい。そう願うのはごく自然だ。

けれど、愛しているからといって、なにをやってもいいという訳ではない。愛は免罪符にならない。

己の欲望を叶えるために、美瑚を手中に収め、いいなりに動かすのは、子どもの人形遊びと変わらない。

それらを踏まえ、自分の愛とはなにかを考えた。

側にいてほしい、触れたい、抱きたい。だけど一番の欲求は――美瑚に幸せでいてほしい。

（飛ぶ鳥の翼を折って、側に置き、かわいがる。そんな自己満足な感情は愛じゃない）

少なくとも、海棠清生としては、それを愛と認められない。

だったら自分はどうするべきか。

（簡単だ。最初の約束通り、契約結婚の義務を果たそう）

決意を改めながら、清生は眠る美瑚にキスをする。

今なら、自分がどこで道を違えたのかわかる。

美瑚と同じ立場に生まれ、現在は真逆の立ち位置にいる男――久我の言葉を都合よく解釈し、自己正当化に利用したのが間違いだったのだ。

久我は、跡継ぎとしての重圧を耐えられるのは、妻がいるからだと告げた。それを聞いて、美瑚の重圧を受ける盾になれればと、そのために愛をえられればと考えたが、真意は多分そこではない。

――俺が望んで、俺だけのために努力して勝ち得た宝物。

それこそが、重要だったのだ。

美瑚が望み、美瑚のために己で成し遂げる努力。自分で自分を認めてやれることが重要だった。

思い返せば、結婚式の時がそうだ。

あの時の美瑚は、白無垢を着られて幸せそうだった――のではない。

（貴女の努力を無駄にしない形で、なにかできればいいといった俺に、喜んだ……）

金や地位や名誉ではない、まして庇護《ひご》や甘やかしなどではない。

自分を西東院の娘ではなく、美瑚として、個として認めてくれる世界が欲しかったのではないか？

「美瑚」

名を呼ぶが、彼女はまだまどろみの中にいるのか、くすぐったそうに微笑んだだけだった。

無邪気かつ幸せそうに、心底安心しきった様子で眠る姿に心を和ませつつ思う。

子どもがいないと自由になれないと嘆くのであれば、それを与えよう。

別れて夢を追いたいというのであれば、そっと手を離そう。

それでも挫折し、泣く胸を借りたいというなら、誰より先に駆けつけて腕を広げよう。

振り返ることも代償も期待しない。ただ、生涯をかけて朴訥《ぼくとつ》と愛を伝え続けようと思う。

家族のように、友人のように、あるいは姫君に仕える騎士のように。

（元に戻るだけだ）

約束されていた脳神経外科医としての未来を捨てて、美瑚の支えとなるためだけに心臓血管外科の道を選び、彼女が受け継ぐ病院に入った。

結婚できなくとも、医師として彼女に侍《はべ》り、頼りにされるならそれだけでよかった。

なのに思わぬことから夫に選ばれ、その幸運に浸るあまり欲深くなった。

身の程知らずに愛を求めた。そんな立場にもないのに。

（かりそめの夫にすぎない相手に愛を抱けなんて、無茶でしたね）

彼女自身が言ったではないか。清生の好意を無駄にするのは心苦しいが、この結婚に必要ないと。

元から恋愛対象の枠に入っていないのだろう。

(もしかして恋を知らないだけなのかもと期待し、好かれてると誤解したのは、きっと、惚れた欲目だ)

深呼吸をして、気を落ち着ける。

――いい夫でいよう。離婚の日まで。

そして全力で愛し続けよう。夫でなくなった日の先の、そのまた先の、先まで。

離婚は既定路線だとしても、美瑚と永遠に会えない訳ではない。いくらか手を打てば、側で見守ることは許されるはずだ。

(自分はきっと、息絶える日まで美瑚を愛し抜ける)

どんな立場でも、どんな存在でも。誰よりも彼女のためにありたいという気持ちだけは不変だ。

明るくなってきた朝日の中、なんの根拠もなく思ったが、それが一番、真実に近い気がした。

◇
◆
◇

朝ごはんの支度を終えた美瑚は、洗い物で冷たくなった手に息を吹きかけ、点《つ》けっぱなしにしていたテレビを見る。

ニュースの時間はとっくに終わってしまったのか、明後日からクリスマスウィークとなるためか、今からでも間に合うホテルディナーやら、デパートの地下で買えるケーキやらを特集している。

(そういえば、ずっと縁がなかったな)

キラキラしたイルミネーションに寄り添う恋人たち、あるいはにこやかな家族などの画像に目を細める。

家族全員が医師ということもあって、西東院家ではクリスマスというイベントにご縁がない。

美瑚が思い出せるのは、入院先の大学病院で恒例となっていたボランティアの演奏会や、プレゼント交換会がせいぜいだ。

（でも、今年は違いますからね……！）

にやけつつキッチンを離れ寝室へ向かう。その途中で密かに立てた計画を振り返る。

（ホテルで豪華ディナー……とは行かないけれど、家で手料理とシャンパーニュで乾杯ぐらいはなんとかっ）

ぎゅっ、と両手を握りしめ、頭の中の試算表を確認する。

クリスマス・マーケットでは散々だった美瑚のアクセサリーだが、最後の客となった子連れの女性のアドバイスに従い、自分の感性が赴くままに作っていたアクセサリーを、少しだけ、服とか、使うシーンを考えて作成するようにした。

それから、自立した大人への第一歩として、ネットショップのスペースを借りて販売したのだが、これがまた、美瑚の予想以上に売れた。

金額としては微々たるものだが、初めて自分で稼いだお金というのは、なかなかに威力が大きかった。

しかもマーケットと違い、ネットショップの先にいる人は、美瑚の顔も素性も知らない。

単純に作品だけを見て、気に入って評価してもらえるのが、対面販売より気安く――それだけに真剣勝負だと思う。品が悪ければ五秒で別の店にいけるのだから。

稼いだお金をどうするかと考えたとき、やはり清生にお礼するのが一番だと思えた。

（清生さんが背中を押してくれたからこその、お金なのですし）

確かに、クリスマス・マーケットでは嫌な目を見た。だけど、遅かれ早かれ体験したことだし、学んだことはそれより遙かに多い。

その場では傷ついたが、落ち着いて考えれば、自分がどれだけ見通しなしに動いていたか、そして、無謀で子どもだったか理解できた。本場を見て勉強なんて、それこそ家の資力に頼ったお嬢様の道楽ではないか。

(留学したいとかって、周りに語っていたのも恥ずかしい……)

破談をなじる元婚約者や、美瑚を愚かだとこき下ろす親族にうんざりして、逃げ出そうと夢見ただけだ。

アクセサリーが一番好きだから理由に挙げたが、あの時は、遠くに行ければなんでもよかった。

だけど今はもう、どこかへ行こうとは思えない。

ちゃんと美瑚のことを見て、話を聞いて、理解して、努力を認めてくれる人が側にいるのだから。

西東院家の跡継ぎ娘としては、なにもかも足りず、周囲も心許ないかもしれない。

だけどこれからは、嘆き、逃げようとするのではなく、少しずつできることを探していこうと思う。

愚かなら、学んで行けばいい話だ。そうすれば、いつかきっと賢くなれる。

「……清生さん、起きていますか?」

ドアを開けて寝室の中に入る。

清生は昨晩、緊急手術で呼ばれ、二時間前に帰宅し、美瑚と入れ替わる形で眠りに就いたのだ。

ブラインドが下ろされ、真っ暗な中へ足を踏み入れ様子をうかがうと、清生は眉間に皺を寄せ、美瑚の代わりとでも言うように毛布を抱えて眠っていた。

少し、やつれて見える。ここ最近忙しいからだ。

緊急性が高い手術になりがちな、急性大動脈解離や大動脈瘤破裂は、お正月から二月の終わり頃がピークだという。室内外の温度差がよくないらしい。

そして、そのどちらも心臓血管外科ではメジャーな疾患で、お正月が近づくにつれ、清生が病院から呼び出されることや、病院に泊まることが増えていた。

大変だなあと思うが、医師でない美瑚は、身体を悪くしないように、消化によくて栄養のあるご飯を作ったり、家事などの面でフォローしたりするしかない。

溜息を吐きベッドの横にしゃがみ込む。

相変わらず、清生は顔をしかめたまま寝ている。

「清生さーん。朝ですよー。今日は手術日だから、起きないと患者さんを待たせちゃいますよー」

急かすものの囁き声ではあまり意味がない。

とはいえ、大声でたたき起こすなんてできない。疲れているのにかわいそうだ。

仕方なく、頭を撫でたり、肩を揺さぶったりしてみたが、ますます身を小さくされるだけで――。

（あ、これはダメだな）

起きない。絶対に起きない。

病院からの呼び出しは、何時であろうと数秒で飛び起きるけれど、寝ると決めた清生を起こすのは至難の業なのだ。

夫の眉間の皺を見て思う。少しつらそうだ。寝せてあげる方がいいかもしれない。

ゆっくりご飯を食べて、一緒に会話を楽しみたかったのに、残念だなあと思いつつ、美瑚は清生の寝顔を見つめる。

「しょうがない。あと少しだけですからねー……」

というが、視線は形のよい額や鼻筋といったところに釘付《くぎづ》けだ。

（うーん、寝顔までもが色っぽい）

初めて清生と身体を繋げた日から、そろそろ二週間が経とうとしていた。

当直やら緊急手術やらで間が抜けることはあるものの、家にいる時は必ず、清生は美瑚を求めて抱いた。

一度などは、着替えを取りにきてシャワーを浴びるその間に、美瑚を浴室に引っ張り込み、以前の仕返しとばかりに襲い、抱き、子宮を溺れさせせんばかりに放った。

その後、身も性欲もすっきりし、つやつやのお肌を見せつけ、上機嫌で病院へ戻る清生に反し、腰が立たなくなった美瑚が一日寝て過ごす羽目になったのは言うまでもない。

ともかくすごい。やり始めると、普段のストイックな清生とは別人ではないかと思うほど、獰猛《どうもう》かつ野獣的に美瑚を求める。その上回数も多い。

正直、ＥＤ――勃起不全だと疑った過去を土下座したい。

これでは早晩に妊娠してしまう。そう考えた瞬間、しくんと胸の奥が痛む。

――妊娠したら即離婚。

そういう約束で結婚したわりに、清生は子作りに非協力的だった。

けれど、ある日突然、なにかのスイッチが入ったように、美瑚とのセックスに意欲的になったのだ。

好きな人に求められるのはうれしいし、清生と触れあうのは嫌いじゃない。どころか大歓迎だ。

けれど、彼がどうして美瑚を求めだしたのか、その理由がわからないのが怖い。

(聞いて、いいのかな……?)

彼はこの結婚をどう考えているのか。いや、美瑚をどう思って抱いているのか。

というのも、最近、頻繁に清生のスマートフォンに私的な連絡が入るのだ。

病院からの呼び出しですか。と尋ねた美瑚に対し、「個人的な連絡です」と教えてくれたが、その連絡が誰から、どうして掛かってきたのかは口にしない。

一度だけ、清生が風呂に入っている時に着信があったが——そこに表示されていたのは、逗子にある高級施設と有名な療養所のものであり、その電話に気づき、架け直した後の清生はどこか表情が沈んでいた。

——思い人の調子が、あまりよくないのかもしれない。

親と祖父が病院経営者で、自身も入院が長かったせいか、美瑚はそういう空気に敏感だ。

ひょっとしたら、この茶番じみた結婚に飽き、さっさと孕ませて離婚したいと考えているのかも。

(つらいけど、それは仕方がない)

清生に好きな人がいるのは、百も承知のことだ。

たまに美瑚を好きなのでは? と思うような瞬間もあるが、それは妻になった女に対する義理だと思う。

それでも、迷惑かもしれないが好きだとは伝えたい。

好きだから、貴方のためにできることはなんでもしたい。たとえそれが恋敵を救うことになるのだとしても。

だけど、恋愛経験もなしに結婚した美瑚は、どういうタイミングで思いを伝えるのが最適かわからない。

そこで、二人きりのクリスマスを計画した。

アクセサリーを売ったお金で、ちょっとしたシャンパーニュとごちそうを用意して驚かそう。今までしてくれたことに感謝し、最後に、クリスマスの雰囲気に乗って、清生に好きだと言ってしまえばいい。――と。

もちろん、サプライズにするつもりだから、清生には計画を伝えていない。

西東院家でクリスマスをするので、一緒に出席しようと伝え、時間を確保してもらっているだけだ。

（振られるのはわかってるけど、思い出になるといい）

初めて好きになった人と、初めてクリスマスを祝うのだ。

切ないのも悲しいのも後で一人になって泣けば済む。だからとびっきり幸せに明るく楽しみたい。

（病気で死にかけた頃に比べれば、生きているだけでなんとかなる。誰かを好きになれただけで上等！）

美瑚は空元気《から》の勢いに乗って、清生の額にキスし、朝の支度へ戻ることにする。

まずは朝食を見直し、すぐ食べられる、野菜ジュースとサンドイッチとかに変更するところからだ。

気合いを入れつつ、ベッドに背を向けたその時だ。

羽毛布団の中からにゅっと伸びた長い腕が、エプロンのリボンを掴み、勢いよく引っ張ったのは。

「うぎゃっ……！」

踏んづけられた猫みたいな声を上げつつよろめき、次いで男の腕に囚われる。

そのまま、跳ね上げた羽毛布団に食べられるみたいにして、美瑚の身体がベッドへと引き込まれてしまう。

「きっ……清生さん！　おおお、起きて、起きていたんでっ、すか」

迷いなくセーターの裾から入り込み、すべすべと腹や腰を撫でる手にうろたえわめく。

「おはようございます。美瑚さん」

にっこりと、それはもう、うれしそうに笑われ、胸をきゅんっとさせたが、そんな場合ではない。

「朝、あああ、朝ごはん、早く食べて用意しないと……！」

抱き込まれ、組み敷かれては終わりだと必死に身をよじると、彼は少年のような無邪気さで首をかしげ。

「そうですね。昨晩、おとといと抜いていたので、すっかり飢えています」

などと述べながら、四《よ》つん這《ば》いになって逃げる美瑚の腰をがっちり両手で掴み離さない。

「だ、だったら」

こんな風にじゃれていたら遅刻する――そう言おうとしたときだ。

一瞬でスカートがまくりあげられ、タイツもろともにショーツを下ろされてしまう。

「いひゃあっ！」

下半身を剥き出しにされ、変だとかブス声だとか気にする余裕もなく悲鳴を上げるが、清生はまるで聞いておらず、「では、いただきます」と告げるや否や、尻にかじりつく。

「ンッ……、むぅ――――っ！」

皮膚についた噛み痕から、じわりとした愉悦がにじみ声を上げる。

反応に勢い付いたのか、清生は腰に当てていた手を乳房に移動させ、しきりに揉みしだきながら美瑚の尻を舐め、囓り、喘がせ始めた。

「もっ、もう。ダメです……ダメぇ。ご飯、食べて！　食べてぇ」

「本当に、やらしい声で俺を煽るのが上手ですね。そんなに急かさなくても、ちゃんとたっぷり食べさせていただきます」

そっちじゃない！　と叫びたいが、会陰をべろりと舐める舌のせいで嬌声しか出ない。

「んんっ、んっ……、ふ」

「本当においしくてたまらないですね。……ああ。美瑚さんも空腹でしたか？」

思わせぶりに聞かれ、そうだそうだとうなずく。

朝食を口にしていないのは清生だけではない。それに気づけばやめてくれると思ったけれど、相手は美瑚ほど真面目じゃなかった。

「こっちの口がヒクヒクして、そろそろよだれを垂らしそうだ。ほら」

言うなり、くぱりと秘部を拓かれ、美瑚はびくっと背を仰け反らす。

上体が浮いた隙をついて、柔肉を揉んでいた指が胸の尖りを捉え摘まむともういけない。

男の手で愉悦を教え込まれた身体は、一瞬にして官能へ向かって燃え立ち、肌が熱く火照りだす。

髪を乱すほど頭を振らせる理性とは逆に、身体は実に素直に、触れる指や尻をかすめる吐息に反応する。

「ああ、綺麗に充血して熟れて。おいしそうな汁を滴らせてます」

ひくつく秘裂を視姦され、美瑚は羞恥に赤くなる。

劣情を含んだ男のまなざしを受け、びくっびくっと、太腿や背が小さくわななく。

腹筋が細かに波打ちだすと、中にある子宮が振動に甘苦しく疼き、淫らな蜜をにじませる。

淫汁が花弁から滴ろうとしたとき。清生がもったいないとばかりに秘部に顔を埋め、びちゃびちゃと音をたてながら、その部分をしゃぶりだした。

「ンンゥ、ぁ、あああっ、やっ……あん、あ、あああっ」

舌でこね回すみたいにして膣口を広げ、時折、思い出したそぶりで淫核をはじき吸う。

乳房を揉みながら、指で挟んだ先っぽをこりこりとリズミカルにより合わせる。

複数の性感を、速やかかつ的確に攻められて、無関心でなんかいられない。

美瑚の身体は一瞬で官能の沼に引きずり込まれ、男の思うままに喘ぎ啼く。

ひとしきり、口と手の愛撫で美瑚を感じさせた清生は、舌の代わりに指を差し込み、確かめるように、ぐちゃぐちゃと掻き回しつつ喉で笑う。

「すごい締め付けだ。……かわいそうに。こんなにお腹が減っていてはつらいでしょう。すぐ、あげますからね」

うわずった声でからかい、次の瞬間にはもう、朝勃ちでは説明がつかないほど硬く反り返った雄を、濡れた蜜窟へと突き込んだ。

「あうっ！」

一息に子宮口までねじ込まれ、美瑚がビクビクと背を震わせ達する。

絶頂の余韻である締め付けに身を任せ、うっとりとしながら清生は淫靡な声を出す。

「本当に……しょうがない人ですね。こんなに俺を頬張《ほおば》って、こんなにたっぷりよだれを垂らして」

いやらしい、淫らだと揶揄《やゆ》されているのに興奮する。

きっと本気ではなく、そうすることで美瑚も自分も感じると知っての戯《たわむ》れだ。

そうだと伝えるようにくいくいっと腰を押しつけられ、達したばかりの奥処をいじめられると、もうなにも考えられない。勝手に身体が男を——吐精されることを望んで収縮しだす。

「もっと、別のものが欲しいみたいですね。いいですよ」

あげましょう。

背後からのしかかり、耳元で囁いたのを最後に、清生は力強く腰を使いだす。

獣のような姿勢で交わりながら、美瑚は激しく揺さぶられる。

張り出したくびれがごりごりと肉襞をいじめ、先がめり込むほど子宮の入り口へ亀頭を打ち付ける。

腹側にあるしこりは、根元の太く張り出した部分で執拗に擦られ、それだけでも感じ過ぎるというのに、もっとと煽るようにして、膨らみ疼く淫芽を指で弾く。

なにがなんだかわからない。もう、自分を穿つ男の熱と形だけが、記憶と肉体に刻まれていく。

時間のなさを補うように、激しく、強烈に快楽をたたき込まれた美瑚に、濃く、溜《た》め込まれた男の精が注がれたのは、それからずいぶん経ってのことだった。


「清生さんは獣です」

羞恥を隠そうと、必死でふくれっ面をしながら朝食のサラダを突く。

時間は正午に近いが、別段二人とも焦ってはいない。

というのも、三日連続不眠不休で働き続けた清生に、これ以上の手術をさせるのはまずいと、上からストップが掛かったからだ。

季節柄、これから心臓関係の急患はもっと増える。

手術を一人に集中させるのではなく、新たに育て、実践に立たせようという話になり、清生が担当するはずだった役目は、後輩医師に振られることとなったそうだ。

今日の手術は助手ばかりで、清生が執刀するものはなかったから大丈夫なのだとか。

言ってくれれば、ゆっくり寝かせてあげられたのにとぼやけば、寝るより貴女を抱いていたいと甘く囁かれ――それでうやむやになってしまった。

ともかく。美瑚を抱いた日から、清生は盛りがついたように求めてくる。

このままでは体力が持たない。だから獣と意地悪になじったのに――。

「男はみんな獣です。特に、おいしそうなごちそうの前では我慢なんて無意味です」

あっさり肯定され、虚を突かれてしまう。

「男はみんな……ですか」

グレープフルーツにフォークを突き刺した形のまま、動きを止める。

そんなことを言われても、清生以外に経験のない美瑚にはわからない。

だったら一般論かと考え想像していれば、和やかだった清生の気配が急に鋭くなった。

「試す、とか言わないでくださいね。急遽《きゅうきょ》、有給に切り替えて、一日どころか一週間ほどかけて、じっくりたっぷり、どう獣になれるかを貴女に思い知らせますから」

迂遠《うえん》な宣言に、なにを――と聞く勇気もない。

朝から性的御乱行を披露され尽くした。あれ以上など想像がつかない。

興味がないといえば嘘だが、もう少し初心者コースに慣れてからいたしたい。

（初心者コースに慣れるより、妊娠する方が先な気がしますが）

今朝もまた、出されてしまった。

結婚の意義を考えれば喜ばしいが、美瑚としては困る。

——だって清生と別れたくない。本音はずっと側にいたい。

居たいけれど、そんな夢は叶わない。彼には思い人がいる。その上、おそらく——彼女の病状が悪化している。早く懐妊して、彼を手放してあげなければ。

（でも、クリスマスだけは、一緒に過ごしたい）

妻として、最初で最後のわがままだ。許してほしいと見たこともない女性へ願う。

うん。とうなずいて顔を上げると、申し訳なさそうな、それでいて悲しげな顔をした清生と視線が合う。

場にそぐわない表情に、えっ、と思うと、彼は美瑚の視線から逃れるように窓の外へ顔を向け、さりげなく話題を変えた。

「それより、クリスマスですが」

「あっ、はい」

サプライズがバレたのかなと、ドキッとしながら手を止めると、彼は、はーっと溜息を吐いた後に告げた。

「西東院家のクリスマスは、美瑚さんだけでも楽しまれてください」

「でっ、でも……、あの、お仕事は」

新婚だからと気を遣って、父と祖父が休みをくれているはずだ。なのにどうして都合が悪いのか。

「知り合いに頼まれ、今夜から三日ほど、救急をかねた当直を受けました。……だから、気にせず楽しまれてください。俺がいない方が、親子水入らずでゆっくりできる」

飲み会が多いと、急性アルコール中毒や酔いが原因の事故や怪我で、救急も混むのだと説明しながら清生が年末の予定も同じだと告げるが、美瑚はほとんど聞いてない。

——嘘だ。そんな、新婚なのに。

わがままな自分が言う裏で、かしこぶった西東院家の娘が冷たく笑う。

わかりきったことじゃないですか？　愛もなく、子作りのために結婚した妻に、そこまで付き合う義理はないです。——と。

貴女にはもったいない男です。気遣いができて、大切にしてくれて、本当に愛しているような夢を見せて、その上、親族にまできっちりと配慮する。

病気で死にかけて、あげく医師にもならない。——子を産むぐらいしかできない、からっぽの西東院の娘では、まるで釣り合いが取れないできた男。そんな人に愛してもらえるとでも思っていたんですか。

彼には、美瑚以上に愛しく、人生をかけても救いたい女性がいるというのに。

意地悪に、冷たく、だがもっともらしくもう一人の美瑚が言う。

「美瑚さん？」

「あっ、いえいえ、すみません。……大変ですね、楽しい日になるはずだったのに」

「俺も、残念です。……クリスマスぐらいは、好きな人と一緒に過ごしたかった」

ぽつん、と。取り繕い損ねた本音が語尾を飾る。

（好きな人と、一緒に過ごしたかった）

ああそうか。恋人たちの夜だもの。

本当に好きな人がいるならば、形ばかりの妻と過ごすより、一人で仕事する方がいいに決まっている。

あるいは——、仕事と言って好きな人の側に行くのだろうか。逗子の療養所で待つ思い人の元へ。

キリキリと胸が痛むのを悟られないよう、美瑚はフォークの先でサラダを突く。だが、口へは運べない。

「ともかく、そういう訳ですから。気になさらずに。……プレゼントぐらいは」

「いらない、です」

泣きそうなのを我慢したせいで、平坦な声が出てしまう。だけど美瑚は訂正するだけの余力がなかった。

「あの、別にプレゼントとか、いらない、です。……私、そういう立場にもないですし」

妻といっても書類上だけだ。セックスはするが、それは契約にすぎない。

「そういうのは、好きな人と過ごせるクリスマス用に、取っておいた方がいいと思います」

無理矢理な笑顔で、内心の傷を隠しながら告げる。

それから、あまり食べてもいない皿をシンクへ下げ、家事に打ち込むふりをする。

清生は、そっけなく他人じみた美瑚の態度に眉を顰めたが、なにかを言うことはなく。

クリスマスも、それからお正月も不在で——ほとんど家に帰ってこなかった。


一月、正月明けの月曜日。

来週末に成人式があるからか、テレビでもネットでもその話題がちらほら出ている。

今年二十歳となった美瑚も主役になれるが、わざわざ足を運ぶ気はない。

学校にろくにいかない十代を過ごした美瑚には、会いたい友達や同窓会で騒ぐ相手がいないのだ。

(帰って、来ないなぁ……)

テーブルにソウタシエの組紐やビーズといった、アクセサリーパーツを広げていた美瑚は、作業の手を止めぼんやり思う。

昨日も、清生は戻ってこなかった。

仕事が忙しいのだろうと思う。実際、電話はいつだってすれ違いで、SNSが既読になるのも遅い。

だからか謝罪ばかりが目立って——それが、美瑚の好意を知りつつ、断ろうとしているように見えて、どんどんメッセージを送りづらくなり、正月の挨拶を句切りに止めていた。

まったく帰宅していない訳ではない。美瑚が眠っている間や買い物に外出している間に、部屋に出入りし着替えを持ち出している形跡はある。だから仕事で間違いないと思う。

「気になるなら、確かめればいいじゃないですか」

自分にぼやく。だけど行動するのが怖い。

——クリスマスぐらいは、好きな人と一緒に過ごしたかった。

何気なく清生が漏らした言葉が、棘のように胸に刺さり、確かめきれない。

(もう私と居る余裕もないほど、思い人さんでいっぱいなのかな)

こんなことなら、結婚しなければよかったと深く後悔する。

気が紛れればと朝から晩までアクセサリー作りに費やしてみたが、どの作品もあまりできばえがよくない。

落ち込む気持ちが沈んだ色となって出てしまい、見ているだけで空寒いものばかりが箱を埋めている。

今はいいが、これから春だ。ネットショップは見た目が命。季節に合わない作品はそう売れず、冷たい色合いの品は不良在庫になってしまうだろう。

(思ったより、気持ちを整理するのが下手だったんだ。私)

痛感する。以前は、なにごともそつなくあっけらかんと受け流し、周囲をあきれさせるほどだったのに、今は、たった一人の気持ちが怖くて、べそべそと思い悩んでいる。

――多分、自分の感情に責任がなかったからだ。

清生を好きだと自覚する前までは、美瑚は西東院の娘であればよかった。

周囲に波風を立てないよう立ち振る舞い、大病院のお嬢様として望まれる姿を演じ、やがて優秀な跡継ぎを孕み生み出す。そこに自分の意志はなく、他人の意を汲んで従うだけでいい。

そうやってずるく責任転嫁して、割り切って生きれば、案外不自由ない身ではあった。

だけど美瑚として、一人の人間として感情を主張し、行動することは、自由と同時に責任が伴う。

拒絶されて、否定されても、誰も身代わりになるものはいない。

自分で受け止め、呑み込み、立ち向かわなければ。

「行こう」

覚悟を決めるために、清生の顔を見たいと思う。

クリスマスが失敗したから、今度も駄目だとか考えていては、いつまで経っても本当に駄目だ。

彼を見て、話して、確かめて、きちんとした形でこの結婚に決着をつけよう。

――好きなら、手放すこともまた愛だ。それで清生が好きな人と幸せになれるなら。

彼には、美瑚に気兼ねなく道を進んでほしい。それは結婚が決まってから今まで、一貫している思いだ。

手元を片付け、身を整えて美瑚は家を出る。

外は寒く雪がちらついていたし、身体はどこかだるかったが、足を止める理由にはならない。

表に出てタクシーを止め、暗記している住所を口にする。

病院の前で降りたとき、昔からいる守衛が、美瑚を見てなにか言いたげにしていたが、気にせず中へ入る。

まだ診療中とあってか、受付も診察待合エリアも人が多く行き交っている。

仕事中に押しかけた後ろめたさで、ついこそこそしてしまう。

この時間だ、清生が医局にいる確率は低い。診察室か手術室にいるならしばらく待つことになりそうだ。

一階に戻ってカフェテリアで待ってもいいが、あと一時間もせず店は閉まる。

そんなことを考えていると、少し離れたところに清生らしき後ろ姿が見えた。

あわてて後を追うが、目眩と息切れが激しくてあまり素早く動けない。

(そういえば、最後に、ご飯を食べたのって……いつだっけ?)

確か、大晦日《おおみそか》に蕎麦《そば》を食べたのが最後だ。

清生の分まで用意したが戻って来ず、二人分を胃に詰め込んで元日から具合が悪くなった。

だとしたら、もう三日ぐらい食べ物を口にしていないのでは――?

失恋する未来を思い悩み過ぎて、生活がおろそかになっていた。

これでは目眩がするはずだと苦笑しながら、それでも、頑張って足を動かす。

清生は院長室に呼ばれているらしく、途中にある階段やエレベーターには見向きもせず、建物の端を目指していた。

どこかで立ち止まってくれれば追いつけるのにと、悔しがる美瑚の少し先で、失礼しますと言う清生の声が聞こえた。

どうしようか。仕事の用事なら邪魔してはいけない。だったらドアの外で待っていようか。

いや、祖父と夫がいるのに、外で立っているのはおかしいかも？　変に噂になるといけない。そんなことを考え、ドアの前に立ったときだった。

よく閉じられていなかったのか、わずかに開いたドアの隙間から祖父の驚く声が聞こえた。

あ、これは聞いちゃいけないやつ。そう考えてきびすを返した美瑚の背中に、残酷な現実が突き刺さる。

「それで離婚して、さらには病院を辞めたい……と」

「はい。……大学の医局に戻ろうと思いまして」

頭を殴られたような衝撃とともに、美瑚は自分がまだ清生に甘えていたことを自覚する。

離婚しても清生は実家の病院で働く医師だ。気まずくはあっても、なんらかの形で関われるはずだし、折に触れて、近況を聞くことぐらい許されるのだと――そんなはずはないのに。

以後、二人の会話は急速に声を抑えたものとなり、漏れ聞こえるものはなくなる。

それが五分経ったのか、十分経ったのか。

美瑚が愕然《がくぜん》と立ち尽くしている間に話が終わったようで、祖父が長々とした溜息を落とす。

「いや……惚れているだろうと気づいていたが、君にそこまでやらせるのは……」

「いいえ。好きだからこそ、彼女の側に居続けられるよう布石は打っておきたいので」

ためらいがちな祖父の言葉をしっかりと切り捨て、意を通す声が嫌なぐらい綺麗に耳に突き刺さる。

「まったく、済まんな。孫のために迷惑ばかり掛けて」

嗚咽をかみ殺し、美瑚は毅然と前を向く。

――早くここを離れなければならない。盗み聞きしてしまったとはいえ、このまま別れを告げるのでは、どうしても、互いに気まずく終わってしまうだろう。

ちゃんとして、泣かずに、笑って、心配させず清生に別れを告げたいのに。

胃の辺りがムカムカする。

目眩は相変わらずだし動悸《どうき》だってひどい。今なら、王子様に失恋し泡になった人魚姫の気持ちもわかる。

そんならちもないことで気を紛らわせながら、美瑚は駆けだす。

だけど周囲からみると、ちっとも格好になっていなかったらしく、少し先からこちらへ向かっていた事務員らしき女性が、慌てふためいた声を出す。

「美瑚さんっ？　大丈夫ですか！」

ああ、ひどい顔色と、続けた言葉に重なり、背後でドアが開く音がした。

驚き、強ばった顔の清生と視線が合った途端、急に視界が暗くなって、膝からがくんと力が抜ける。

美瑚は床へ向かって倒れながら自戒する。

――ああ、ごめんなさい清生さん。貴方と結婚しなければよかった。

(こんなに迷惑を掛けてしまうのだもの)

つぶやいたのか思ったのか。わからぬまま、美瑚の意識はぷつりと途切れてしまった。


目が覚めたとき、美瑚は西東院総合病院の入院個室にいた。

視線を横に向けると、怒っているような、それでいて泣いているような顔をした清生がいた。

(なにから、話そうかな)

伝えたいこと、聞きたいこと、謝りたいこと。いっぱいあるけれど、どれから始めればいいのかまるでわからない。相手もそうなのか、ただ、じっと美瑚の手を握っているだけだ。

——そうか。忘れていた。この人は基本的に無口な質《たち》だった。

結婚が決まった当初は感情すら顔に出ていなかった。だけど、デートを重ね、結婚し、一緒に暮らすうちに沢山話すことが増えて。それで清生の特別な存在になれたように思えて、ちょっとうれしかった。

なんだか知らないうちに、沢山幸せを貰った気がする。しみじみと思いつつ清生を見て気づく。

顔の輪郭がいつもより鋭い。怒った表情だからではなくて、骨が少し目立つ気がする。

「清生さん、ずいぶん、やつれちゃいました?」

「君だって、ずいぶんやつれてる」

ふてくされた口ぶりで反論され、目を瞬かす。会話が終わってしまった。

「いや、でも……あの、忙しいんでしたら、私に付き添わなくても、大丈夫です」

慣れていますから、と空元気で微笑んだ端から、やっぱりぴしゃりと叱られる。

「大丈夫じゃない。全然、まったく、大丈夫じゃない」

しつこいくらいに否定され、疑問が胸の中で加速する。――この人、こんな風だったかしらと。

無口で、無愛想で、でも律儀で大人だったはずなのに、なんだか今は、駄々っ子みたいに拗ねている。

初めて見る姿に、どう対応したらいいか戸惑い、同時にずるいと思う。

こんなの見たら、ますますかわいい、好きだと思ってしまう。

ほんのりと頬が温かくなるのを感じながら、どうしようか迷っていると、ノックの音がして若い白衣の男性が病室に入ってきた。多分、美瑚を担当する内科医だろう。

彼は清生を見てぎょっとし、それから、助けを求めるそぶりで後ろに立つ看護師――こちらは、歴戦の勇者らしき中年女性――を見たが、首を横に振られたのを見て諦め、咳払いする。

「あの、ご主人からお聞き及びだと思いますが、単刀直入に結果からお伝えしますね」

そう前振りされても、今目覚めたばかりの美瑚にはわからない。

たどたどしい説明と清生を見て緊張した様子から、研修医かもしれないと思う。

彼は、どうして自分がこんな貧乏くじをと言いたげな表情をそのままに、口を開いた。

「残念ながら…………。あの、奥様は妊娠されていませんでした」

手を握る清生の力がぎゅうっと強くなり、妊娠していないと聞いた途端、ふにゃっと脱力した。

「間違いないのか、それは」

普段の丁寧な物言いではなく、完全に素が出ている。

研修医はますます困った顔をし――看護師の方は、ぶふっと派手に吹き出した。

「電子カルテ、ご覧になります？」

本当は主科じゃない人はダメですけどとかなんとか、口の中でもごもごやりながら、研修医が手にしていたタブレットを清生に差し出す。

受け取った清生は、慣れた手つきで画面をフリックしたり、二本指で拡大したりと忙しく操作していたが、はあああっと大きな溜息を吐いて、後ろ手にタブレットを返し、美瑚が横たわる寝台に顔を突っ伏す。

そんなに心配させたのかとおろおろしたが、よく見ると、伏せた清生のうなじやら耳やらが、目に見えて真っ赤に染まっている。

「えっと……、清生さん……じゃなかった、海棠先生はどうかされたのでしょうか」

これでは、美瑚よりよっぽど病人だ。

恐る恐る尋ねると、待ってましたとばかりに後ろにいた看護師がしゃべりだす。

「どうしたもこうしたも、女性に対して超塩対応の海棠先生が、奥さんが倒れたって血相を変えて走り回っておろおろして。低血糖と貧血って説明しても、全然信じてくれなくて。…………ほんと、どれだけ美瑚お嬢さんが好きなんだか」

「まさかそんな……。清生さんが私を好きって、絶対にそんなはずはないです」

貧血で頭がまだぼんやりするせいで、うっかりと内心を話していた。そのことに気づき口に手を当てると、低く這うような声で問いただされる。

「前から思っていたんだが。美瑚さんはどうして、俺が好きだということを否定するんですか？」

「えっ、いや、それは……その。だって……」

声がだんだん尻すぼみになるが、清生はまったく譲らぬ態度で美瑚をにらんでいる。

「あの、有名なんですよね？　清生さん……いえ、海棠先生が、好きな人のために、脳神経外科医に決まっていた進路を、心臓血管外科に振り替えて、しかも大学じゃなくてうちの病院に来たこと」

援護を求めるように、研修医と看護師を交互に見て問うと、看護師の方が、ああ、と声を出した。

「わりと有名というか、最近になって、噂が本当に近かったたってわかったやつですね。海棠先生が、美瑚お嬢さんをストーカーしたくて、この病院に入職したっていうのは」

「横山《よこやま》さん、言い方！　言い方！」

げらげらと笑いだす看護師に反し、研修医の青年が大いに焦り、口を塞ぐ。

「私をストーカーしたくて、この病院に……って？」

「……言い方」

うつむき、恨みつらみが混じったまなざしをされ、美瑚は口の端をひくつかせる。

「す、好きな人のために、あえて心臓血管外科を選んだけど、思い人さんは病気で、海外で移植手術が必要で、自分でオペしようと腕を磨いて、その上に一億とか二億とかいるから、それで、私と結婚したんですよね……？」

今度は、研修医まで吹き出した。どころか、腹を押さえて悶絶《もんぜつ》している。

「横からすみません。あのですね、それ、絶対無理だと思います」

ますます渋い顔をして黙り込む清生と、混乱する美瑚を見ていられなくなったのか、研修医が口を挟む。

「手術中に大出血しても、平然とオペを完遂させる海棠先生が、奥さんに採血の注射針を刺すのが怖い、好きな人を傷つけるのが怖いって、生まれたての子鹿みたいに手をぶるぶるさせてましたもん……。移植手術なんかもっと無理かと」

清生の奥歯がギリギリとなる。その上、耳やうなじまで真っ赤になっている。

「…………それは、あの……ええと、主人がご迷惑をお掛けしまして？」

定番だと思える台詞を口にした途端、清生がベッドに突っ伏し、ぶるぶる震えだす。

「後は、ご夫婦で話し合ってくださいね。多分、治療よりそっちが必要だと思いますから」

そう言うと、研修医と看護師は、揃って口元をひくつかせ、腹を抱えるようにして個室を出て行った。

清生も美瑚もうつむきがちにちらちらと相手の様子を探っていたが、急く鼓動が落ち着くにつれ、お互いに黙り込み——長い時間を置いてから、清生が口を開いた。

「美瑚さんと、話したいことがあります」

「……はい」

外野が変に茶化してくれたせいで、なんとなくそわそわしてしまう。

「妊娠したら離婚するという条件についてですが、理由を聞かせてもらっても？」

「……さっき、話したじゃないですか」

「ちゃんと、微細に渡り、認識を擦り合わせたいといっているんです」

詰め寄られたので、観念してすべてを話す。

浮気した婚約者から暴言を吐かれ、それで自分が不甲斐ないと落ち込んでいたのを、結婚が駄目になったからだと祖父と父が勘違いし、清生を婿として紹介してきたこと。

病院の跡継ぎとして理想的な清生に劣等感を抱いたこと。

本音は、結婚する気がなかった上、〝清生は病気の思い人を救うために心臓外科医になった〟という噂を信じ込み、相手は誰でもいいから、とにかく子どもが欲しいといえば、あきれて断られるだろうと思ったこと。

「でも、清生さん、全然、引かないどころか、結婚するの一点張りだから……その、私と結婚しても、心は思い人のものっていう、こう、殉教者精神《じゅんきょうしゃ》ていうか……そういうの、かなあと」

後に引けなくなったが、できれば清生は初志貫徹で、好きな人と幸せになってもらいたいと願い。

「だから、ああも、子作りに積極的だった訳ですか……」

「さっと妊娠して、さっと離婚すれば、あんまり情が湧かなくて、後腐れがないのかなあって」

「そんな訳ないでしょう。俺は言いましたよね、美瑚さんが好きだから結婚すると」

収まりかけていた熱がぶり返し、一瞬で顔が紅潮してしまう。

「でも、二回しか会ってないのに、清生さんが私を好きになる要素なんて…………」

口ごもると、相手は少しだけ始末が悪そうな表情をし——。

それから少しずつ、美瑚の知らなかった本音を語りだした。

研修医の時に入院患者だった美瑚にぶつかり、その後のやりとりで心惹かれたこと。

立場が違い過ぎて、高嶺《たかね》の花として愛でるしかできなかったこと。

そんな折、妊娠したら即離婚というとんでもない付帯条項付きながらも、美瑚との縁談が下りてきて、惚れさせてから子どもを作ればいいと割り切り、受け入れたこと。

それらを、目を泳がせたり、赤くなったりしながら、ぽつぽつと話すのに、美瑚はあんぐりと口を開けてしまう。

「つまるところ、俺が進路を変えた理由というか、思い人というのは、美瑚さんです」

いっそ気持ちがいいほどはっきり言われ、美瑚はぽかんとしてしまう。

だが、確かにおかしな部分はあった。思い人の心臓移植を成功させるためという話だったが、肝心な清生は、その分野にはまったく興味を示しておらず、しかも――。

「一億ぐらいなら、小切手ですぐ用意できると思います。二、三億になると手持ちの物件や有価証券をいくらか始末する必要が出てくるので、時間がいりますが」

爆弾発言だ。冗談だと思いたいが、堅物生真面目な清生だ。こんな場面でふざけたりはしない。

実家住まいで家を買うなど考えたことのない美瑚は失念していたが、今住んでいるマンションの立地や広さを考えれば、一億二億など、売っても十分にお釣りが出る金額だ。

「あの、うちの病院からの給料じゃ、絶対そんなに行かないですよね？」

「父の遺産を売却した金を元手に、それなりの資産運用をしていますから」

疑問を差し挟んだ美瑚に、清生がぴしゃりとやり返す。

「逗子の療養所っていうのは……？」

「祖母です。母が付き添っています。……いつかは美瑚さんにもご紹介をと思ってますが、冬場はあまり体調が芳《かんば》しくなくて。急に結婚したと言って驚かすのはやめてほしいと」

興奮するとよくないらしい。そう説明され、美瑚はいたたまれなさに肩を狭める。

「じゃあ、あの、避妊しようとしていたのは」

「貴女限定ですが、俺はこの通り性欲強めなので。……自制せず普通に抱けば、すぐ美瑚さんを妊娠させてしまう可能性が高い。そうなれば離婚でしょう」

美瑚と別れたくないのであれば、避妊するか、抱かない状態を続け、その間に口説いて好きになってもらうしかないと考えていたようだ。

実際、美瑚が気を飛ばすまで五、六回、入れっぱなしで射精したこともあるから本当だろう。

「あの……。清生さんって、絶倫ですか」

「さあ？　美瑚さん以外を抱いたこともないですし、抱く気もないので基準の取りようがありませんね」

なるほどーとうなずきかけて、はたと気づく。

——今、ものすごい隠し球を投げてこなかったか？

（私以外を抱いたことがないって、それってつまり、あのあの、アレですよね）

いわゆる童貞か。

思いおこせば、キスの時に歯がぶつかってしかめ面されたり、最初の夜、ちょっと力が強いかなとか、体勢に無理があるなと、いろいろぎこちないシーンがあったことに気づく。

全部、自分が処女で経験がないからと考え、気にせずにいたが——まさか、お互い様だとは。

（待って待って！　清生さんが大学じゃなくてこっちを選んだのは、私に出会った後だから……ってことは、ウユニ塩湖って呼ばれるぐらい塩対応だったのは、つまるところ）

美瑚に片思いしていたから、他の女性を受付けなかっただけで、決して、女嫌いとか、男好きだとか、EDとか変態とか、その他、諸々《もろもろ》の噂とは関係なかったのだ。

――いや、変態なのは、仮置きしておいた方がいいが。

ともかく。ずっと一途《いちず》に思われていたことは間違いない。なんだかむず痒くて、照れくさくて、たまらず顔を覆ってうめくと、清生がすみませんとしょげかえる。

「ともかく、そういう考えで結婚しましたが、俺が貴女を愛し、愛されたいと願うのを理由に、子作りを先延ばして、貴女の夢を奪うのは正しくないと気づかされまして」

「夢って……」

「アクセサリー職人になるために、フランスへ留学したいのでしょう？」

「よく知ってますね？　お父様か櫻子ちゃんに聞いたんですか？　まあ、ものの弾みというか、婚約破棄したら意外に周囲がうるさくて、面倒だな、遠くに行きたいなー……なんてので、ぼやいただけで。そりゃ、旅行とかでちょと見るぐらいはしたいですけど、それは子育てに一段落ついて、のんびり世代になってからでいいことで」

言いつのるほど、清生が気まずげな顔をする。

「それより、あの、離婚したら病院を辞めるという話は」

美瑚を好きで、美瑚のために離婚するのであれば、病院を辞める必要はないのではないだろうか。

「美瑚さんの幸せのためならと離婚を覚悟しましたが……貴女の側を離れる気はありませんでしたので」

「いえ、ちょっとわかりません。もう少し噛《か》み砕《くだ》いていただければ」

「俺の母校の心臓血管外科医局は、フランスの大学となかなかに親しくて留学しやすいんですよ。俺が主とする医療デバイス分野が盛んな国ですし」

今度こそ開いた口が塞がらない。

離婚して、美瑚が留学しても後を追えるようにと、それだけのために大学へ戻る気だったとは。

倒れる直前、祖父と清生がしていた会話が頭をよぎり、なおさら頭を抱えてしまう。

「それで、調整しようと院長と話していたら、あなたが倒れて、顔色が悪かったからつわりかと焦って……でも、妊娠していないって聞いて、安堵した。別れなくてすむのだと」

最低です。と呟《つぶや》いて、清生は大きく嘆息する。だけど美瑚は最低だとは思わない。なぜなら、美瑚だって同じ気持ちだったからだ。――これで、清生と別れずにすむと。

「あの……清生さんが一緒にクリスマスを過ごしたかったのは」

「美瑚さんです」

「好きだから側に居続けられるよう努力するのも」

「それも美瑚さんですね」

間髪入れず、生真面目な顔で返されて、もう、頭の中がおかしいぐらいに混乱している。

「じゃあ、愛しているのは」

誘導尋問じみていて、卑怯《ひきょう》だとか悪いとか思うけれど、相手だってもう行き着く先に気づいている。

「当然、これまでも、これからも、美瑚さん一人だと誓えます」

ふわっと、ものすごい幸せそうな顔をされて、感情が振り切れた。

目が熱くなり、うわっと思ったときにはもう潤んだ瞳からぽろぽろ涙が置いていていて、身体は衝動のままに清生に抱きついていた。

「私もです。……私も、清生さんが好きです。大好きで、初恋で、旦那様で……一生側にいてください」

もう、どれをどう伝えていいのかわからないまま、思いつく片端から言うと、同じように抱きしめ返してきた清生が、何度もうなずき、美瑚へ頬ずりして笑う。

初恋で、初体験で、他の恋など何一つ知らないけれど、腕の中のたった一つを大切に、生きて行こうと強く思う。

――いい夫婦になりましょうね。

結婚式の朝、白無垢を着た美瑚に、清生が遠く夢見るような目で言っていたのを思い出す。

(いい夫婦になろう。死が二人を分かつ時まで、手を繋いでずっと)

第六章　二度目の結婚式で愛を誓って　～そして幸せに暮らしました～

冬の寒さも和み、梅の花が膨らんできた春先。

ガーデンウエディングが有名な、とある結婚式場の花嫁控え室で、美瑚は素っ頓狂な声を上げる。

「えええええっ！　じゃあ、私の婚約をぶち壊したそもそもの犯人って……清生《きよむ》さんだったんですか！」

花婿として清生を選んだ経緯を説明した祖父と、父の美継が、ほぼ同時に耳に指を突っ込む。

婿養子と義父の関係なのに、変なところで親子くさい。

「まあ、病院内の素行は、同期先輩後輩辺りが早い。上に隠せても、当直の交代やらで同年代には結構バレる……あちこち手を回して浮気の証拠を集めたようだ。ぐうの音も出んほど完璧じゃったわ」

「まさかのまさかだよねえ。てっきり、捨てられる女側が密告したのかと思ってたら。清生くんなんだもん」

なんで清生とバレたかというと、密告の手紙が県外――しかも、心臓血管外科関係の学会開催地な上、西東院総合病院の医師たちが常宿にしているホテルの便せんが使用されていたからだ。

「消印で、なんで県外？　って思って調べた。何人か候補はいたけど、医師バイト行ったやつとか、海棠くん周りの交友関係探ったらさあ。これだもん。いやー、出先で書かなきゃバレなかったのにねえ。……美瑚ちゃんの婚約者が浮気してる確証を得て、カッときて、その場で告発状を出しちゃう辺り若さだよね」

腹を抱えて笑いながら父が言う。本人がいたら、きっといたたまれなくなっただろう。

祖父はもう少しソフトで、笑い転げる婿その一を見ながら、「病院のトップに据えるなら、まあ、それぐらいの腹芸はできんとな」とあきれるにとどめている。

美瑚に縁談が出るたびに相手を徹底的に洗い、後ろめたい秘密を暴き、破談とする清生の政治力を買っているが、まだまだといいたそうだ。

「救急診療部で蘇生処置したときも、美瑚ちゃんを見て真っ赤になってたしね。まあ、そうするほど美瑚ちゃんが好きなら、縁談も絶対に断らないし、泣かせたりしないだろうって」

「それに惚れた女と付き合えば、少しは堅物が緩むだろうと思うてな。あやつ、患者対応で間違ったことは言わないが、正しいことを言いすぎる」

相手を思う優しい嘘だとか、楽観のはげましなどせず、ズバズバと診断を告げるため、気弱な患者が震え上がることもあったそうで。

（言われてみれば、クリスマス・マーケットで、媚びる女性客に向かって「妻以外に似合うものなどわからない」って言っちゃってたし……）

妻である美瑚はうれしいが、言われる立場だったなら、やはりカチンと来たかもしれない。

「美瑚と結婚してから、ずいぶん丸くなったし、人のあしらいもうまくなったから、ワシは両得じゃな」

「さて、タネ明かしはまたにして、そろそろ庭に下りましょう。……いい加減客も待ちくたびれてますよ」

美瑚の頭にまとめてあった花嫁のヴェールを下ろし、父は祖父を急かし出て行く。

今日は、半年近くお待たせした披露宴なのだ。

春らしい暖かな日差しが降り注ぐ中庭に、風船やら、白いテントやらが設置され、招待された客が和やかに歓談している。

去年の十一月に神前式をしていたが、お互い気持ちを確かめ合ったら、どうしてもそれを周囲に伝えたくなった。

（それに……。最初の神前式は、うちの親戚の意向しかなかったから）

ノックの音がして、清生が控え室に姿を現す。

美瑚が着ているウエディングドレスとお揃いの白いタキシードを着ている。

医師で、白い服なんて白衣で見慣れているのに、なぜかお互い初々しく感じられるから不思議だ。

頬を染めつつ、夫に惚れ直していると、彼もまた愛おしげに美瑚を見て目を細めている。

「なんだか、不思議な気がします。……夫婦として暮らして半年近く立つのに、こうして二度目の式みたいな真似《まね》をするなんて」

照れくさいですね、とはにかみ、美瑚の手を取る清生を見た。

「迷惑になるだとか謝罪とかは口にしないでください。清生さんは、これも私に着せたかったでしょう?」

悪戯っぽく笑うと、すごくうれしそうに、はい。と答えられた。

堅物で、武士みたいな印象が強い清生だが、美瑚がこういったお姫様的な格好をするのに死ぬほど弱い。

白とか、ひらひらとか、ふわふわとか。そんなメルヘンな――下着を着けると、とんでもないことになる。

思えば、風呂場に乱入したときの、セクシーランジェリーも白であった。

うんうん、とうなずき考え、ふと思う。

そういえば、婚約指輪はどうして秋桜なのだろう。

(清生さんの趣味からいえば、薔薇とか、百合とか、そういうモチーフになりそうだけど)

いつだったか、クリスマス・マーケットで出会った、やたらアクセサリーに詳しかった子連れの女性も口にしていた。いろいろな意味で似合っている。大切にしてあげてと。

特別な意味でもあるのだろうか。不思議に思い、尋ねる。

「どうして、この婚約指輪は秋桜がモチーフになっているんですか?　花言葉?」

白い秋桜は、優美、美麗、純潔と、花嫁っぽい言葉ではある。

だけど、清生は緩やかに頭を振り、そっと左手を取り薬指に口づける。

「秋桜の語源は、ギリシャ語で宇宙を示すんですよ。……どの方角にも均一に花びらが広がるから」

いわれれば、東西南北と綺麗に広がり八方を示している。

「そして中心にめしべがある。……つまり、そういうことです」

いやわからない。めしべが中心にあるのは当たり前じゃないかと首をひねり、次の瞬間、あっと気づく。

意味は多分二つ。

宇宙のどこにいても、貴女を見失わず辿り着く印となりますように。

もう一つは、自分の世界は、すべて貴女中心にできています。——だ。

真っ赤になりつつ見上げると、あ、バレたという風な仕草で清生が小さく舌を出す。

「……清生さんの、その、ものすごく壮大な愛情表現、気づくたびに惚れ直します」

一体、どれだけ美瑚を好きなのだろうと。

あきれ半分、気恥ずかしさ半分に膨れれば、清生がふと笑い、それから美瑚の耳元に囁いた。

「俺は、貴女の飾らない感情や言葉を手にするたびに、ますます好きになっていますけれどね」

告げ、花嫁のヴェールの上から耳朶を噛み、美瑚の頬から胸元までを撫で回す。

「あっ、も……そんなことしてしわくちゃになると、やらしい悪戯したのがバレますよ」

どんどんと、愛撫の手つきが激しくなる夫に注意すると、彼は怖いぐらい色っぽい目をして。

——大丈夫です。夜はもっとめちゃくちゃにして、いやらしいことをし尽くしてあげますから。と、長く激しい二度目の初夜を予約した。

あとがき

こんにちは、華藤りえです。

今回は、初めて、ガブリエラブックス様で小説を書かせていただけました。

姉妹レーベルである、ガブリエラ文庫様や、ガブリエラ文庫プラス様で本を出していましたが、こうして、新しいレーベルからお声をいただけて、すごく嬉しいです。

これもひとえに、応援や購入くださっている皆様や、アンケートで感想をくださる方々のおかげです。


今作は、家族以外との関わりなく生きてきたヒロインが、婚約破棄をきっかけに親から「そんなに結婚願望が強かったのか！」と誤解され、話したこともない男性との縁談が飛び出てくるが——というお話です。のんびり天然でありながら、斜め上にだけ行動力のあるヒロインと、無言実行が行き過ぎて相手に感情が伝わりづらいヒーローが、おかしな新婚生活を通して互いに成長していく話です。

お互い初恋、お互い初めて故に、変な考えにこだわりすれ違う感じですかね……？

個人的には、今まで書いてきた中で、一二を争う不憫なヒーロー（背負うものや設定がシリアスとかではなく、主に下半身的な意味で！）だと思います。

ヒロインの手芸について、最初はビーズを考えていたのですが、雑誌を見ている時にソウタシエというものを知り、それを取り入れさせて頂きました。

作中でも書かせていただいていますが、コードと呼ばれるものを縫い付けたり、ねじったりして模様を作るもので、貴族のドレスや立て襟の飾りや袖なんかに使われていたようです。

ファンタジー作品を読まれる方は、ヒーローが着ている軍服の模様とか想像すると、わかりやすいかもしれません。

金属とはまた違う味わいがあるアクセサリーです。

機会があればネットなどで検索して作品を見ていただければなあと思います。色使いや落ち着いた雰囲気が本当に素敵なので。

なお作品の一部に、ガブリエラ文庫プラスのほうで出てきたキャラもいたりします。

既読の方は、あの後、そういうことになっていたんだーと。ぼんやりわかる感じにしています。

未読の方は、この機会に、手にとって読んでいただければと思います。


さて近況ですが、最近、氷砂糖の果汁シロップ漬けというものを味わってから、『漬けるもの』にハマっています。

レモンや林檎を蜂蜜や砂糖に漬けたり、ナッツなんかも蜂蜜に漬けたりして、できあがったものを紅茶や温めた牛乳に入れるとすごく美味しくて……。

最近では果物などを見るたびに漬けたくなっています。

もともと、苺なんかは春の安い時期に買って、お酒と砂糖をまぶして冷凍保存したりしていたのですが、蜂蜜に漬けるとかはなかったので、今年は蜂蜜漬けにも挑戦したいなあと思っています。

ただ、漬けた果物やナッツの瓶が大量にキッチンに溢れてしまって、今、大変なことになっています。

このままでは保存用に新たな棚を買わなければならなくなりそうです。

それ以上に、体重がすごいことになりそうで、春になるのを怖れています……。


本作品のイラストは森原八鹿先生が描いてくださいました。

森原先生と現代もののお仕事をするのは初めてですが、数年前に、電子書籍のほうでヒストリカルの挿絵を担当していただきました。

こうして、数年を置いてまた仕事ができてとても嬉しいです！

相変わらず、イメージ以上にぴったりな美麗な絵を仕上げてくださるなあと、感服しております！

今後も機会がありましたら、どこかで組めるといいなあと次を夢みております。

また、今回、お付き合いいただいた編集様（ほんっとうにギリギリ進行続きで申し訳ないです）にも、心からお礼を申し上げます。

初夜にアレをああするヒロインの話を仕上げられたのも、編集様のおかげです！

機会がありましたら、またご一緒にお仕事したいです。

そして今回は、同月の先生がた（白石さよ先生・加地アヤメ先生）が、推し先生ばかりで嬉しいです。

一緒に並んでいいのかなと気後れする部分はありますが、読者としてとっても楽しみです！

どの先生も憧れで、すごく素敵な物語をかかれるので！　是非是非！　読んでください！　めちゃくちゃ布教しています！　面白いよ！


最後になりましたが、ＳＮＳでのお声かけやファンレターなどありがとうございます。作品を作る中の糧にしております！　とっても嬉しいです。

ここ半年ほどいろいろと悩んで、上手く書けなくなっていましたが、応援いただいたおかげで、なんとか本としてお話を世に出せました。皆さんの力添えに感謝しております。

忙しい時は日を置いていますが、できるだけ返事させていただければと思っています。

そして、この本を手に取っていただいたことに感謝しております。

ここまでお読みくださり、ありがとうございました。

願わくば、次の本でもお会いできたら嬉しいです。

春になるころには、いろいろ落ち着いて、桜餅片手に煎茶飲んでぼーっとできたらいいですね？
※番外編ＳＳはそんな気持ちで書いています★

華藤りえ

ISBN:978-4-8155-4039-5

ガブリエラブックスをお買い上げいただきありがとうございます。
華藤りえ先生・森原八鹿先生へのファンレターはこちらへお送りください。

〒110-0016 東京都台東区台東4-27-5 (株)メディアソフト
ガブリエラブックス編集部気付 華藤りえ先生／森原八鹿先生 宛

gabriella books

MGB-023

懐妊したら即離婚!?
堅物ドクターが新妻の誘惑に悶える新婚生活

2021年3月15日 第1刷発行

著者 華藤《かとう》りえ

装画 森原八鹿《もりはらようか》

発行人 日向晶

発行 株式会社メディアソフト
〒110-0016
東京都台東区台東4-27-5
TEL:03-5688-7559 FAX:03-5688-3512
http://www.media-soft.biz/

発売 株式会社三交社
〒110-0016
東京都台東区台東4-20-9 大仙柴田ビル2階
TEL:03-5826-4424 FAX:03-5826-4425
http://www.sanko-sha.com/

印刷 中央精版印刷株式会社

フォーマットデザイン 小石川ふに(deconeco)

装丁 小菅ひとみ(CoCo.Design)

ISBN 978-4-8155-4044-9